KB058972

"너구나.
나한테 할 이야기가
있다던데, 뭐야?"

"미리 말해두지만,
내 이야기는 엄청 길거든?
납득할 만한
대답을 듣기 전까지는
루티무의 집으로
돌아갈 생각 없으니,
알아서 해!"

츠바이는
"흥!" 하고
콧방귀를 뀌더니
얄팍한 가슴 앞에
가느다란 팔로
팔짱을 끼었다.

이세계요리의길 VOLUME **8**

Cooking with wild game.

눈앞에 거대한 물체가 딱 버티고 서 있었다.
역참 마을에서 많이 봤던
공조 토토스였다.

난데없이 이런 동물이
문 앞에 기다리고 있으면
누구든 놀라 자빠질 것이다.

"아스타, 괜찮으세요?"
"아하하. 아스타, 꼴사납긴!"

나는 별 생각 없이 현관 덧문을 열었다──.
그 순간 "으악!" 하고 비명을 지르며 그만 털썩 주저앉고 말았다.

아마 민 루티무의 걱정스러운 목소리와 리미 루의 천진한 웃음소리가 울렸다.

"평생 내 곁에 있어줘 나도 평생 네 곁에 있겠다고 맹세할게."

등에 둘러진 아이 파의 두 팔이 내 몸을 으스러지도록 꽉 껴안았다.

똑같은 힘으로 껴안지는 못했지만 나는 아이 파의 등에 가만히 팔을 둘렀다.

이세계요리의길

Cooking with wild game.

VOLUME 8

EDA 지음
코치모 일러스트
이정민 옮김

S NOVEL

커버 그림, 본문 일러스트 | **코치모**

MENU

제1장 ★★★ 토토스 기루루

1

파란 달 20일, 파가(家)에 두 여자가 찾아왔다. 테이 슨의 죽음으로 인해 그 소동이 종결된 지 나흘째 되는 날이었다.

"아스타와 아이 파, 계시나요? 저희는 루티무가의 아마 민 루티무와 루가의 리미 루입니다."

나는 역참 마을에서 돌아와 내일 장사를 위한 밑 준비 작업에 들어가려고 채소칼을 손에 쥔 참이었다. 오늘은 리 스도라도 곧장 집으로 돌아갔고, 이웃 여자들이 조리법을 배우러 찾아오지도 않았기에 집에는 나 혼자 있었다.

"네, 잠깐만 기다리세요."

나는 칼과 아리아를 도마 위에 내려놓고 부랴부랴 일어섰다.

아마 민 루티무와 리미 루가 같이 오다니, 보기 드문 조합이긴 해도 경계심을 불러일으킬 만한 면면은 아니다. 그리하여 나는 별 생각 없이 현관 덧문을 열었다——. 그 순간 "으악!" 하고 비명을 지르며 그만 털썩 주저앉고 말았다.

"아스타, 괜찮으세요?"

"아하하. 아스타, 꼴사납긴!"

아마 민 루티무의 걱정스러운 목소리와 리미 루의 천진한 웃음소리가 울렸다. 그런 두 사람 사이에 낀 모양새로 눈앞에 거대한 물체가 딱 버티고 서 있었다.

역참 마을에서 많이 봤던 공조(恐鳥, 뉴질랜드에 살았던 날개가 없는 대형 새로 지금은 멸종되었다) 토토스였다.

"뭐, 뭐, 뭐, 뭐예요? 왜 숲가에 토토스가 있는 건데요?"

"설명하자면 길어요. 이 토토스는 사우티가의 남자가 숲속에서 잡았답니다."

아마 민 루티무가 바닥에 주저앉은 내게 몹시 미안하다는 듯 머리를 숙였다.

"문 열기 전에 말해줄 걸 그랬어요. 아스타가 그 정도로 놀랄 줄은 몰랐거든요……. 정말 미안해요."

"아, 아뇨, 꼴사나운 모습을 보인 건 나인데요."

말은 그렇게 했어도 난데없이 이런 동물이 문 앞에 기다리고 있으면 누구든 놀라 자빠질 것이다.

공조 토토스. 몸높이는 3미터쯤 될까. 타조보다 몸집이 두 배는 큰 토토스야말로 새의 우두머리가 아닌가 싶다.

생김새는 타조를 빼다 박은 듯 닮았지만, 온몸에 갈색 깃털이 빽빽이 나 있다는 점이 다르다. 통통한 타원형 몸통에 네시(영국 스코틀랜드 지방의 호수인 네스호에서 산다는 괴물로, 뱀처럼 긴 목이 특징이다) 처럼 기다란 목, 튼튼한 두 다리와 땅을 단단히 딛고 선 갈고리 모양의 발톱 세 개. 타조보다 거대하고 위용 있어 보이는 모습에서 엄청난 존재감이 느껴진다. 몸무게는 못해도 2백 킬로그램은 족히 넘을 것이다.

역참 마을에서 매일 보는데도 막상 토토스를 코앞에서 맞닥뜨리자 압권이라는 말이 절로 나왔다. 발끝에 야무지게 뻗어난 저 발톱에 걷어차이면 아마 사람 하나쯤은 쉽게 나가떨어질 것이다.

그런데 아마 민 루티무는 거대한 공조를 아무렇지도 않게 데리고 있었다. 토토스의 부리와 목 언저리에 고삐가 장착되어 있고 그 끝을 아마 민 루티무가 우아한 손으로 쥐고 있었다.

"굉장하지?! 토토스야, 토토스! 리미는 토토스를 처음 만져 봤어!"

리미 루가 토토스의 오른쪽 허벅지를 살며시 껴안았다. 그러고는 갈색 깃털에 뺨을 비비대는 것을 보고 나는 소스라치게 놀라 "위, 위험해, 리미 루!" 하고 소리를 질렀다.

"괜찮아요. 토토스는 워낙 온순한 동물이라 우리가 먼저 위해를 가하지 않는 한 날뛰지 않는다고 해요."

아마 민 루티무도 평소대로 온화한 미소를 머금고 있었다. 그녀와 얼굴을 마주하는 것은 열흘 만이었지만 여전히 온유하고 청초하고 그리고 아름다웠다. 흑갈색의 짧게 친 쇼트커트 머리는 다른 숲가의 백성에게는 찾아볼 수 없는 대담한 스타일이다. 바른 자세의 유연한 몸에는 기혼 여성임을 나타내는 한 장짜리 긴 옷을 둘렀다. 그녀는 내게 둘도 없이 소중한 벗인 가즈란 루티무의 젊은 반려자다.

한편 리미 루도 여전히 활기 넘치는 모습이었다. 토토스의 깃털보다 더 폭신폭신하고 붉은 기가 감도는 머리를 찰랑거리며 구김살 없이 환하게 웃고 있다. 원 숄더 원피스 스타일의 어린이용 옷을 걸친 그 몸이 어찌나 작고 아담한지 토토스의 한쪽 다리보다 더 가볍지 않을까 싶을 정도다.

"……그런데 어떻게 된 일이에요? 사우티가에서 발견한 토토스를 아마 민 루티무와 리미 루가 파가에 데려오다니. 내 빈곤한 상상력으로는 어떻게 된 일인지 전혀 모르겠거든요."

"아마 닷새 전에 숲가를 찾아왔던 도시 사람들이 숲에 방치한 토토스 중 살아남은 토토스일 거예요. 사우티의 남자가 사냥하던 중에 포획했는데 어떻게 다루면 좋을지 몰라서 루티무의 촌락으로 데려왔고요."

과연, 카무아 요슈 일행이 상단으로 위장하느라 열 마리에 가까운 토토스를 거느리고 출발했지만 숲에서 고작 두 마리만 남기고 전부 놓치고 말았다. 그렇다면 숲속에서 발견된 이 길 잃은 토토스에게 이미 고삐가 장착되어 있는 것도 납득이 간다.

그러나 여전히 이해가 가지 않는 점도 있었다.

애초에 왜 사우티가에서 루티무가를 의지하는 걸까?

"원래 사우티가는 루티무가에서 기바의 피 빼기와 해체 기술을 배우기로 약정했거든요. 가장 회의가 끝난 후 그런 소동이 벌어져서 약정이 미뤄졌는데, 오늘 드디어 다리 사우티가 루티무의 촌락에 발걸음을 한 거예요."

"아, 다리 사우티도 그 정도로 회복한 거예요?"

"네. 제노스 귀족과의 회담에 대비해 돈다 루와 상의할 일도 있으니 약정을 이행할 겸해서 루티무의 촌락에 잠시 머물게 해 달라고 요청하더라고요."

역참 마을에서의 장사에 대해 사우티가는 신중히 중립 입장을 취했지만, 맛있는 음식에 대해서는 상당히 의욕적이었다. 우선 피 빼기와 해체 기술부터 배우고 싶다며 루티무가에 요청했을 것이다. 루가가 아닌 루티무가를 선택한 것은 서로 족장 집안이라 조심스러워서인지 아니면 다리 사우티가 가즈란 루티무와 뜻이 잘 맞아서인지 거기까지는 나도 알지 못한다.

어쨌든 루가와 루티무가 모두 사우티의 촌락에서는 멀다. 사우티는 숲가의 남단 구역에 촌락을 형성한 씨족이므로 걸어서 두 시간은 걸릴 터이다. 따라서 집이 먼 씨족은 남자들을 서로의 집으로 보내 며칠 머물게 하여 일을 배우게 하자는 가즈란 루티무의 제안이 채용되었을 것이다. 그렇게 하면 두 집안 모두 사냥꾼의 총 인원에는 변동 없이 피 빼기와 해체 기술을 효율적으로 전수할 수가 있다는 계산이다.

"그래서 토토스에 관해서는 돈다 루의 판단도 들어야 한다면서 사냥꾼의 일이 있는 남자들을 대신해 제가 루의 촌락까지 찾아갔지만——."

"돈다 아버지가 내 알 바 아니라면서 화를 냈거든. 딱히 아마민 루티무가 잘못한 것도 아닌데 너무했어."

돈다 루도 지금쯤 신경이 곤두서 있을 것이 분명하다. 제노스

성의 권력자들과의 회담이 며칠 앞으로 다가왔기 때문이다.

원래 파란 달 23일에 하기로 정해진 회담이 어제 갑자기 파란 달 30일로 미뤄졌다. 참석자도 숲가의 세 족장과 사이크레우스에 더해 근위병단장 멜프리드와 《수호자》 카뮤아 요슈가 추가되었다. 카뮤아 요슈가 내 제안을 수락하고 그렇게 준비해준 것이다.

사이크레우스는 슨가의 무법을 눈감아주었을 뿐만 아니라 악행을 도왔다는 의혹을 받고 있다. 카뮤아 요슈의 설명에 따르면 멜프리드는 그것을 증명하기 위해 숲가의 백성을 속이고 자츠슨 일행을 함정에 빠뜨렸다고 한다.

그 이야기가 진실이라면 숲가의 백성과 멜프리드가 서로 적대할 이유는 없다. 앞으로 힘을 합쳐서 간신 사이크레우스와 맞서 싸워야 하지 않겠느냐고 내가 멜프리드의 협력자인 카뮤아 요슈에게 제안한 것이다.

그에 앞서 카뮤아 요슈는 숲가의 세 족장과 대화를 하게 되었다. 내가 지난번 카뮤아 요슈에게 들은 이야기를 세 족장도 알게 된 것이다. 적은 제노스 영주가 아닌, 대리인으로 권세를 부리는 간신 사이크레우스라는 사실을 숲가의 백성도 알게 되었다.

그리하여 족장들도 자신들을 속인 멜프리드와 카뮤아 요슈에 대한 분노를 일단 거두어주었다. 그러나 사이크레우스를 쓰러뜨리지 않는 한 사태는 개선되지 않는다. 사이크레우스는 여전히 '슨가 사람을 모두 성에 넘겨줘야 한다'는 말을 철회하지 않고 있다.

대죄인 자츠 슨과 테이 슨은 이미 목숨을 잃었다. 그런데도 사이크레우스는 왜 슨가의 신병을 집요하게 요구하는 걸까. 그 이유는 모르지만 어쨌든 그런 요구에 응할 수는 없다. 족장인 줄로 슨은 숲가에서도 심판을 기다리는 몸이었고, 디가와 도드는 탈주한 죄로 포로 신세가 되었지만, 그 외의 슨가 사람들은 각각 바르게 살기 위해 하루하루 애쓰고 있다.

'먼저 멜프리드 일행의 주장이 진실인지 확인하고 만약 진실이라면 어떻게 해서든 사이크레우스의 죄를 폭로해야 해. 안 그러면 제노스 사람들과 진정한 이해와 소통을 하지는 못할 테니.'

돈다 루 일행은 숲가의 백성의 앞날을 양어깨에 짊어지는 한편 사이크레우스와의 회담에 임해야 한다. 지금 신경이 잔뜩 곤두서 있다 해도 이상할 것이 전혀 없다. 길 잃은 토토스의 거취를 신경 쓸 때가 아니다.

그런 고로 대략적인 사정은 이해할 수 있었다.

남은 의문은 이제 하나다.

"……그런데 이 토토스를 왜 파가로 데려온 거니?"

리미 루에게 물어보자 어린 숲가의 소녀는 "몰라" 하고 고개를 절레절레 저었다.

"모른다니…… 그럼 리미 루는 왜 여기에 있어?"

"리미는 할 일이 없어서 아마 민 루티무를 따라왔어. 오랜만에 아이 파도 보고 싶었고! ……있잖아, 돈다 아버지는 왜 토토스를 파가로 데려가라고 한 거야?"

리미 루의 밝은 물빛 눈동자가 쳐다보자 아마 민 루티무는 웬일로 "그건……" 하고 우물거렸다.

"저기…… 깃털을 뽑아서 고기라도 만들라는 지시를 받았어요. 파가의 아궁이 당번이라면 기꺼이 해줄 거라면서요."

"네? 이 토토스를 고기로, 말이에요?"

나는 순간 화제의 주인공 토토스의 기다란 목 끝을 올려다보았다.

저 높은 하늘에서 토토스가 어리둥절한 표정으로 고개를 갸웃거렸다.

덩치에 비해 작은 얼굴은 사람 얼굴과 크기가 비슷하다. 약간 아래로 구부러진 부리는 거대하고 무시무시한 느낌이지만 뜻밖에 유머러스한 얼굴을 하고 있다. 검은자밖에 없는 큼직한 눈에는 긴 속눈썹이 나 있어 낙타나 기린처럼 게슴츠레하니 졸려 보였다.

"하아, 작은 새라면 해체한 적이 있는데요. 이렇게 큰 녀석은 어려울 것 같아요. 크기만 해도 기바보다 훨씬 크잖아요."

그렇게 말하면서 시선을 아래로 내리자 리미 루가 또 토토스의 다리에 들러붙었다.

아까는 아마 민 루티무를 쳐다보던 물빛 눈동자가 왠지 눈물을 글썽이며 나를 보고 있었다.

"……토토스를 잡아먹으려고?"

"어?"

"아스타, 이 토토스를 잡아먹을 거야?"

얼굴도 완전히 울상이다.

할 말을 잃고 아마 민 루티무를 돌아보자 그녀도 난감해하며 "어쩌죠?" 하고 물었다.

아니, 이것이야말로 바른 식생활 교육이다. 기바는 잡아먹으면서 토토스를 불쌍히 여겨야 할 이유는 없다! ……라고 억지 주장할 입장은 나도 없다.

"음, 토토스는 원래 성 사람들의 소유였으니 우리 마음대로 먹으면 안 될 것 같아요. 마을에 내려가면 카뮤아 요슈와 연락이 닿을 테니 그에게 넘기는 건 어떨까요?"

"그렇겠네요. 그게 맞다고 생각해요."

아마 민 루티무도 안심한 듯 숨을 내쉬었다.

그러나 리미 루는 여전히 울상이었다.

"……토토스, 마을로 되돌려 보내려고?"

"어? 아니, 그러니까 이 녀석을 숲가에서 기를 수는 없잖아. 이렇게 크면 먹이값만 해도 만만치 않을 거야."

"그래요. 족장의 허락도 없이 바깥 짐승을 숲가에 데려와서는 안 되죠."

나와 아마 민 루티무의 말에 결국 리미 루의 눈에서 눈물이 쏟아졌다.

나는 아마 민 루티무와 눈빛을 주고받으며 깊고 긴 한숨을 쉴 수밖에 없었다.

◇

이튿날, 파란 달 21일이었다.

"호오, 숲가에 토토스가? 거참 이상야릇한 일이군!"

해가 중천에 뜨기 전에 카뮤아 요슈가 가게를 찾아온 덕에 나는 곧바로 어제 있었던 일을 의논했다.

"하긴, 숲속이라면 굶을 일도 없고 평지라면 기바보다 더 빨리 달릴 수 있으니 그때 달아난 토토스가 한두 마리쯤 살아 있어도 이상할 것은 없지. ……그래서 아스타, 자네는 토토스로 무슨 요리를 할 작정인가?"

"아뇨, 아뇨, 아뇨, 그렇게 큰 녀석은 나도 감당하지 못해요. 게다가 숲가의 백성은 토토스 고기에 관심도 없을 걸요. 내일 아침 누군가에게 부탁해서 마을까지 데려오도록 할 테니 당신이 거두어주시겠어요?"

"흐음. 아스타 일행이 난감하다면 돕고 싶은 마음이야 굴뚝같지만. 하긴, 그렇군. 숲가에 토토스라…… 왠지 그냥 마을로 돌려보내는 건 재미없지 않나?"

카뮤아 요슈가 히죽 웃었다.

늘 웃는 상이긴 하나 이렇게 웃을 때는 조심해야 한다.

"딱히 재미있을 필요도 없죠. 토토스가 숲의 은혜를 망치기라도 하면 큰일이니 하루 빨리 돌려드려야겠다는 생각뿐이에요."

"토토스는 오직 높은 나뭇잎만 따먹지. 어느 정도 부드러운 잎이면 먹을 수 있고, 과실이나 벌레는 입에도 대지 않네. 그럼 기바와 공존도 가능하지 않겠나?"

"기바와 토토스를 공존시켜서 무슨 의미가 있는데요?"

"그럼 바꿔 말하지. 토토스와 숲가의 백성과의 공존은 가능하지 않겠나?"

당최 무슨 말을 하려는 건지 모르겠다.

불신감을 잔뜩 품고 그의 길쭉한 얼굴을 쳐다보자 카무아 요슈가 재미있어 죽겠다는 듯 입꼬리를 올렸다.

"토토스가 얼마나 편리한 줄 아는가? 고기와 알도 기가 막히게 맛있지만, 토토스 없이는 인류의 번영이 없었다고 말해도 과언이 아닐 터. 토토스는 힘이 세고 발도 빠르다네. 성격이 온순해서 웬만해서는 날뛰지 않지. 짐을 싣기에도 좋고, 올라타서 이동하기에도 편리하지. 적당한 나무에 고삐를 매달아놓기만 하면 알아서 먹이도 먹고, 수명도 사람과 비슷하지. 토토스는 태곳적부터 인간의 좋은 동료였다고."

"아니, 그럴지도 모르지만요……."

"그럼 이쯤에서 질문을 하나 하지. 숲가의 남단에 있는 사우티가에서 북단에 있는 자자가까지 가는 데 사람의 다리로 얼마나 걸리겠나?"

아니, 왜 느닷없이 딴 이야기를…….

나는 몹시 경계하면서 "동틀 녘에 출발해서 해가 중천에 뜰 무렵에 도착하는 거리라고 하던데요" 하고 대답했다. 숲가의 북

단에서 남단까지는 대략 여섯 시간이나 걸린다고 한다.

"과연. 한데 토토스를 타고 가면 이동 시간을 3분의 1에서 4분의 1까지 단축할 수 있지. 빨리 달리는 훈련을 하면 더 단축할 수도 있을 터."

"네에⋯⋯."

"족장을 세 집안이 함께 맡는 방법은 참으로 훌륭하다고 생각하네. 숲가 구석구석 눈길이 닿도록 북쪽과 남쪽의 유력 씨족에 책임을 지게 하는 발상도 훌륭하고. ⋯⋯한데 족장 집안인 사우티가와 자자가를 오가는 데 편도로 한나절이나 걸리면 너무 고생스럽지 않겠나? 급한 일이 생길 때 족장끼리 회의라도 하려면 너무 번거롭지 않겠나?"

전적으로 맞는 말이었다. 그래서 다리 사우티도 돈다 루와 연락을 긴밀히 하기 위해 루가에서 가까운 루티무가에 머물기로 한 것이다.

루가에서 사우티가까지는 대략 두 시간. 루가에서 자자가까지는 대략 네 시간. 숲가의 가운데 부근에 사는 루가를 기점으로 해도 남북 양단까지는 그 정도 시간이 걸린다.

"이건 내 지론인데, 정보의 전달 속도야말로 인간의 문명 수준을 결정한다고 생각하네. 사람은 토토스를 벗 삼는 것으로 문명을 여기까지 쌓아올릴 수가 있었지. 토토스가 없었다면 사대 왕국은 서로 다른 나라를 왕래하기조차 힘들었을 거야. 숲가의 백성이 더 강력한 힘과 풍요로움을 원한다면 그런 토토스의 힘을 빌리지 않고서는 불가능하지 않겠는가?"

"그런데 토토스를 능숙하게 타는 건 그리 간단한 이야기가 아니잖아요. 게다가 토토스가 숲가를 누비며 달리다니 잘 상상이 되지 않아요."

"물론 토토스를 능숙하게 타려면 그만한 시간과 신체 능력이 필요하겠지. 숲가의 백성이라면 별로 힘들이지 않고 잘 탈 수 있을 거네. 조금만 가르치면 그야말로 며칠 안에 손발처럼 다룰 수 있게 될 텐데."

카뮈아 요슈는 여전히 미소를 머금고 있었다.

"미리 말해두지만, 그 토토스가 우리 소유라는 증거도 없거든."

"네?"

"당시 기바에 전멸할 각오로 토토스를 데려간 거라 낙인을 찍는 수고도 생략했지. 낙인 없는 토토스에는 결코 소유권이 발생하지 않네. 설령 고삐를 장착했어도 녀석은 야생 토토스나 다름없는 취급을 받게 되지. 그러니 우리에게 돌려줄 의무가 전혀 없다는 전제로 다시 그 토토스의 처우를 생각해보면 어떻겠나?"

"아니, 그렇게 말씀하셔도, 으음……."

"낮에는 밖에 있는 나무에 묶어두고 밤에만 집 안으로 들이면 되네. 평소 돌봐줄 필요도 없으니 딱히 귀찮지도 않단 말이지. 귀찮으면 잡아서 고기로 만들면 돼. 뭐, 다치거나 늙어서 쓸모없어지지 않는 한 마을에서 토토스가 잡아먹히는 일은 없지만. 그만큼 토토스는 귀중한 노동력이지. 속는 셈치고 토토스와 함께 살아보면 어떻겠나?"“……수십 일 동안 우리를 속여온 분이 그렇게 말씀하셔도……."

"그 일은 벌써 몇 번이나 사과하지 않았나!"

카뮤아 요슈가 먹다 만 『기바 버거』를 쥔 채 두 팔을 벌리고 하늘을 우러러 탄식하는 시늉을 했다. 연극조의 과장된 몸짓으로 말이다.

"알겠어요. 나름 긍정적으로 검토해볼게요. 그런데 가장과 족장들이 반대하면 어쩔 수 없으니 너무 기대는 마세요."

"하긴, 그렇겠군. 그래도 토토스의 편리함을 알게 되면 아무도 반대하지 않을 텐데? 이제 숲가의 백성은 더 강력한 힘을 얻을 수 있겠어!"

나는 그 시치미 떼고 웃는 얼굴을 다시 흘겨봤다.

"저기, 설마 그럴 리는 없겠지만, 이렇게 될 것을 예상하고 숲에 토토스를 두고 온 건 아니죠?"

"뭐? 나를 과대평가하는 건가! 기바가 지배하는 가혹한 모르가 숲에서 토토스가 유유히 살아남다니, 도무지 상상이 안 가는군!"

그렇게 말한 뒤 카뮤아 요슈는 당최 믿음이라고는 가지 않는 얼굴로 체셔 고양이처럼 히죽 웃었다.

2

"안녕히 다녀오셨어요, 가장님."

그날도 역참 마을의 장사를 무사히 마치고 부지런히 밑 준비 작업을 하고 있는데, 아이 파가 60킬로그램급에 육박하는 기바를 짊어지고 돌아왔다.

아이 파는 드디어 어제부터 사냥꾼의 일을 다시 시작했다. 왼쪽 팔꿈치가 탈골된 지 약 20일 만이었다. 늘 무뚝뚝한 표정이지만 역시 눈동자에는 그 어느 때보다 만족스러워하는 빛이 되살아나 있었다.

그런 아이 파가 내 인사에 "음" 하고 고개를 끄덕이더니 수상하다는 듯 눈을 가늘게 떴다.

집 뒤편에 설치된 아궁이 앞에서 내가 아리아를 볶는 모습을 이웃 여자가 주의 깊게 살펴보고 있었다. 거기까지는 드문 광경도 아니지만 눈이 밝은 아이 파는 침입자 두 명이 섞여 있는 것도 알아차린 것이다.

침입자는 리미 루와 소년 레이토였다.

"와, 굉장해! 그거, 아이 파가 혼자 잡은 거야? 부상이 나은 지 얼마 되지도 않았는데 정말 굉장해!"

방글방글 웃는 리미 루는 그리 신경 쓰이지 않을 것이다. 집안일만 없으면 매일이라도 파가에 놀러 오고 싶어 하는 아이이기 때문이다.

문제는 그 옆에서 조용히 미소 짓는 소년 쪽이다. 서쪽 백성이 숲가의 마을에 발을 들이는 것이 명확한 금지규정은 아니라 해도 여전히 큰 사건일 터였다.

"너는 카뮤아 요슈의 제자가 아닌가. 네가 왜 여기 있는 거지?"

"네. 토토스 타는 법을 가르쳐드리러 왔습니다."

아이 파는 입을 다물고, 아궁이에서 조금 떨어진 나뭇가지에 기바의 거체를 매달아놓은 뒤 위험한 눈초리로 내게 다가왔다.

"아스타, 어떻게 된 일인지 설명해."

"넵, 설명해드리겠습니다."

나는 다 볶은 대량의 아리아를 나무 접시에 옮겨 담은 뒤 카뮤아 요슈와 나눈 대화 내용을 보고했다.

"──그래서 가장의 의견을 듣고 싶은데, 어떻게 생각해?"

"왜 의견을 듣기도 전에 서쪽 백성을 숲가에 불러들였지?"

"아니, 나도 처음에는 아이 파의 허락부터 얻으려 했는데……."

"죄송합니다. 카뮤아가 저를 아스타에게 억지로 떠맡겼거든요. 카뮤아는 지금 여러 가지 일이 겹쳐서 대신 제가 토토스 타는 법을 가르쳐드리면 되겠다고 합니다."

부모의 원수인 자츠 슨의 파멸을 지켜본 레이토에게 이렇다 할 변화는 보이지 않았다. 적어도 겉보기에는.

황갈색 머리와 엷은 갈색 눈동자를 지닌 레이토는 나이가 열 살쯤 되어 보이는 영리한 소년이다. 아이 파는 레이토의 명랑한 얼굴을 매섭게 노려본 뒤 다시 나를 향해 돌아섰다.

"그 의뭉스러운 남자가 일단 족장들과 화해를 한 것은 맞아. 한데 그것과 이것은 별개의 이야기일 터. 돈다 루의 의견은 저 토토스를 고기로 만들어야 한다는 거 아니었나?"

토토스는 기바보다 더 멀리 떨어진 곳에 묶인 채 태평하게 나뭇잎을 먹고 있었다.

"고기로 만드는 것보다 더 효과적인 용도가 있다면 족장들에게 제안할 생각이야. 그런데도 돈다 루가 계속 의견을 굽히지 않는다면 나도 거기에 따를게. ……하지만 돈다 루도 성가신 일을 일방적으로 파가에 떠넘겼으니 그 의견에 전적으로 따를 필요는 없다고 생각해."

아이 파는 뚱하게 입을 다물었다.

아이 파 본인도 어제는 돈다 루의 횡포한 조치에 화를 내기도 했다. 이렇게 맛없어 보이는 짐승을 어떻게 먹느냐면서.

그러자 지금껏 말없이 우리 대화를 지켜보던 리미 루가 조르르 다가와 아이 파의 허리 가리개를 잡아당겼다.

"……아이 파, 저 토토스를 잡아먹으려고?"

이리하여 아이 파도 격침을 당했다.

백 마디 말보다 한 방울의 눈물──이라는 격언이 존재하는지 몰라도, 어쨌든 울먹이며 눈물을 글썽이는 리미 루에게 아이 파도 더 이상 반론을 시도하지 못했다.

"…………그래서 결국 어쩌자는 속셈이지?"

이윽고 리미 루의 눈물이 들어가고 나서야 아이 파는 지옥처럼 언짢은 표정으로 다시 나를 쏘아봤다.

"당장은 토토스를 능숙하게 타기까지 품과 시간이 얼마나 들지 확인할 생각이야. 아무리 편리해도 숲가의 백성에게는 불필요한 일에 시간을 내는 풍습은 없을 테니."

"……이런 것을 누가 타지?"

"우선 나부터." "안 돼."

"그럼 리미가!" "안 돼."

잇단 공격에 리미 루까지 나가떨어지고 말았다.

아이 파는 땅이 꺼져라 한숨을 내쉬고 나서 자포자기하듯 금
갈색 머리를 쥐어뜯었다.

"……알겠어. 내가 타지."

점점 언짢은 기색이 짙어지는 아이 파를 향해 레이토가 생글
생글 웃었다.

"저 토토스는 토토스 중에서도 특히 기질이 얌전해 보이니 쉽
게 떨어질 일도 없을 거예요. 사람이 먼저 거칠게 다루지 않는
한 위험한 일은 아무것도 없을 겁니다."

그리하여 우리는 잠시 하던 일을 멈추고 토토스의 시승회에
임하게 되었다.

토토스의 고삐를 쥔 레이토를 따라 다 같이 집 앞문으로 갔다.
손이 빈 여섯 명의 여자들도 흥미로운 듯 눈빛을 주고받으며 졸
졸 따라왔다. 리 스도라, 자스 딘, 투르 딘, 나머지는 아직 이름
을 다 외우지 못한 포우가와 란가의 여자들이다.

"토토스는 잘 때와 알을 낳을 때 말고는 몸을 잘 웅크리지 않
아요. 억지로 웅크리게 하면 기분을 상하게 할 수도 있으니 보
통은 이렇게 서 있는 상태에서 올라타면 돼요."

집 앞길까지 나온 레이토가 설명하기 시작했다. "타는 부위는 등 가운데부터 뒤쪽까지예요. 급정지해서 자세가 흐트러졌을 때 토토스의 목 쪽으로 미끄러져 떨어지지 않도록 조심하세요. 토토스가 놀라서 그야말로 날뛸지도 모르거든요. ……혹시 발판 같은 거 없을까요?"

"그런 건 필요 없다."

아이 파가 그렇게 내뱉자마자 토토스의 등에 손을 얹더니 훌쩍 올라탔다.

몸높이는 3미터, 그중 절반이 목 길이라 해도 몸통 높이가 150센티미터는 된다. 자신의 키와 맞먹는 높이인데도 역시 숲가의 사냥꾼의 신체 능력은 엄청나다.

"우와" 하고 리미 루가 환성을 지르고 다른 여자들도 작게 감탄의 소리를 냈다. 허리를 꼿꼿이 세우고 토토스의 등에 올라탄 아이 파는 감히 샘도 내지 못할 만큼 멋있었다.

"그대로 토토스가 아파하지 않을 만큼, 양 무릎으로 토토스의 몸통을 조여보실래요?"

아이 파의 늘씬한 다리가 살짝 움직였다.

토토스는 전혀 움직이지 않았다.

"지금까지는 제가 고삐를 잡아당기고 있어서 토토스가 움직이지 않은 것이었지만, 지금은 당신이 몸통을 조여서 움직이지 않은 거예요. 이제 고삐를 느슨하게 풀 테니 당신은 다리 힘을 그대로 유지하세요."

레이토는 그렇게 말하면서 고삐를 느슨히 풀기 시작했다.

토토스도 아이 파도 꼼짝하지 않았다.

"자, 이번에는 이 고삐를 쥐고 좌우를 똑같은 힘으로 팽팽히 잡아당기세요."

말 위가 아닌 새 위에 올라탄 아이 파에게 레이토가 고삐를 내밀었다.

아이 파는 말없이 지시에 따르고, 레이토는 좌우 양쪽에서 고삐의 각도와 팽팽한 정도를 확인했다.

"괜찮네요. 팔에 쓸데없이 힘주지 말고 팔꿈치를 적당히 굽히라는 보충 설명도 할 필요가 없겠어요. 저, 이제 와서 새삼스럽지만 토토스는 오늘 처음 타는 거죠?"

"당연하지. 숲가의 백성이 이런 걸 탈쏘냐?"

"자세도 완벽해요. 토토스가 걸음을 내디뎌도 등줄기는 그대로 쭉 펴고 계세요. ……그리고 보행 정지 신호는 지금 그 상태예요. 이제 토토스를 걷게 할 건데, 멈추고 싶을 때는 고삐를 당신 쪽으로 당기고 토토스의 몸통을 조여주세요. 갑자기 멈추면 위험하니까 그 동작은 부드럽게, 토토스가 놀라지 않도록 조심해서 해주세요."

"음."

"그럼 걷게 할게요. 고삐와 다리 힘을 천천히 풀어주세요. 그대로 고삐를 아래쪽으로 당기면 걸을 겁니다."

"우와!" 리미 루가 소리쳤다.

놀랍게도 토토스가 정말 걷기 시작한 것이다. 터벅터벅, 실로 평온한 발걸음으로.

그런데도 다리가 긴 만큼 속도는 사람보다 갑절은 빨랐다. 우리가 종종거리며 따라간 것도 잠시 5미터쯤 걸었을 무렵 토토스가 딱 멈춰 섰다.

"음. 정확히 멈추는군."

"네. 그럼 방향 전환의 부조(말에게 음성이나 동작으로 전달하는 신호)도 해볼게요. 토토스는 내버려두면 길을 따라 걷는데요, 오른쪽이나 왼쪽으로 진로를 바꾸고 싶을 때는 그쪽 고삐를 잡아당겨서 토토스의 고개가 그쪽을 향하도록 하면 돼요. 힘을 세게 줄 필요는 없고 처음에는 어쨌든 토토스가 놀라지 않도록 조심해야 해요."

토토스가 다시 움직이기 시작했다.

하계에서는 아이 파가 팔을 어떻게 움직이는지 잘 보이지 않았지만, 이윽고 토토스가 3미터마다 진로를 50도씩 바꾸어 지그재그로 걷기 시작했다.

"이야, 토토스는 정말 고분고분 말을 잘 듣는구나."

내가 감탄의 목소리를 높이자 레이토는 "맞아요. 지나칠 정도로요" 하고 다소 씁쓸하게 웃었다.

"그 상태로 고삐를 잘 조절하면 반대쪽을 향하게 할 수도 있겠는데요, 어떠세요?"

레이토의 말과 함께 토토스가 호를 크게 그리며 유턴을 했다.

그다음 다시 지그재그로 걷더니 집 앞의 출발 지점에 도달해서 걸음을 딱 멈췄다. 마치 기계로 제어되는 것처럼 정확하고 거침없는 동작이었다.

"굉장해, 굉장해! 좋겠다! 리미도 타보고 싶어!"

"……이래서는 내 다리로 걷는 것과 별 차이가 없겠군. 대체 뭣 때문에 이런 수련을 쌓아야 하지? 애초에 나는 마을 사람이 토토스를 탄 모습을 본 적이 없는데?"

"갑자기 토토스가 막 달리면 위험하거든요. 그래서 마을 안에서는 토토스를 타는 것이 금지되어 있어요. 하지만 마을에서 마을로 이동할 때는 다들 토토스를 타고 다녀요. ……그럼 조금만 달리게 해볼까요?"

달리게 하려면 발뒤꿈치로 허벅다리를 차기만 하면 된다는 것이었다.

"처음에는 갑자기 달리게 하지 말고 걷게 하면서 조금씩 차주세요. 서서히 힘을 주면 속도도 서서히 높일 수가 있어요."

"흥." 아이 파는 별것 아니라는 듯이 콧방귀를 뀌면서 토토스를 걷게 했다.

우리는 따라가지 않고 길섶으로 피했다. 숲가의 길은 돌의 가도(街道)에 비해 폭이 절반쯤인 5미터밖에 되지 않기 때문이다.

아이 파와 토토스의 뒷모습이 차츰 멀어지더니 속도가 서서히 빨라지기 시작했다.

이윽고 속도는 보는 사람이 걱정될 만큼 가속되고 아이 파의 모습은 길을 따라 커브를 돈 순간 보이지 않게 되었다.

그리고 10초도 되지 않아 다시 수목의 그늘에서 나타나 엄청난 속도로 돌아왔다.

시속 50킬로미터는 되지 않을까. 내가 아는 바로 비유하자면 큰길을 달리는 스쿠터 같은 속도였다.

토토스의 튼튼한 다리가 땅을 박차고 아이 파는 경마 기수처럼 상체를 납작 엎드려 털가죽 망토를 나부끼며 질풍처럼 우리 눈앞을 달려 나갔다. 서서히 속도를 떨어뜨리더니 재빨리 토토스의 고개를 빙그르 돌게 하여 우리 곁으로 터벅터벅 돌아왔다.

"괴……굉장해, 굉장해! 아이 파, 멋있어!"

다시 리미 루가 환성을 질렀다.

거기에 간드러지는 비명 소리가 섞여들었다.

놀라서 뒤를 돌아보니 여섯 명 중 젊은 네 명이 리미 루처럼 눈동자를 반짝이며 "꺅꺅" 소리를 지르고 있었다.

참고로 스도라 가장의 아내인 리 스도라도 젊은 편이다. 평소 청초하고 기품 있던 리 스도라가 사랑에 빠진 처녀처럼 주변 여자들과 손을 맞잡고 있는 모습은 살짝 볼만했다.

나머지 두 명, 자스 딘과 포우가의 중년 여성도 "와……" 하고 감탄하고 있었다.

"훌륭합니다. 하나부터 열까지 너무 완벽해서 더 이상 가르쳐 드릴 게 없을 정도예요."

그런 가운데 레이토가 확연히 쓸쓸한 웃음을 머금었다.

"열 번은 떨어져야 토토스를 제대로 타게 된다는 말이 있는데, 당신은 한 번도 떨어지지 않고 토토스를 능숙하게 탔어요. 사실 마을에는 토토스를 이렇게 잘 부리는 사람이 드물거든요. 숲가의 사냥꾼의 힘을 새삼 깨닫게 되었습니다."

"……이런 곡예를 해봤자 아무런 자랑거리도 되지 않는다."

아이 파는 평소의 무뚝뚝한 얼굴로 토토스에서 훌쩍 뛰어내렸다.

레이토가 "아" 하고 소리를 냈지만 그때도 고삐가 팽팽히 당겨져 있어서인지 토토스는 꿈쩍도 하지 않았다.

레이토는 다시 쓴웃음을 짓더니 마치 어른처럼 어깨를 으쓱했다.

"어떠셨어요? 이만하면 숲가의 끝에서 끝까지 이동하는 데 시간을 많이 단축할 수 있겠죠? 게다가 숲가의 사냥꾼이라면 힘들이지 않고도 토토스를 부릴 수 있다는 것이 증명되었습니다. 잡아먹는 것보다 효과적인 용도가 있다는 카뮤아의 말도 납득하신 것 같은데요."

"음……."

아이 파는 여전히 못마땅한 얼굴이었다.

그 모습을 힐끔거리며 나는 "나도 타봐도 될까?" 하고 말해보았다.

말이 떨어지기가 무섭게 "안 돼" "그러지 마" "타지 않는 게 나을 것 같아요" 하고 대답이 삼중주로 돌아왔다.

"괜히 탔다가 다치기라도 하면 어쩔 셈이지?"

"맞아, 떨어지면 큰일인걸."

"그래도 흥미가 있다면 매일 조금씩 연습하면 될 것 같습니다."

세 사람의 말이 물 흐르듯 조화를 이루었다.

"과연. 다들 내 신체 능력을 어떻게 평가하는지 잘 알았어. 그런데 너희 눈에는 내가 토토스에서 떨어지는 결과 말고는 보이는 게 없어?"

이번에는 침묵이 돌아왔다.

이 판국에는 침묵도 괴롭다.

"……알겠어. 그럼 매일 조금씩 연습할 테니 가르쳐줘."

"왜 그렇게까지 고집하지? 네가 토토스를 타서 무슨 의미가 있다고."

"그야 아이 파, 네가 너무 상쾌하게 달리길래 덩달아 흥미가 생겼을 뿐이야."

"…………."

"그렇지? 너도 달리면서 상쾌했지?"

"…………."

"어라? 상쾌하지 않은 거였어?"

"시끄러워!"

오랜만에 다리를 걷어차였다.

"아직 족장들이 토토스를 받아들이겠다고 허락하지도 않았다! 족장들의 허락 없이 멋대로 행동할 수는 없어!"

"아이고, 아파. 뭘 그렇게 화내? ……그래도 족장들이 끝까지 토토스에 관심을 보이지 않는다면 나는 이 녀석을 파가에서 거두었으면 해. 처음에 고기로 만들라고 말할 정도였으니 우리 마음대로 부려도 할 말 없을 거 아냐."

"뭐? 이런 걸 거두어서 어쩔 셈이지?"

"아니, 카뮤아 말을 들을 것도 없이 이 녀석은 편리하잖아. 짐수레라도 사면 식재료와 조리 기구를 운반할 때도 편할 거 아냐. 짐수레를 끌고 걷게 시키면 되니 나한테도 어렵지 않을 거야."

그제야 아이 파가 생각에 잠긴 표정을 지었다.

"그렇군…… 그런 쓰임새도 있었어."

"그래. 그런데 평소 이용하는 길에는 구름다리가 있어서 멀리 돌아가야 하긴 해. 마을에서 짐뿐만 아니라 사람이 탈 만한 짐수레도 봤는데. 레이토, 그런 것도 있지?"

"네. 주로 두 마리가 끄는 커다란 짐수레를 사용하는데, 찾아보면 작은 것도 있을 거예요. 그럼 토토스에서 떨어질 염려도 없겠네요."

아이 파가 진지하게 생각에 잠겼다.

그때 리미 루가 "어라라?!" 하고 생뚱맞은 소리를 냈다.

묘하게 기뻐하는 기색의 그 목소리가 왠지 모르게 불안해 뒤를 돌아본 나는 난생 처음 보는 광경에 입이 딱 벌어졌다. 숲가의 여자 두 명과 그 손에 이끌린 세 마리 토토스가 남쪽 끝에서 저벅저벅 걸어오고 있었기 때문이다.

고삐를 끌고 있는 사람은 아마 민 루티무와 모른 루티무였다. 세 마리 중 두 마리 토토스의 고삐를 쥔 아마 민 루티무가 거대한 동물을 데리고 조심스럽게 다가오더니 진심으로 미안하다는 듯 머리를 숙였다.

"죄송합니다. 사우티의 남자가 또 이 토토스들을 숲속에서 발견하는 바람에……."

리미 루는 "우아!" 하고 탄성을 질렀고 나는 땅이 꺼져라 한숨을 쉬었다. 아이 파는 분노에 차 눈썹을 추켜올렸다.

사람들의 마음도 모른 채 토토스들은 지극히 한가롭게 숲가의 나뭇잎을 뜯어 먹기 시작했다.

3

결론부터 말하자면 숲가는 토토스 네 마리를 받아들였다.

별다른 일은 없었다. 토토스를 네 마리나 떠맡게 되어 열이 받은 아이 파가 루의 촌락에 가서 직접 토토스의 편리성을 보여주자 세 족장 중에서도 다리 사우티가 열렬하게 찬성의 뜻을 표명한 것이다.

"이거면 확실히 북쪽 촌락까지의 왕래가 쉬워지겠군! 게다가 북쪽이나 남쪽 촌락에서도 제노스의 역참 마을에 물건을 사러 갈 때도 한결 수월해지겠어!"

들자하니 북쪽이나 남쪽 촌락에서는 큰 축하연이 없는 한 역참 마을까지 물건을 사러 가는 일이 없었다고 한다.

왜냐하면 단순히 '멀어서'였다

숲가의 마을은 남북으로 길게 뻗어 있다. 가운데 부근에 사는 루가와 파가에서는 역참 마을까지 한 시간쯤 걸리지만, 북쪽의 자자가, 남쪽의 사우티가에서는 각각 네 시간 가까이 걸린다고 한다.

그래서 평소에는 더 가까운 농촌이나 농장 관리자에게 직접 아리아와 포이탄을 구입하고, 돌소금이나 과실주 같은 것이 필요할 때는 사전에 그곳 주민들에게 품삯을 치러서 넉넉히 갖추어놓도록 부탁하는 모양이다.

그런 데다 숲가의 끝에서 끝까지 불과 90분이면 이동할 수 있다는 점도 마음을 끌기에 충분했을 것이다. 이제는 상황이 달라졌으니 집이 먼 가장들이 1년에 한 번인 가장 회의에서만 얼굴을 마주해서는 안 되기 때문이다. 카뮤아 요슈에게 지적받을 것도 없이 족장들의 밀접한 교류가 숲가의 앞날을 좌우하는 중요한 일이 되었다.

"우리가 발견했으면서 토토스의 힘을 알아보지 못하다니, 내 어리석음이 부끄럽기 짝이 없군. 토토스는 우리에게 필요한 것이다. 자자의 가장도 분명히 내 의견에 찬성할 터."

나는 아이 파에게 듣기만 했는데, 다리 사우티는 진심으로 토토스의 힘에 감복했다고 한다. 냉정한 척했지만 그의 눈이 리미루처럼 빛나고 있었다고 아이 파가 뒷담화를 해주었다.

"……그런데 그 카뮤아 요슈라는 남자에게 빚을 지려니 속이 부글부글 끓는군. 이 토토스에는 상응하는 대가를 치르겠다고 대신 전해주게."

내가 그 말을 전해주게 되었다.

하지만 당연하게도 카뮤아 요슈는 완곡히 거절했다.

"이제 곧 숲가와 제노스의 회담이 열릴 터. 회담이 평화적으로 끝나면 서로 빚이니 뭐니 하는 마음의 짐을 버리고 토토스를 거두어줬으면 하네. 한데 만약 평화적으로 끝나지 않는다면 그때는 동전을 던지거나 토토스를 돌려보내면 되지 않겠나."

다소 거칠어 보이는 그 제안이 숲가의 백성은 마음에 들었던 모양이다.

이리하여 친히 토토스에 올라타 북쪽 촌락까지 급한 소식을 전하러 간 다리 사우티가 그라프 자자의 양해를 얻어내고 숲가의 백성은 토토스 네 마리를 맞이하게 되었다.

그러기까지 걸린 시간은 불과 나흘이었다. 기질이 폐쇄적인 숲가의 백성이라고는 생각되지 않는 신속한 결정이었다. 돈다루도 세 족장 중 자신을 제외한 두 명이 찬성한다면 이의는 없다고 했다. 뒤에서 리미 루의 눈물의 호소가 작용했는지 여부는 나도 모른다.

참고로 토토스의 소유자로 지정된 곳은 세 족장 집안과 파가였다.

파가라면 비용을 부담하여 토토스를 살 수도 있으니, 필요하면 네 마리 다 족장 집안에서 관리해달라고 요청했지만 숲가에 토토스의 편리성을 일깨워준 공로를 인정받아 맨 처음에 발견된 토토스가 그대로 파가에 머물게 되었다.

"내일 짐수레를 어디서 구할 수 있는지 알아보고 올게."

파란 달 23일. 카뮤아 요수에게 제안을 받아 토토스가 정식으로 숲가의 소유물로 인정된 그날 밤 나는 아이 파에게 말했다.

순조롭게 저녁 식사를 마친 뒤였다. 나는 밑 준비 작업을 하고 아이 파는 조금 떨어진 현관문 옆 바닥에 앉아 있었다.

그런 아이 파 곁에는 거대한 다리를 접고 긴 목을 축 늘어뜨린 토토스가 있었다. 밤에는 문토나 기즈 같은 육식동물이 숲가를 돌아다니기 때문에 토토스를 집 밖에 두면 안 된다.

아이 파는 토토스가 잠든 얼굴을 내려다보며 "그렇군" 하고 낮게 중얼거렸다.

"뭐, 동전을 쓸데도 없었고 마침 잘됐다고 하면 잘된 셈이지. 그걸로 매일 중노동에서 해방된다면 싼 거 아냐?"

역참 마을에서 장사를 시작한 지 오늘로 26일째. 파가의 자산은 적동화 3천 닢을 돌파했다. 은화로 계산하면 고작 세 닢이지만. 숲가에서는 전례 없는 거액의 자산임에 틀림없다.

"너 좋을 대로 해. ……단 수련을 쌓을 때까지는 절대 무모한 짓을 해서는 안 된다."

"알겠어. 역참 마을로 가는 길은 폭이 좁고 언덕도 많으니 당분간 평평한 길에서 연습해야겠어."

"음."

"저기…… 지금 화난 거 아니지?"

왠지 반응이 뚱한 아이 파가 걱정되어 물어보자, 그녀가 "내가 왜 화를 내야 하지?" 하고 고개를 갸웃거렸다.

"족장들에게 이의가 없다면 그걸로 됐어. 나는 제노스와의 관계가 지금보다 더 틀어질까 봐 걱정했을 뿐이다."

역시 아이 파는 토토스를 타고 달렸을 때 상쾌함을 느꼈던 것이다. 그만큼 토토스를 타고 달리는 아이 파의 모습은 충만해보였고 지금 토토스의 잠든 얼굴을 지켜보는 표정도 온화하다.

게다가―― 토토스와 숲가의 백성은 처음부터 궁합이 좋았던 것이 아닐까. 그렇지 않고서야 이토록 순조롭게 이문화 존재를 받아들였을 리가 없고, 아무튼 토토스 위에 올라탄 아이 파의 모습은 한 폭의 그림처럼 멋지고 참으로 자연스러웠다.

숲가의 백성은 출신이 명확히 알려지지 않았지만 어쩌면 선조가 숲에 틀어박히기 전에 평원에서 토토스를 몰던 종족이었을지도 모른다. 그런 상상을 펼칠 만큼 아이 파에게 토토스가 잘 어울렸다. 그래서 이렇게 온화한 느낌으로 토토스의 잠든 얼굴을 내려다보는 아이 파의 모습이 나는 몹시 만족스러웠다.

"그럼 그 녀석 이름은 뭘로 지을까?"

"이름? 토토스는 토토스일 뿐이다."

"그래도 숲가에는 토토스가 네 마리나 있잖아. 이름을 지어줘야 부를 때 난감하지 않지."

"한낱 짐승에게 사람처럼 이름을 지어준다는 건가?"

아이 파가 깜짝 놀란 눈으로 나를 돌아봤다.

타라파 소스의 맛을 확인하면서 "그렇게 놀랄 일이야?" 하고 이번에는 내가 고개를 갸우뚱했다.

"함께 생활하니까 그 녀석도 가족이나 다름없지 않아? 이름을 지어줘야 애착도 생기고 마음도 잘 통할 거 아냐."

"마음······." 아이 파가 다시 토토스의 잠든 얼굴에 시선을 떨구었다.

"짐승에게도 역시 마음이 존재하는 건가? 하긴, 이 녀석은 내가 고삐를 당기거나 배를 차기만 해도 사람보다 더 고분고분하게 움직여줬지."

"그래. 안 그랬으면 인간의 친구라는 말이 왜 있겠어?"

"내게는 사람보다 더 다루기 쉬운 상대일지도 모르겠군."

"그건 좀 문제적인 발언 같은데."

"아예 네 목에도 고삐를 장착해주고 싶을 정도다."

"나는 사람이니까 말로 지시해줘!"

"······토토스는 신기한 짐승이군."

문제적인 발언을 연발하면서도 아이 파는 짐짓 깊은 생각에 잠긴 모습이었다.

완성된 소스의 쇠 냄비에 뚜껑을 덮고 아궁이 불을 껐다. 나는 손을 씻고 나서 아이 파에게 다가갔다.

"이름은 어떻게 할래? 나는 어떤 이름이 무난한지 모르니까 되도록 아이 파, 네가 지었으면 좋겠어."

아이 파는 잠시 입을 다문 후 이윽고 슬머시 "기루아" 하고 읊조렸다.

"기루아라. 좋은 이름이네" 하고 대답하고 난 뒤 순간 떠오르는 것이 있었다.

2년 전 돌아가신 아이 파의 아버지가 분명히 기루 파라는 이름이었다.

"······아버지 이름에서 따온 거야?"

"음. 만약 내가 아이를 낳았는데 아이가 아들이면 그 이름을 주려고 생각했지."

나는 말없이 아이 파의 옆에 앉았다.

"한데 나는 사냥꾼으로 살아가기로 정했어. 내가 엄마가 되거나 아이를 낳는 일은 없을 거다. 차라리 이 녀석에게 그 이름을 줄까 싶은데── 어떻게 생각하지?"

나는 눈을 감고 납득이 갈 만한 대답을 마음속에서 찾아봤다.

그리 애쓰지 않아도 내 대답을 곧바로 찾을 수 있었다.

"그럼 다른 이름이 좋겠어. 이 세상에 절대라는 건 없으니, 너도 언젠가 네 아이를 원하는 날이 올지도 모르잖아."

얻어맞을지도 모른다는 각오로 한 말이었다.

그런데 아이 파는 고요한 표정으로 "그렇군" 하고 중얼거릴 뿐이었다.

"그럼 기루루로 하지. 기루루 파는 불렀을 때 울림이 아름답지 않지만, 이 녀석에게 성까지 붙여줄 필요는 없으니, 뭐 괜찮겠지."

"…………."

"그것도 마음에 안 드나?"

아이 파가 천천히 나를 돌아봤다.

그 끝없이 맑은 파란 눈동자를 들여다보며 나는 "아니——" 하고 대답했다.

"그 이름도 좋다고 생각해. 귀엽기도 하고 이 녀석한테 딱 맞아."

"그렇군." 아이 파는 다시 중얼거리더니 이윽고 흡족한 듯이 빙긋 웃었다.

이리하여 파가에 기루루라는 이름의 새 식구가 들어온 것이다.

제2장 ★★★ 열세 살 축하의 날

1

토토스 기루루를 새 식구로 맞이한 이튿날.

그날도 변함없이 역참 마을에서 포장마차 장사에 힘쓰고 있는데 루 본가에서 레이나 루가 내려왔다. 용건은 물론 식재료를 사는 것이었다.

그런가 보다 싶었지만 그날 레이나 루는 왠지 고민스러운 표정으로 내게 "아스타, 시간 좀 내줄 수 있어요?" 하고 속삭였다.

뭔가 불온한 분위기였다. 같이 『먀무구이』 포장마차를 맡고 있던 실라 루도 무슨 일이냐는 듯 고개를 갸우뚱했다.

"아니, 저기…… 좀 이따 여관에 조리하러 가야 하는데…….."

시각은 해가 중천에 뜨려던 참이었다. 나흘 전부터 《현웅정》의 밑 준비 작업을 맡게 된 나는 부득이하게 시간을 빠듯하게 쪼개서 일해야만 했다.

"시간 많이 안 뺏을게요. 그래도 안 될까요?"

앳된 얼굴의 레이나 루가 파란 눈동자에 진지한 빛을 띠고 내 얼굴을 들여다봤다.

"……알겠어. 그럼 실라 루, 잠깐 가게 좀 맡겨도 될까요?"

"네. 이제 곧 리 스도라가 올 때도 되었으니 여긴 걱정 말아요."

걱정스러운 표정의 실라 루가 지켜보는 가운데 우리는 뒤에 있는 잡목림으로 갔다.

"정말 미안해요. 일 하는데 방해를 하고 말았군요……."

"아니, 괜찮아. 그런데 무슨 일이야?"

레이나 루와 얼굴을 마주하는 것은 오랜만이었다. 마지막으로 만난 것이 아마 자츠 슨이 제노스 성에 투옥된 날 밤이었을 테니 이래저래 9일 만이다. 최근 루 본가에서는 매일 역참 마을에 내려와 장사를 돕는 비나 루와 라라 루가 부지런히 식재료를 구입하고 있기 때문에 따로 장을 보러 내려오는 일이 눈에 띄게 줄었다.

레이나 루의 머리색은 숲가의 백성에게는 보기 드문 순수한 흑발이다. 긴 흑발을 두 갈래로 땋아서 늘어뜨린 그녀의 얼굴은 몹시 귀엽게 생겼다. 몸집은 매우 작지만 언니 못지않게 매혹적인 몸매의 소유자이자 나와 동갑내기인 열일곱 살 소녀다.

마음씨가 곱고 선량하며 숲가의 백성치고는 탁월한 조리 실력도 갖추었다. 어디에 내놔도 손색없는 매우 훌륭한 소녀이지만 —— 여전히 나는 레이나 루를 어떤 거리감으로 대해야 할지 감을 잡지 못하고 있었다.

"지금 아스타에게 이런 이야기를 하기가 무척 괴롭지만…… 도저히 마음을 억제할 수가 없었어요. 부디 내 부탁을 들어주겠어요……?"

"이, 일단 내용부터 들어보고."

키가 내 턱 높이밖에 되지 않는 조그만 레이나 루가 필사적인 표정으로 내 얼굴을 올려다본다. 몸은 전혀 닿지 않았는데 날숨이 느껴질 만큼 가까운 거리였다.

"실은……."

"어, 그래."

"……내일이 라라의 생일이에요……."

"엉?"

"라라가 열세 살이 되는 경사스러운 날이에요. 그래서…… 아스타에게 축하 요리를 하나 부탁하고 싶은데…… 어때요?"

레이나 루는 여전히 고민스러운 눈빛을 하고 있었다. 나는 영문도 모른 채 "어어" 하고 얼빠진 대답을 해버렸다.

"요리라면 몇 인분?"

"본가 사람이 먹을 12인분이요. 포이탄이나 수프 같은 건 우리가 준비할 테니 아스타는 고기 요리를 만들어줬으면 해요. …… 역시 어려울까요?"

"아니, 그런 부탁이라면 상관없는데."

내가 대답하자마자 레이나 루가 놀라서 눈을 휘둥그렇게 떴다.

"괘, 괜찮겠어요? 아스타는 포장마차 장사뿐만 아니라 두 군데 여관에서도 요리를 하고 있고, 또 최근에는 토토스를 돌보는 일까지 하고 있잖아요."

"여관 일은 낮에 끝나는 일이고, 집에 가서 할 일도 눈에 띄게 늘어난 것도 아니라서. 토토스한테도 딱히 신경 써줘야 할 일도 없고. 또 전처럼 루가의 아궁이에서 밑 준비 작업을 할 수만 있다면 하루쯤은 괜찮을 거야."

"정말이에요? 고마워요……!"

레이나 루가 가슴 앞에 손을 모으고 진심으로 안도했다는 듯 깊은 숨을 내쉬었다.

"아니, 이게 뭐 대단한 일이라고. 레이나 루가 왜 그렇게까지 안도하는 줄 모르겠는데?"

"네? 그야 아스타가 요즘 눈코 뜰 새 없이 바쁘다고 하니, 부탁을 안 들어줄 줄 알았거든요. 다행이에요, 라라가 분명히 기뻐할 거예요."

레이나 루가 이번에는 활짝 웃었다.

흐뭇한 미소가 절로 나는 가족애이지만, 내 마음속에 콩알만한 의심이 피어올랐다.

요컨대―― 레이나 루가 뭔가 꾸미고 있는 것은 아닐까 하는 의심이었다.

'에이, 지나친 생각이겠지.'

적어도 지금 눈앞에서 기뻐하며 웃고 있는 모습에 거짓이 있을 리가 없다. 여동생의 생일을 이용해 뭔가 꾸밀 만한 소녀가 아닐 거라며, 나는 내 속된 생각을 반성하기로 했다.

"그럼 뭐 특별한 식재료라도 필요한가요? 필요하면 오늘 중으로 사두려고요."

여기서는 포장마차에 있는 라라 루에게 들릴 리가 없는데도 레이나 루는 굳이 발돋움을 해서 내게 귓속말을 했다.

"아, 아니, 지금 막 이야기를 들은 직후라 무슨 요리를 할지 정하지도 않았고…… 그리고 이제 와서 목소리를 낮춰도 의미가 없지 않을까?"

"아, 그렇겠네요. 미안해요. 나도 모르게 들떴나 봐요."

레이나 루는 창피한지 몇 발자국 물러나 주뼛주뼛했다.

계산이 아니라고 믿고 싶다.

"저, 유치하다고 생각할지도 모르지만, 내일 일은 라라에게 비밀로 해주겠어요? 그래야 라라가 더 기뻐할 것 같아서요."

"그건 상관없는데, 내가 루의 촌락에 찾아간 시점에서 다 들통나지 않을까?"

"장사 관련해서 미아 레이 어머니에게 상의할 일이 있다고 말해두면 괜찮을 거예요. 돈다 아버지에게도 미리 허락을 구해놨고요."

"어, 그래. ……참고로 비나 루한테는 말해도 될까?"

"물론이죠. 단 언니한테도 비밀은 지켜달라고 일러둬야 해요."

"어, 그리고 아까 12인분이라고 했지? 그럼 미다의 몫은? 미다가 있으면 그 두 배는 마련해야 할 것 같은데."

"아뇨. 마침 미다는 어제부터 신 루의 집에서 저녁을 먹게 되었어요. 게다가 미아 레이 어머니의 지시에 따라 미다의 식사는 5인분으로 정해졌어요."

과연, 식사 제한을 했구나. 그것은 미아 레이 아주머니의 지

혜로운 결단이었을지도 모른다. ……뭐, 그래도 5인분이나 되긴 하지만.

어쨌든 확인 사항은 그 정도인가 싶어 나는 신중히 생각하기 시작했다. 그러다 가장 중요한 것을 확인하지 않았음을 깨달았다.

"그러고 보니 우리 가장한테 집을 보라고 시킬 수도 없는 노릇이라, 아이 파도 같이 저녁 먹어도 되지?"

그러자 레이나 루의 눈동자에 아까와는 다른 종류의 애처로운 빛이 깃들었다.

"물론이죠. 지금까지 아스타와 아이 파가 서로 다른 곳에서 밤을 보낸 적이 있나요?"

없다.

낮에는 따로 지내는 시간이 많아도 우리가 다른 곳에서 저녁을 먹거나 따로 잠자리에 드는 밤은 드디어 60일째 접어들 참인 공동생활 기간 속에서 단 하루도 없었을 터였다.

"그럼 아이 파에게도 잘 전해줘요. 일을 방해해서 미안했어요."

마지막에 레이나 루는 다시 명랑한 미소를 머금고 떠났다.

"흠. 루의 셋째 딸의 생일 축하라. 딱히 상관없어."

저녁 준비를 기다리며 아이 파가 흔쾌히 말했다.

"일단 확인하겠는데, 아무리 루가라도 생일날 성대한 축하연을 열지는 않을 테지?"

"응. 아마 혼례 전 축하연 정도의 느낌이지 않을까? 잔칫상을 호화롭게 차리긴 해도 평소처럼 가족끼리 축하하는 것이 통례라고 하던데."

말이야 그렇지만 숲가에서 '호화'란 기바 냄비에 평소에는 넣지 않던 채소를 집어넣는, 그 정도 수준이었다. 지금까지는.

"수프나 기본적인 요리는 레이나 루 일행이 솜씨를 발휘한다고 했고, 내가 맡은 요리는 고기 요리뿐이라 큰 부담도 없어."

"흠. 그래서 넌 어떤 요리를 낼 생각이지?"

"응, 아이 파한테는 색다를 것이 없어서 미안하지만, 요전에 《현옹정》 주인한테 구입한 그걸 써볼까 해."

그것은 《남쪽의 대수정》을 통해 입수한, 타우유(油)보다 귀하고 값비싼 비장의 식재료였다.

"……그걸 쓰다니." 아이 파가 입술을 뾰족 내밀었다. 아이 파는 그것을 무척 좋아한다.

"아, 그게, 모처럼 축하하는 자리잖아. 시무의 행상인이 오면 또 잔뜩 구입할 테니…… 너무 삐치지 마."

"누가 삐쳤다는 거지?! ……루의 셋째 딸은 내일로 몇 살이 된다고?"

"아, 열세 살이 된대."

"열세 살이라. 사내라면 사냥꾼의 예법을 배울 무렵이군."

"흐음? 그럼 여자라면?"

"여자라면 열다섯 살까지 신부 수업을 받을 테지. ……내가 열세 살이 되자마자 어머니 메이를 여의는 바람에 잘 몰라."

"……그랬구나." 내가 눈썹꼬리를 살짝 내린 순간 아이 파가 험악한 눈초리를 보내왔다.

"뭐지? 10년도 더 전에 어머니를 여읜 네게 동정받을 이유는 없다. 쓸데없는 데 신경 쓰지 말고 냉큼 아궁이 당번 일이나 해."

"삐쳤다가 화냈다가 바쁘네."

"삐치지도 않았고 화내지도 않았어!"

아이 파는 앉은 채 발을 쿵쿵 굴렀다.

입 밖에 내면 안 되겠지만 죽을 만큼 사랑스러웠다. 그 덕에 음울한 기분에 빠지지 않을 수 있었다.

"아, 그리고 말이야. 생일 축하로 한 명씩 꽃을 준다고 하더라."

"……내가 그 정도도 모를 줄 알았나?"

"혹시 몰라서 확인했을 뿐이야. 집집마다 풍습이 다를지도 모르니까. ……아, 그리고 저녁 식사가 끝나면 우리는 파가로 돌아오는 거지?"

"음. 본가의 침소를 빌리기에는 부담스러우니."

"그럼 나는 역참 마을에서 일이 끝나면 곧장 루의 촌락으로 갈 테니, 기루루 좀 부탁할게."

"뭘 해야 하지?"

"집을 비우게 되니까, 네가 집을 나서기 전에 기루루를 안으로 들여야지."

그 기루루는 오늘도 현관문에 묶인 채 바닥에 긴 목을 축 늘어뜨리고 있었다. 기루루가 느긋하게 자는 모습을 확인한 뒤 아이파는 이상하다는 눈초리로 나를 쏘아봤다.

"아스타, 이럴 때가 아니면 언제 기루루를 쓸 작정이지?"

"어어? 집에 올 때는 밤이라 캄캄하고, 사람도 둘이고…… 아, 그래도 집에 올 때는 고삐를 끌고 오면 되겠구나."

"뭔 소리지? 갈 때도 올 때도 기루루를 타지 않을 이유가 없을 텐데?"

"그, 그야 캄캄한 곳에서 토토스를 타고 다니면 위험하잖아. 촛불도 꺼질 테고."

"촛대는 필요 없어. 기루루를 타고 슬슬 달리면 기즈와 문토도 따라오지 못할 테니."

"그래도 기루루는 밤눈이 어두울지도 모르잖아. 내가 있던 세계에서는 밤눈이 어두운 걸 새눈이라고 불렀을 정도라고."

"호오? 토토스가 밤눈이 어두운 줄은 몰랐군. 뭐, 그렇다 해도 달빛만 있으면 나는 문제없어. 달이 숨어버리면 네 말대로 기루루에서 내려서 걸어야 하니 일단 촛대를 준비해야겠군."

그렇다면 아이 파에게 촛불이란 짐승을 내쫓는 의미밖에 없는 걸까. 새삼 숲가의 백성이 대단하면서도 무섭게 느껴졌다.

"……그럼 마지막으로 걱정되는 걸 확인할게. 나는 아직 기루루 등에 올라탄 적이 없는데?"

"고삐는 내가 줄 테니 문제없어. 너는 떨어지지 않도록 날 붙잡기만 하면 돼."

일전에 레이토가 토토스 위에 두 사람도 탈 수 있다고 말한 기억이 난다. 하지만 묘령의 여인인 아이 파의 몸을 내가 붙잡아도 될까.

"오늘 밤 저녁을 먹고 나면 둘이서 타는 연습을 해야겠군. 제법 유쾌할 것 같지 않나?"

하지만 아이 파의 웃는 얼굴을 본 순간 반대의 말이 쏙 기어들어갔다.

"……그런데 저녁은 아직 멀었나? 배가 몹시 고프군."

"이제 고기만 구우면 되니 조금만 참아줘. 오늘은 타우유를 뿌린 등심 데리야키야."

"음."

햄버그가 아닌 날의 아이 파는 늘 무난한 반응을 보인다. 못마땅해하며 먹지 않는 대신 반가워하는 모습을 보이지도 않는다. 여전히 아이 파는 햄버그보다 더 좋아하는 음식을 만나지 못했다. 《현옹정》에서 입수한 새 식재료도 어디까지나 햄버그의 맛을 돋우는 곁들임에 불과했다.

"그러고 보니 너랑 만난 지 어느덧 두 달쯤 되었네. 그럼 루가의 누군가가 생일을 맞은 것도 당연하겠어."

"음? 무슨 뜻인지 잘 모르겠군."

"아, 그러니까 코타 루까지 합하면 루 본가의 식구가 열세 명이잖아. 그럼 달마다 누군가의 생일이 있어도 이상할 것이 없다는 이야기지. 이곳 세계도 1년은 열두 달이라고 하니."

단 3년에 한 번은 열세 달이 된다는, 나로서는 이해하기 어려운 역법이었다.

"별 이상한 생각을 다 하는군. 친족도 아닌 루가의 생일 축하 따위 원래는 우리와 아무 상관도 없다."

"그야 그렇긴 한데."

"게다가 두 달쯤이라니, 적당히 얼버무리지 마."

"어? 그쯤 되었을 텐데? 나도 정확히 센 건 아닌데 이제 슬슬 60일쯤 지났을걸."

내가 그렇게 대답하자 아이 파는 세웠던 한쪽 무릎에 턱을 괴었다.

"두 달쯤이 아니라 오늘로 정확히 두 달이다."

"어?"

"너를 숲에서 만난 게 노란 달 24일. 오늘이 파란 달 24일이니 정확히 두 달이지 않나!"

나는 할 말을 잃었다.

아이 파가 먼 곳을 바라봤다.

"이 시간이라면── 내가 냄비를 끓이고 있을 때였나? 넌 이국의 흰옷을 입고, 피 빼기도 하지 않은 기바 고기를 보고 맛있겠다며 눈을 반짝였지."

그날 밤부터── 숲에서 아이 파를 만나 코끝에 칼이 들이닥치고, 그리고 파가로 따라온 그날부터 오늘로 정확히 두 달째였구나.

그 무렵도, 한 달 전도 나는 지금이 몇 월 며칠인지조차 의식하지 않고 살았다. 내가 날짜를 의식하기 시작한 것은 역참 마을에서 장사를 시작하고부터였다. 나는 왠지 기습 공격을 당한 기분이었다.

"……타우유 데리야키는 관둘래! 오늘은 햄버그를 먹자!"

"음? 갑자기 무슨 일이지?"

"모처럼 두 달이 된 기념일인데 축하 분위기 좀 내보고 싶지 않아? 그래, 그것도 넣어서 호화롭게 만들어야겠어!"

"고작 두 달로 축하하는 무슨. 게다가 이제 와서 고기를 다지면 저녁이 더 늦어지지 않나?"

"판매용 패티가 있잖아! 물론 먹은 만큼 나중에 만들어놓을 거야! 간식용은 작으니 한 명당 두 개씩 먹어야겠어."

냉큼 식량 창고로 가려고 일어선 내 모습을 아이 파가 멀뚱히 올려다봤다.

"도통 모르겠군. 아스타, 왜 그리 흥분한 거지?"

"어? 딱히 흥분한 건 아닌데…… 그냥 이런 날쯤은 아이 파, 네가 가장 먹고 싶어 하는 걸 해주고 싶어서 그래. 햄버그 말고 먹고 싶은 게 있으면 뭐든 만들어줄게."

"…………그런 게 있을 리 없잖아."

입술을 뾰족 내밀까 말까 망설이는 듯한, 매우 복잡한 표정의 아이 파였다.

그리하여 파가에서는 라라 루의 생일을 축하하기 전에 소소한 축하 만찬을 들게 되었다.

2

이튿날 파란 달 25일.

예정대로 역참 마을에서 곧장 루의 촌락으로 향한 나는 그곳에서 기묘한 광경을 목격했다.

"우아, 저게 뭐야?"

일곱 채의 집에 둘러싸인 대광장 한구석에 이상한 고깃덩어리가 널브러져 있었다.

소용돌이무늬 천에 싸인 작은 산 만한 고깃덩어리였다. 그 고깃덩어리에서 어린아이들이 떼 지어 놀고 있었다. 멍하니 멈춰선 내게 여자들을 대표해 라라 루가 "영락없이 미다잖아, 뭐 다른 걸로 보여?" 하고 대꾸해주었다.

물론 미다라는 것은 한눈에 알아봤지만, 그가 왜 저런 곳에 벌렁 드러누워 있는지 나는 전혀 이해할 수 없었다. 쇠 냄비를 끌어안은 라라 루 일행과 함께 가까이 가서 눈으로 확인해도 여전히 왜 그러고 있는지 알 수 없었다.

미다는 땅바닥에 대자로 뻗어 있었다. 거대한 몸으로 땀을 뻘뻘 흘리며 숨을 헉헉 몰아쉬었다. 그 호흡에 맞춰 둥글고 빵빵한 배가 격하게 오르내렸고, 아이들은 꿈틀대는 고깃덩어리 꼭

대기에 서서 균형을 잡으려 애쓰거나 그냥 찰싹 달라붙어서 신나게 소리를 지르거나 영차 영차 열심히 기어오르는 등 미다의 몸을 운동기구나 놀이기구로 삼고 있었다.

인원은 다섯 명인데, 세 명은 남자아이고 두 명은 여자아이였다. 전부 어린이용 복장을 걸치고 있는 것으로 보아 모두 열 살 미만의 어린이일 것이다. 가장 작은 여자아이는 기껏해야 세 살 정도로밖에 보이지 않았다.

"어…… 설마 학대하는 건 아니겠지?"

"그렇게 보여?"

"아니, 글쎄."

적어도 아이들의 웃는 얼굴에 악의라고는 요만큼도 보이지 않았다.

미다가 어떤지 봤는데 마치 모래사장에 떠밀려 온 향유고래 같았다. 의식이 있는지 여부도 판단이 서지 않았다.

그때 집 뒤편에서 남자 한 명이 걸어 나왔다.

"가족 미다여, 이제 충분히 쉬었을 테니 일을 계속해야 한다."

평소 못 보던 남자였다.

나이는 사십이 되기 직전일까. 훤칠한 키에 콧수염을 길렀고 흑갈색의 긴 머리를 뒤에서 하나로 묶고 있다. 약간 시무인을 닮은 기름한 눈은 짙은 파란색이며, 예리하고 단단한 인상의 갸름한 얼굴을 지닌 제법 중후한 매력의 미남이었다.

"물…… 미다는 물 마시고 싶은데……?"

"그럼 직접 길어 오도록. 물독의 물은 네가 다 마셔버리지 않았느냐."

인정사정없는 엄격한 목소리였다.

미다가 꾸물꾸물 상체를 일으키는 바람에 배 위에 타고 있던 아이들이 "꺄아" 하고 신나게 비명을 지르며 뛰어내렸다.

순간 나도 "으악!" 하고 전혀 신나지 않은 비명을 지르고 말았다. 느닷없이 뒤에서 물컹하는 부드러운 물체가 나를 덮쳤기 때문이다.

"미안해…… 일부러 그런 건 아니야……. 왠지 속이 메슥거려서……."

등을 압박하는 위험한 감촉에 나는 신속히 이의를 제기하려 했으나 어깨 너머로 본 비나 루의 얼굴은 정말 새파랗게 질려 있었다. 그녀에게는 미다의 존재가 거북스러운 것이다.

"……아, 실라, 돌아왔구나. 본가의 여자들도 수고했다."

장년의 남자가 미다에게서 우리 쪽으로 시선을 옮겼다.

그래서 알았다. 그는 실라 루와 신 루의 아버지이자 분가의 선대 가장 랴다 루였던 것이다.

자세히 보니 오른쪽 다리를 부자연스럽게 끌며 걸었다. 남자들은 숲에 들어가 있을 무렵인데 그는 사냥꾼의 옷도 걸치지 않고 대도를 차지도 않았다. 다리근육이 끊어져 사냥꾼의 임무를 수행하지 못하게 되어 가장의 자리를 젊은 장남 신 루에게 물려준, 분가의 선대 가장이자 돈다 루의 막내아우—— 그 사람이 바로 이 랴다 루였다.

나는 어부바 귀신 같은 비나 루에게 덮쳐진 채 최대한 머리를 숙여 보였다.

"랴다 루, 안녕하세요. 오늘 처음 뵙는 거 맞죠? 저는 파가의 아스타라고 합니다."

이 숲가에 허여멀건 피부를 지닌 인간은 나 하나밖에 없으니 굳이 자기소개를 할 필요도 없었으리라.

하지만 신 루의 집에는 그동안 신세를 많이 졌다. 선대 가장에 게 최대한 예의를 갖추고 싶었다.

"이렇게 얼굴을 마주하는 것은 처음이군. 나는 신 루가의 선 대 가장 랴다 루라고 한다. 딸 실라가 신세를 지고 있군."

랴다 루도 나와 같은 생각을 했는지 조용히 눈인사를 해주었 다. 역시 어딘지 모르게 신 루와 실라 루와 분위기가 닮은 느낌 이었다.

"저, 미다는 무슨 일을 하나요?"

"음? 이 녀석은 지금 숲의 끝에서 목재를 채취하는 일을 맡고 있지."

랴다 루가 턱으로 가리킨 쪽을 보니 신 루의 집 뒤편에 산더미 처럼 쌓인 통나무가 보였다. 일반적으로 주워 모으는 장작보다 훨씬 두껍고 단면도 깔끔한 목재였다.

"사냥꾼의 일이 아니라 목재를 채취하는 거군요?"

"그렇지. 이 녀석은 힘이 센 반면 쉽게 지쳐버리거든. 이래서는 다른 사냥꾼의 방해만 될 뿐이라 당분간 다른 일을 맡기기로 했지."

그렇게 대화를 나누고 있는 사이 미다가 뒤늦게 우리 존재를 알아차린 듯했다. 싱글벙글한 얼굴의 아이들에게 둘러싸여 땅바닥에 주저앉은 채 묘하게 새된 목소리로 "어라……?" 하고 중얼거렸다.

"아스타구나…… 아스타가 와줬네……?"

"네. 오랜만이에요, 미다."

그 순간 라라 루가 "말투가 왜 그래?" 하고 끼어들었다.

"이 녀석, 루도보다 어리단 말이야. 나도 오늘부터는 한 살밖에 차이 안 나고."

"아니, 그래도——" 하고 말하다 나는 다시 생각했다. 나보다 세 살이나 어린데 존댓말을 하면 되레 서먹해질지도 모른다.

"——미다는 몸이 커서 처음 만났을 때는 나보다 나이가 많은 줄 알았어. 그럼 이제부터 다시 편하게 말해도 될까? 미다."

"……응……?"

미다는 도통 무슨 뜻인지 이해하지 못하겠다는 듯 볼살을 떨었다.

그러고는 허억 하고 숨을 요란하게 내뱉었다.

"아아…… 아스타를 보고 있었더니 괜히 배가 고파졌는 걸……? 미다는 맛있는 게 먹고 싶은데……?"

나 참, 여전하구나 싶었다.

9일쯤 전에 테이 슨의 시신을 대면했을 때는 그야말로 세상이 끝날 듯이 슬퍼해서 아이 파와 야밀 레이가 아무리 나무라도 울음을 그치지 않았던 미다였지만── 다행히 그런 그늘은 이제 남아 있지 않은 듯했다.

"저녁 먹으려면 좀 더 기다려야 해. 그동안 맛있게 먹을 수 있도록 열심히 일해야지?"

상냥하게 타이르듯 말한 사람은 실라 루였다.

나는 깜짝 놀라 그녀를 돌아봤다. 덩달아 실라 루도 놀란 듯이 눈을 동그랗게 떴다.

"무슨 일이에요? 내가 뭐 이상한 말이라도 했나요?"

"아, 아뇨, 미안해요. 실라 루가 그렇게 말하는 걸 처음 들어서요. ……뭔가 엄청나게 누나 같다고나 할까요?"

"……잘 모르겠지만 부끄럽네요."

그렇게 말하고 실라 루는 어색한지 고개를 숙였다.

나는 라라 루의 싸늘한 눈초리에 머리를 긁적이다 이내 랴다 루의 시선까지 느끼고 식은땀을 한 바가지 쏟게 되었다.

"아니, 저…… 죄송합니다."

"……왜 사과하는지 모르겠지만, 우리는 이제 다시 일하러 가야겠군."

랴다 루는 여전히 조용하고 엄격한 표정으로 미다를 둘러싼 아이들 쪽을 쳐다봤다.

"너희도 할 일 없으면 저쪽에서 놀거라. 미다가 일할 때는 가까이 가면 안 된다?"

"네에."

"미다, 잘 가."

"또 놀자, 미다!"

"응……" 하고 미다는 다시 볼살을 떨었다.

여전히 표정을 읽을 수 없지만, 아기 돼지처럼 작게 보이는 눈동자에 몹시 아쉬워하는 빛이 떠올라 있는 듯 느껴졌다.

그렇다면 분명 괜찮으리라. 나도 조금 안심하고 미다에게 인사를 건넬 수 있었다.

"그럼 미다, 또 봐. 서로 일 열심히 하자."

"아…… 아스타 벌써 가는 거야……?"

"아니, 오늘은 본가에서 저녁을 얻어먹기로 했거든. 시간 있으면 또 나중에 이야기하자."

"응…… 알겠어…….."

그리하여 느릿느릿 일어서는 중인 미다를 곁눈질하며 우리는 가던 길을 마저 가기로 했다.

그렇긴 해도 실라 루와 라라 루가 들고 있던 쇠 냄비는 신 루가의 물건이기 때문에 두 사람은 그쪽 집으로 가고, 나는 비틀비틀 걷는 비나 루하고만 루 본가로 향했다.

"미다가 루의 촌락에 온 지 벌써 열흘도 넘었죠? 아직 거북한 마음이 잘 극복되지 않은 거예요?"

"다들 어쩜 그렇게 아무렇지도 않게 대할 수 있는지, 나는 잘 모르겠어…… 우우우, 토할 것 같아…….”

“저렇게 매일 열심히 일하면 미다도 남들만큼──은 어렵겠지만 단 루티무 정도의 체형은 될 수 있지 않을까요?”

“……그때까지 내가 버틸 수 있을까…….”

이야기를 하다 보니 어느새 루 본가에 도착했다.

집을 보고 있던 사티 레이 루에게 인사를 하고 뒤편에 있는 부엌으로 향했다. 벽을 따라 모퉁이를 돌려던 참에 이번에는 리미 루와 마주쳤다. 더 정확히 표현하자면 토토스를 탄 리미 루와 마주친 것이다.

“아, 아스타다! 어서 와! 루가에 잘 왔어!”

기루루와의 공동생활로 인해 다소 면역력이 생긴 나는 토토스의 갑작스러운 등장에도 당황하지 않았다.

“오, 리미 루. 벌써 토토스를 혼자 타는구나?”

“응! 아직 달리는 건 어렵지만.”

한껏 흥이 오른 리미 루는 토토스가 우리와 같은 방향으로 고개를 틀도록 고삐를 잡아당겼다.

크기는 비슷해도 우리 집 기루루보다 깃털색이 약간 짙은 편이고, 몸통과 목 언저리에는 더 짙은 색 깃털이 섞여 있어 언뜻 호랑이 줄무늬처럼 보이기도 했다. 유심히 관찰해보니 토토스에게도 개체차가 꽤 있다는 것을 알 수 있었다.

“있지, 파가의 토토스는 이름을 뭘로 지었어? 이 아이는 루루야!”

"오, 루루구나. 귀엽네."

"응! 루가의 토토스니까 루루!"

자자가나 사우티가에서도 토토스에게 이름을 붙여주었을까 생각하면서 "우리 집 토토스는 기루루야" 하고 대답했다.

리미 루는 "기루루와 루루. 좀 비슷하네" 하고 흡족하게 말하며 좋아했다.

"아, 비나, 수고했어. 아스타, 어서 오렴. 일부러 와줘서 고맙구나."

부엌에서 미아 레이 아주머니와 레이나 루가 기다리고 있었다.

"자, 리미, 아스타가 왔으니 우리 휴식도 끝났단다. 토토스 묶어놓고 오렴."

"네—" 하고 리미 루가 그대로 부엌 앞을 지나갔다.

비나 루도 짐을 내리고, 아직 조금은 처진 몸을 이끌고 물러났다.

"고마워요, 아스타. ……저, 라라가 눈치채지는 못했죠?"

미아 레이 아주머니 옆에서 작은 소리로 묻는 레이나 루에게 나는 "응" 하고 고개를 끄덕여 보였다.

"내가 저녁을 만들 걸 알아차린다 해도 전혀 놀랍거나 새삼스러운 일도 아니잖아. 별다른 이야기도 없었고."

"그래도 아스타라면 라라가 놀랄 만한 요리를 준비했을 것 같구나."

미아 레이 아주머니가 말했다.

"그게, 이것저것 생각해봤는데요, 괜히 낯선 요리를 준비했다가 입맛에 안 맞을 수도 있어서 소소하게 곁들여 먹는 것만 추가했어요. 기본적으로는 타라파 소스를 뿌린 고기구이니까 너무 기대하지는 마시고요."

그렇게 말했는데도 미아 레이 아주머니와 레이나 루는 기대감에 찬 눈빛으로 서로 마주 봤다.

정말 소소한 토핑을 추가할 뿐이라 너무 기대하지 말았으면 싶었지만, 어쨌든 조리를 시작해야겠다. 내일 장사를 위한 밑준비 작업도 이곳에서 완성해야 하기에 시간이 몹시 빠듯하다.

"오래 기다렸지! 그럼 리미는 아스타를…… 아, 도와주면 안 되는 거였나?"

"응. 이건 내 일이니까. 그래도 오늘은 혼자 하기엔 좀 빠듯한데."

상식적으로 생각해서 저녁 식사 전에 전부 마무리하기에는 작업량이 너무 많다. 역참 마을의 일이 정시에 끝나는 날은 작업을 저녁 먹은 뒤로 미루기 일쑤였다.

하지만 오늘은 루의 촌락에서 숙박할 예정도 없어서 되도록 저녁 전에 모든 일을 끝내고 싶었다.

"저, 미아 레이 루. 죄송하지만 오늘은 일손을 빌려도 될까요? 역참 마을에서 일할 때와 똑같은 대가를 지불할게요."

"흐음? 그럼 비나를 다시 불러올까? 요즘에는 장작도 모자라지 않은 것 같으니."

그랬다. 파가에 들르지 않는 날은 비나 루에게 장작을 한 시간 동안 줍는 일이 주어진다.

"아니, 이왕이면 저녁 먹기 전까지 계속 도와줬으면 하거든요. 분가에 누구 손이 비는 사람 없을까요?"

"그럼 우리 중 한 사람이 돕는 게 좋겠구나. 포이탄은 이미 구웠으니 우리는 둘이서 일해도 충분하단다."

"아, 그럼 부탁드릴게요" 하고 나는 안도의 한숨을 쉬었다.

"좋아, 힘내자! 무슨 일부터 하면 돼?"

리미 루가 웃는 얼굴로 내 다리에 달라붙었다.

그러자 레이나 루가 "아, 저기, 그……" 하고 황급히 입을 열었다.

"내, 내가 아스타를 도울게요! ……그건 안 될까요……?"

리미 루가 어리둥절해하며 돌아보자 미아 레이 아주머니가 탄탄한 어깨를 으쓱했다.

"누구든 상관없지만 대가를 받는 일이니 실력이 확실한 레이나를 보내야 하나?"

"뭐어! 리미도 잘할 수 있다고!"

리미 루가 볼을 잔뜩 부풀렸다.

"역참 마을의 일도 리미가 돕고 싶었단 말이야! 가장 회의 때도 안 데려가주고, 왜 맨날 리미만 따돌리는 건데?!"

"네가 아직 어린아이니까 그렇지. 쇠 냄비를 옮길 수 있게 되면 라라가 아니라 리미, 네가 도와도 된단다."

그 말에 나는 순간 머릿속에 번뜩이는 것이 있었다.

"그럼 파가에서 토토스용 짐수레를 구하면, 리미 루도 할 수 있을 것 같아요. 제가 역참 마을에 가기 전에 루의 촌락에 들러서 모두를 태우고 갈 예정이거든요."

"으음? 일부러 여기 들렀다 가면 멀리 돌아가게 되지 않겠니?"

"아뇨, 어차피 파가에서 이용하는 길에 구름다리가 있어서 토토스가 지나가기는 어렵거든요. 차라리 루의 촌락에서 합류해서 다 같이 남쪽 길로 가는 편이 합리적인 것 같아요."

리미 루는 "아싸!" 하고 방방 뛰었다.

그 모습을 보고 레이나 루가 머뭇거리기 시작했다.

"저기, 미아 레이 어머니. 비나 언니한테 역참 마을의 일을 맡긴 건 슨가 사람을 조심하기 위해서였죠? 그럼 이제……."

"그야 그렇지만 이번에는 성 녀석들과 복잡한 관계가 되었잖니. 마침 루도 일행도 더는 호위하지 않으니 그 회담이 무사히 끝날 때까지는 계속 비나가 역참 마을에 가는 게 낫겠구나."

"……하긴, 그렇지." 레이나 루가 어깨를 축 늘어뜨렸다.

"리미, 너도 마찬가지란다. 성 사람은 적이 아니란 것이 밝혀지기 전까지는 너처럼 어린아이를 역참 마을에 보낼 수는 없구나."

"괜찮아! 분명히 돈다 아버지가 성 사람 따위는 한 방에 해치울 테니까!"

아니, 해치워도 문제가 될 텐데. 어쨌든 지금은 눈앞의 일을 해야 한다.

"이제 그만 시작해야겠구나. 리미, 넌 이쪽을 도우렴."

미아 레이 아주머니의 목소리를 신호로 우리는 부엌일을 하기 시작했다.

"우리는 장사용 밑 준비부터 정리하자. 우선 햄버그 패티부터 만들까?"

"네. 그럼 아리아를 잘게 썰고 고기를 다져야겠군요."

순식간에 레이나 루의 표정이 바뀌었다.

묘하게 진지한 표정이다. 원래 숲가의 백성은 일할 때 진지한 자세로 임하는 것이 특징이지만 레이나 루는 오늘따라 유난히 분발하는 것처럼 보였다.

"내가 뭘 맡으면 될까요? 아니면 둘이서 한 가지 작업을 완성하는 건가요?"

"어, 그래. 우선 둘이서 아리아를 잘게 썰고, 그다음에 아리아를 볶는 역할과 고기를 다지는 역할로 나눌까?"

"과연…… 볶은 아리아는 일단 열을 식혀야 하니 그 편이 가장 효율적이겠어요."

도대체 무슨 일일까.

레이나 루의 적극적인 모습에 다소 기가 꺾이면서도 나는 시무산 조리칼로 아리아를 썰었다.

"……그 칼이 백동화 18닢짜리라고 했죠?"

"응, 맞아."

"믿기지 않는 가격이지만, 칼이 정말 잘 드는군요. 아스타가 칼질을 해서 괜히 더 훌륭하게 느껴지긴 하지만요."

레이나 루는 그런 식으로 내 손을 흘끗흘끗 관찰하면서 자신도 솜씨 좋게 아리아를 잘게 썰었다.

"……무슨 일 있어? 이 정도는 아주 익숙한 작업이잖아."

"아뇨, 그렇게 자만해서는 안 되는 거였어요. 가장 회의 때 알게 되었는데, 비나 언니와 라라의 아궁이 당번 솜씨가 몰라보게 좋아졌더라고요."

"흐, 흐음? 그런데 역참 마을에서 칼을 다루는 사람은 나랑 실라 루뿐인데?"

"네. 그러니까 작업의 진행 방식이나 빈 시간을 어떻게 활용할지라든가, 그런 부분에서 말이에요. 실라 루는 칼과 불을 훨씬 더 잘 다루게 되었다는 느낌을 받았어요."

레이나 루는 말하면서도 손끝으로 아리아를 정확히 썰어나갔다.

"아마 지금의 나는 실라 루의 발밑에도 미치지 못할 거예요. 한 달씩이나 아스타에게 지도를 받았으니 당연한 결과죠."

"그, 그럴 리 없을걸."

"그럴 리 있어요. 난 아직 마음이 어린아이처럼 미성숙한데, 그것 때문에 좀 속상하기도 해요."

레이나 루는 지금껏 내가 본 적 없는 얼굴로 웃었다.

제 입으로 말했다시피 레이나 루는 다소 어린아이 같은 구석이 있다. 매우 성실하고 천성이 상냥하지만 자신의 생각을 꾸밈

없이 드러내는 면도 이따금 엿보인다. 또 한편으로는 혼자만의 고민에 빠져 괴로워하곤 한다. 오로지 천진하기만 한 리미 루나 희로애락이 분명한 라라 루보다 대하기 어려운, 여자아이다운 여자아이―― 그것이 내가 레이나 루에게 받은 인상이다.

하지만 이때 보인 레이나 루의 표정은 뭐라 표현해야 좋을까. 적개심이나 질투심과 비슷하면서도 다른, 강한 의지에 차서 웃는 얼굴. 결전에 도전하는 전사 같으면서도 묘하게 즐거워 보이는, 어쨌든 의연한 미소였다.

실라 루를 라이벌로 생각하는 걸까? 물론 사랑의 쟁탈전이 아닌 아궁이 당번의 실력자로서.

"……아, 미안해요! 딱히 실라 루에게 나쁜 마음을 품고 있는 건 아니에요."

레이나 루는 다시 아이 같은 얼굴로 돌아와서 어깨 너머로 어머니와 동생 쪽을 봤다. 미아 레이 아주머니 일행은 아무 말도 듣지 못했는지 둘이서 수다를 떨면서 차치 껍질을 벗기고 있었다.

"단지 그동안 했던 것보다 더 아궁이 당번 일에 힘쓰고 싶었을 뿐이에요. 실라 루는 소중한 친족이니 설령 조금은 속상해도 무시하거나 하는 짓은 절대로――!"

"아니, 그런 생각은 하지 않았어. 향상심을 가지는 건 중요하다고 생각해."

그렇게 대답하자 레이나 루는 잠시 내 얼굴을 쳐다본 뒤 그제야 안심한 듯 부드럽게 미소 지었다.

정서 불안이 심한 상태일지도 모른다. 하지만 왠지 레이나 루의 심경의 변화를 응원하고 싶기도 했다.

　실라 루가 조리 실력을 갈고닦는 데 진지하게 임하는 까닭은 아마 요리에서 자신의 존재 가치를 발견했기 때문일 것이다. 자신의 기술이 부를 얻는 수단이 되었고 가족의 생활을 돕고 있다. 또 가족이 자신의 요리를 먹고 행복한 표정을 지어준다. 그래서 그녀는 더 열심히 해야겠다고 생각할 것이다.

　하지만 지금의 레이나 루에게는 그런 숲가의 백성다운 올곧은 감정이 별로 느껴지지 않는다. 레이나 루가 품고 있는 것은 더 불분명한 기분…… 막연한 향상심, 뚜렷하지 않은 목적, 정체 모를 초조감, 그런 것이 아닐까.

　어쩌면 남에게 인정받고 싶어 하는 이른바 인정 욕구일지도 모른다. 그러나 그 욕구를 불순하다고 여길 만큼 나는 성인군자가 아니다. 내가 있던 세계에서 인정 욕구는 결코 드물지 않았다. 누구나 많든 적든 갖고 있다고 생각한다. 당연하게도 내 안에도 그 욕구가 분명히 뿌리내리고 있다.

　간단히 말해 나는 레이나 루의 내면에서 나와 비슷한 냄새를 느꼈다. 요리 솜씨에 자신의 존엄성 같은 것을 부여하고 거기에 일희일우하는, 반 사람 몫의 요리사의 냄새를 말이다.

　"……무슨 일이에요? 아스타, 손이 멈춰 있어요."

　이번에는 장난스러운 미소를 띤 레이나 루에게 지적을 받고 말았다.

그 표정 또한 그동안 거의 못 보던 것이었다.

어쩌면 레이나 루는 크게 변화하는 도중일지도 모른다. 그래서 적잖이 불안정해 보이는 걸까.

그런데 그 변화의 조짐을 느끼게 하는 행동거지가 내게는 몹시 자극적이고 매력적으로 다가왔다.

변명 같을지 몰라도 연애 감정이 어떻다 하는 이야기가 아니다. 과장해서 말하자면 미래의 라이벌의 등장 예감에 가슴이 떨렸던 것인지도 몰랐다.

3

그리고 밤이 되었다.

저녁을 먹기 전에 가족들이 라라 루에게 꽃을 전달하는 시간을 가졌다.

평소 리미 루와 함께 말석에 자리 잡던 라라 루는 가장과 최고장로 사이에 앉아 시무룩하게 입을 다물고 있었다.

"……네 녀석이 열세 살이 되다니. 키는 남들만큼 컸어도 속은 여전히 꼬마이지 않느냐."

라라 루 못지않게 무뚝뚝한 얼굴로 돈다 루가 독설을 내뱉자 오늘의 주인공은 "시끄러워!" 하고 눈썹을 추켜올렸다.

"배고파 죽겠는데, 얼른 해치우시지?"

"그런 점이 꼬마 같다는 거다."

덩달아 얼굴을 찌푸린 돈다 루가 자리에서 일어나지도 않고 팔을 쑥 내밀어 딸의 머리에 파랗고 큼직한 꽃을 꽂았다.

"……삼녀 라라가 한 해를 건강하게 지낸 것을 축하하며 새로운 한 해 또한 건강하게 지내길 바란다."

라라 루가 코에 주름을 잡으면서 "예예, 고맙습니다—" 하고 내뱉었다. 참으로 훈훈한 부녀의 모습이었다.

그러고 나서 라라 루는 지바 할머니를 향해 반대쪽으로 몸을 틀어 앉았다. 나이 85세에 이르는 최고 장로 지바 할머니가 나뭇가지 같은 손가락으로 증손녀의 머리에 붉고 작은 꽃을 꽂았다.

"축하한다…… 앞으로도 건강하려무나, 라라……."

"응. 고마워, 지바 할머니."

라라 루가 백팔십도 달라진 태도로 순순히 미소를 지었다. 기쁨이 느껴지는 그 목소리에 등 뒤에 앉은 아버지가 "쳇" 하고 작게 혀를 찼다.

이번에는 붉은 꽃과 파란 꽃을 손에 든 지자 루가 라라 루 곁으로 다가와 무릎을 꿇었다.

"셋째 누이 라라의 열세 번째 생일을 축복한다. 앞으로도 루의 이름에 부끄럽지 않은 훌륭한 여인으로 자라길 바란다. ……이쪽 꽃은 다루무가 보낸 것이란다."

라라 루는 공손한 얼굴로 "고마워" 하고 대답했다. 차남 다루무 루는 슨의 촌락에서 분가 사람들에게 사냥을 가르치는 중이라 자리를 비운 것이다.

그 후에도 나머지 가족이 차례로 라라 루 곁으로 다가왔다.

"축하해. ……남자한테 관심받으려면 살 좀 쪄야겠다."

"시끄러워, 바보야!"

"축하한다. 너도 마음씨가 고우니 입이 험한 것만 고치면 좋겠구나."

"……시끄럽다니까."

"축하한다. 넌 그대로 바르게 살면 된다고 생각한단다."

"응, 고마워, 티토 민 할머니."

"정말 예쁘다. 나도 지금의 네가 좋아, 라라. 열세 살, 축하해." "우갸ㅡ."

"고마워. 코타도 고맙다."

"축하해…… 라라가 벌써 열세 살이 되다니 믿기지가 않아……."

"와, 꽃이 엄청 크다! 고마워!"

"축하해. 올 한 해도 건강하길 빌게."

"응, 고마워."

"축하해! 미조라 꽃이야!"

"고마워. ……아, 꽃향기 때문에 음식 냄새가 안 날 지경이야!"

그런 불평을 하면서 라라 루는 매우 쑥스럽다는 표정을 짓고 있었다. 머리와 가슴이 꽃으로 가득한 것이 보는 사람으로 하여금 미소를 짓게 할 만큼 행복한 모습이었다.

"축하해, 라라 루. 우리는 가족은 아니지만 축하 꽃을 받아 줄래?"

마지막으로 나와 아이 파가 라라 루 앞으로 나란히 다가갔다.

"응" 하고 고개를 끄덕이는 라라 루의 허리에 아이 파가 파란 꽃을, 나는 어렵사리 귀 위의 빈 곳을 발견해 붉은 꽃을 꽂아주었다.

역시 새빨간 머리와 바다처럼 파란 눈동자가 인상적인 소녀라 그런지 모두 미리 짠 것처럼 붉거나 파란 꽃을 준비해 왔다.

'열세 살이라── 하긴, 그 나이 때는 저렇지.'

나는 몰래 속으로 생각했다.

키는 그럭저럭 보통인데 몸매가 가냘프고, 얼굴은 반듯한데 표정이 앳되다. 그 불균형한 모습이야말로 열세 살이라는 나이에 걸맞을지도 몰랐다.

입이 험하고 중성적인 외모이지만, 분명히 4년 후에는 둘째 언니 못지않게, 7년 후에는 맏언니 못지않게 매력적인 여성으로 성장할 것이 틀림없다. 그런 식으로 제법 실례되는 감상을 품을 만큼 귀여운 여자아이라고 생각한다.

"이제 그만 저녁을 먹어야겠구나. 오늘은 아스타도 저녁 준비를 도왔단다."

수프를 뜨기 위해 미아 레이 아주머니가 일어서며 말하자, 라라 루는 "아, 역시 그런 거였어" 하고 어깨를 으쓱했다.

"어쩐지, 레이나 언니랑 둘이 속닥속닥하더라니. 기쁘긴 한데, 괜히 이상한 거 먹이면 안 된다?"

"그래, 입맛에 맞았으면 좋겠는데."

나도 보온용 아궁이로 가서 쇠 냄비 뚜껑을 치웠다.

그 순간 타라파 냄새가 사방으로 퍼졌다.

"뭐야, 타라파였어? 늘 먹던 거랑 똑같잖아."

불평을 한 사람은 막내 남동생 루도 루였다.

역참 마을에서 장사를 하고 남은 타라파 소스를 비나 루 일행이 루가로 가져와 식탁에 올렸던 것이다.

"미안, 미안. 오늘 요리에는 타라파 소스가 제일 잘 어울릴 것 같았거든. 그래도 좀 색다르게 만들어봤어."

아무래도 장사하고 남은 것을 그대로 쓰기에는 내키지 않았기에 신중히 맛을 보고 자갈산 타우유와 시무산 치트 열매를 소량 첨가해 풍미를 더했다. ……참고로 치트 열매는 홍고추처럼 강렬한 향신료라서 정말 극소량만 넣었다.

색다르게 만든 타라파 소스 바닥에는 노릇노릇하게 구워진 등심 소테(버터를 발라 살짝 튀긴 고기)가 들어 있다. 그것을 하나씩 나무 접시에 옮겨 담은 뒤 나는 아이 파에게 비밀 병기를 건네받았다.

이 비밀 병기의 존재를 아는 사람은 이미 파가의 식탁에서 맛본 아이 파와, 얼마 전《현웅정》에 함께 갔던 비나 루뿐이다. 이것은 시무산 식재료 중에서도 희소가치가 높고 매우 비싸서《현웅정》의 음식에도 사용하지 못한, 비장의 식재료였다.

"그게 뭐야?" 루도 루가 눈을 동그랗게 떴다. 다른 여자들도 흥미진진한 모습이다.

반달 모양의 하얀 물체. 직경 약 15센티미터에 두께 5센티미터 정도. 원래 원형이었던 것을 파가의 저녁 식사 때 제법 사용하는 바람에 반달 모양이 되었다. 표면이 새하얗고 잘린 단면은 옅은 노란색이다.

원형이었을 때 가격은 적동화 20닢. 《현옹정》주인이 장사용이 아니라 기호품으로 행상인에게 사들인 식재료를 양보받았다.

"포이탄? 이 아니네. 그거 먹는 거야?"

"먹는 거야. 동쪽 왕국 시무 영토에 서식하는 갸마라는 동물의 젖으로 만든 건락── 내 고향에서는 치즈라고 불리는 식재료야."

나는 그 갸마유(乳) 치즈를 산토쿠 식도로 7, 8밀리미터 두께로 저몄다.

타라파 소스로 범벅이 된 소테 위에 치즈를 한 장씩 깔자 치즈가 녹아내리면서 말로 표현할 수 없는 향기를 풍기기 시작했다.

"우와, 뭔가── 희한한 냄샌데?"

"그렇지? 역참 마을에서는 찾아볼 수 없는 식재료인데, 영양 만점이라 기운이 세진다고 하더라. 처음에는 먹기 힘들지 몰라도 입맛에 맞는 사람은 굉장히 좋아하게 될 거야."

예를 들어 우리 가장처럼 말이다. 아이 파는 달콤한 과실주 소스를 끼얹은 햄버그에 치즈를 올린 것이 최고의 요리라고 인정해주었다. 아까 타라파 소스가 가장 잘 어울린다고 말한 것은 달콤한 소스를 별로 좋아하지 않는 루의 가장을 배려해서였다.

"그럼 축하 식사를 시작하겠다."

돈다 루가 엄숙하게 말한 뒤 식전 기도를 읊었다. 다 같이 기도를 복창하고 나서 드디어 음식을 먹기 시작했다.

맨 먼저 반응을 보인 사람은 영광스럽게도 오늘의 주인공이었다.

"와, 이거 뭐야?! 굉장히 맛있어!"

"응, 진짜 맛있다!" 하고 리미 루도 환성을 질렀다.

안도의 한숨을 내쉬며 나도 내 몫의 소테를 먹기 시작했다.

갸마유 치즈는 농후한 카망베르 치즈 같은 맛이다. 감칠맛이 있는 반면 치즈 특유의 퀴퀴한 맛은 적다. 뽀얀 색깔과 걸쭉한 식감, 먹을수록 카망베르 치즈와 가장 비슷하다는 생각이 들었다.

토마토와 치즈의 궁합은 더 설명할 필요도 없이 널리 알려져 있다. 토마토와 비슷한 타라파의 신맛과, 갸마 치즈의 크리미한 맛이 한데 어우러져 등심의 씹는 맛을 더욱 풍부하게 해주었다.

나 또한 최고의 메뉴는 햄버그가 아닐까 싶었지만 등심 소테도 그에 못지않았다. 아, 맛있어, 하고 무심코 입꼬리가 올라갔다.

"아스타, 이 치즈라는 것도 맛있긴 한데……."

루도 루가 다소 조심스럽게 말했다.

어, 입맛에 안 맞았나, 하고 나는 그쪽을 돌아봤다.

"이 타라파 소스 말이야, 평소 먹던 거랑 맛이 다른데?"

"응, 소스도 간을 조금 색다르게 맞췄거든. 타우유하고 치트 열매, 그리고 잘게 썬 아리아와 과실주 비율도 살짝 조절했고.

······평소 먹던 대로 할 걸 그랬나?"

"아니, 엄청나게 맛있어. 너무 맛있어서 깜짝 놀랐을 정도야."

루도 루는 이번에는 구운 포이탄을 찢어서 소스에 듬뿍 찍어
먹었다.

"응, 맛있어. ······생각해보니 아스타 요리를 엄청 오랜만에
먹어보네."

"그래? 전에 우리를 호위해줬을 때 간식도 대접했고,『기바 통
삼겹조림』을 연구했을 때는 맛도 봐달라고 했잖아."

"그런 거 말고. 아스타가 제대로 실력 발휘해서 만든 저녁 식
사를 먹는 게 오랜만이라 이거지. 그러니까──."

루도 루는 우물거리면서 가족들의 눈치를 살폈다.

그에 응한 사람은 티토 민 할머니였다.

"웬일로 네가 눈치를 다 보니? 루도, 너답지 않구나. 맛있으
면 맛있다고 말하면 되지 않겠니."

"아니, 그래도······."

"아스타, 나도 깜짝 놀랐단다. 요리 실력을 더 향상시켰나 보
구나."

"네? 그런가요?"

"그렇고말고. 아스타, 네가 가르쳐준 덕분에 우리도 다양한
요리를 만들 수 있게 되었단다. 레이나와 미아 레이는 실력이
어찌나 늘었는지 아스타가 만드는 요리와 별 차이가 없지 않을
까 싶을 정도지······."

"에이, 그만하세요, 어머니. 우리가 아스타를 어떻게 따라잡겠어요?"

미아 레이 아주머니가 유쾌하게 웃었다.

"그런데 나도 정말 놀랐지 뭐니. 아스타의 요리는 정말 맛있구나. 똑같은 방법으로 만드는데 왜 이렇게 맛이 다를까?"

"그건 하나부터 열까지 다 다르기 때문이에요. 불 조절, 칼 다루는 법은 물론 어떤 재료를 얼마큼 사용하는지, 맛을 확인한 뒤 간을 어떻게 맞추는지 그것 말고도 말로는 설명할 수 없을 만큼 사소한 부분에서도 아스타는 완전히 달라요."

그렇게 말한 사람은 레이나 루였다.

오늘은 라라 루가 상석에 앉았기 때문에 레이나 루는 평소보다 더 우리 자리에 가까웠다. 칭찬의 빛이 한가득 담긴 눈동자로 레이나 루가 나를 바라보고 있었다.

"나도 얼마나 놀랐는지 몰라요. 매일 장사를 위해 음식을 수백 인분이나 만드는 아스타인 만큼 실력이 향상되는 건 당연하겠지만요. 정말——정말 놀랐어요."

"아니, 수백 인분은 좀 과장이 지나친데……."

그 말대로 하루의 대부분을 조리하는 데 쓰는 것은 사실이다. 또 날마다 요리 연구에 정진하는 것을 신조로 애쓰기는 했지만, 이렇게 대놓고 칭찬을 받으니 몸 둘 바를 몰라 애먹었다.

"그래도 나야 어쨌든 레이나도 눈부시게 성장했단다. 아스타, 그 수프를 먹어보렴."

미아 레이 아주머니의 재촉에 나는 수프가 담긴 나무 접시를 손에 들었다.

타우유를 넣어서 살짝 갈색빛이 감도는 기바 고기 수프다.

만든 사람은 미아 레이 아주머니와 리미 루였지만 마지막에 맛을 보고 타우유와 소금으로 간을 맞춘 사람은 레이나 루였다.

수프를 한 모금 머금은 순간—— "와아, 맛있어요!" 하고 나는 소리를 지르고 말았다.

레이나 루가 흐뭇해하며 빙그레 웃었다.

"그 수프 맛은 레이나가 생각해낸 거란다. 레이나도 딱히 어렵게 만든 건 아닌데 어쩜 이렇게 맛이 달라지는지 모르겠구나."

딱히 어렵게 만든 건 아니다—— 정말 그 말대로일 것이다.

기바 고기로 육수를 내고 소금과 타우유와 피코잎으로 간을 맞추었다. 타우유라는 조미료가 추가되었을 뿐, 조리법은 크게 달라지지 않았을 것이다.

건더기로 들어간 채소는 아리아와 찻치, 기고다. 양파와 감자, 마(麻)의 유사품이다.

둥글게 썬 기고를 넣다니 탁월한 선택이다. 실은 나도 타우유를 구입한 뒤로는 자주 사용한다. 간장과 거의 비슷한 타우유에는 기고가 잘 어울린다.

그나저나 이 수프는 기가 막히게 맛있었다. 어려운 조리법을 쓰지 않은 만큼 맛을 결정하는 것은 조미료 및 식재료의 분량, 그리고 불 조절 정도다. 따라서 그 모든 것이 절묘하게 어우러졌다는 말이 된다.

그중 맛에 가장 큰 영향을 준 것은 타우유다. 타우유를 넣지 않은 수프라면 열흘쯤 전에도 얻어먹은 적이 있다. 그때는 이런 충격은 맛보지 못했다. 타우유로 인해 음식 맛의 수준이 한층 높아졌고── 그리고 조미료가 늘어남에 따라 배합 비율이 그 전보다 훨씬 중요해졌다는 것이리라.

하지만 그것만으로는 설명되지 않는 부분이 있다.

이 수프는 내가 만든 것보다 더 맛있다고 여겨진 것이다.

맛에 깊이가 있다. 타우유의 깔끔한 단맛 너머로 은은하고 구수한 풍미가 느껴진다. 가장 다른 점은 그 풍미였다.

"혹시── 육수를 낼 때 생고기 말고 구운 고기도 넣었어?"

레이나 루가 소스라치게 놀란 듯 눈을 휘둥그렇게 떴다.

"그뿐만이 아니야. 이 태운 간장 같은 풍미는…… 다진 고기를 타우유에 볶아서 그걸 넣은 건가──?"

"굉장해요! 어떻게 알았죠?"

"맞았어? 어림짐작으로 대충 맞춘 건데. ……레이나 루, 너 정말 대단하다."

"대단한 건 아스타예요. 역시 아스타에게는 못 당하겠어요!"

레이나 루는 그렇게 말하면서 행복한 듯 눈동자를 반짝였다.

한편 나는 대체 어떤 얼굴을 하고 있었을까? 나는 아마 이 세계에 와서 처음으로 다른 사람의 요리에 "맛있어!" 하고 진심으로 생각했을 것이다.

게다가 남쪽이나 동쪽에서 온 미지의 식재료가 아니라, 내가 쓰던 것과 완전히 똑같은 식재료로 만든 요리에 말이다. 솔직히 말해 나는 엄청나게 감동하고 말았다.

"이봐, 애송이." 그때 돈다 루가 오랜만에 입을 열었다.

절반쯤 멍한 상태로 나는 그쪽을 쳐다봤다.

"이틀 후 기바의 포획을 축하하는 작은 연회가 열린다. 그 아궁이 당번을 네놈에게 부탁해도 되겠나?"

"──네?"

돈다 루는 오늘도 가장 먼저 저녁을 먹어치우고 호리병 과실주를 들이켜고 있었다.

그 심기가 불편해 보이는 옆얼굴을 라라 루가 말똥말똥 쳐다봤다.

아니, 라라 루뿐만이 아니다. 아마 그 자리에 있던 거의 모두가 놀라움에 눈을 크게 뜨고 용맹스러운 가장의 모습을 응시했을 것이다.

"제, 제가 감히 연회 준비를 도와도 될까요?"

"……부탁한 건 나다."

늘 사납게 번뜩이는 돈다 루의 파란 눈동자가 내 얼굴을 똑바로 쏘아봤다.

"그날 루의 친족 남자들이 모여 힘겨루기 의식을 치른다. 거기서 승리를 거둔 남자에게 하사하는 기바 고기를 네놈이 구워줬으면 한다. ……어떤가?"

"──저라도 괜찮다면, 하겠습니다."

아직 머릿속이 정리되지 않은 상태로 내가 그렇게 대답하자 돈다 루는 "그래" 하고 낮게 읊조렸다.

◇

"오늘 정말 고마웠어! 아스타가 만든 요리, 굉장히 맛있었어!"

화목한 분위기 그대로 저녁 식사를 마치고 잠시 이야기를 나눈 다음 우리는 루가를 나섰다.

라라 루가 집 밖까지 나와 배웅해주었다. 붉고 파란 꽃이 장식된 라라 루는 정말 행복한 얼굴로 웃어주었다.

"그 치즈라는 희한한 음식, 나 흠뻑 빠져버렸는데! 만약 돈다 아버지가 허락한다면 우리 집 몫까지 구해줄 수 있어?"

"그래. 웬만해서는 구하기 힘든 식재료이긴 한데 일단 《현옹정》 주인한테 물어볼게."

"고마워! 아스타 덕분에 잊지 못할 생일 축하가 되었어."

정말 기쁠 때는 리미 루 못지않게 분명히 표현하는 라라 루였다. 이렇게 활짝 웃는 얼굴을 본 것만으로도 나는 오늘 하루의 고생과 피로가 싹 날아가는 기분이었다.

"그나저나 돈다 아버지가 직접 아스타한테 아궁이 당번을 부탁하다니! 너무 놀라서 하마터면 고기가 목에 걸릴 뻔했다니까!"

"아, 나도 놀랐어. 놀라우면서 기쁘더라. ……내 멋대로 받아

들여서 미안해, 아이 파."

"상관없어. 숲가의 족장인 돈다 루에게 요리 실력을 인정받다
니, 기뻐할 일이지."

기루루의 고삐를 쥔 아이 파가 무심하게 말했다.

기분 탓인지 아이 파가 언짢아하는 것처럼 보였지만 내가 언
급하기도 전에 라라 루가 "그러게 말이야!" 하고 밝은 목소리를
냈다.

"게다가 힘겨루기 의식이라니! 해봤자 돈다 아버지나 단 루티
무가 이길 게 뻔한데! 그거 자기가 맛있는 거 먹고 싶어서 아스
타한테 아궁이 당번을 맡긴 게 아닐까? 굉장해!"

"힘겨루기 의식이라. 그럼 미다도 승산이 있지 않아?"

"무리야, 무리! 아무리 미다라도 돈다 아버지랑 단 루티무에
게는 못 당하지. 단 루티무는 자기보다 덩치가 큰 마무가 장남
을 머리 위로 들어 올린 적도 있다니까!"

"아, 힘겨루기라는 게 상대와 맞붙어 싸우는 경기 같은 거야?"

그럼 확실히 돈다 루나 단 루티무가 미다에게 밀려날 리는 없
을 것이다.

아무튼 나는 한껏 실력을 발휘해 만든 요리를 그 승리자에게
바치면 된다.

"슬슬 가야겠다. 내일 장사도 잘 부탁할게, 라라 루."

인사를 하고 걸음을 옮기려던 그때.

싱글벙글 웃던 라라 루가 우리 뒤쪽을 뚫어지게 보더니 "어

라?" 하고 고개를 갸웃거렸다.

"신 루하고 미다네. 이렇게 늦은 밤에 웬일이지?"

뒤돌아보니 정말 두 사람이 광장 저쪽에서 걸어오고 있었다.

미다가 가슴 언저리에서 촛대를 들고 있어 촛불에 비친 얼굴이 공포 영화에 나오는 한 장면처럼 보였다.

"안녕, 미다. 마침 그쪽에 들르려던 참인데, 일부러 와줬구나."

"응…… 아이 파도 와 있었구나……?"

"음. 건강해 보여 다행이군, 루가의 미다여."

짐짓 점잔을 빼고 대답하고 나서 아이 파는 눈을 가늘게 떴다.

"한데 살이 좀 빠진 건가? 그래도 특출 나게 거체이긴 하지만."

"어? 어디가?! 여전히 포동포동하잖아!"

라라 루가 더없이 실례되는 말을 하면서 유쾌하게 웃어젖혔다. 이곳 세계에서도 이 또래의 소녀는 잔혹한 생물인 모양이다.

"아스타…… 아이 파…… 미안……."

"어?"

"뭐가 미안하다는 거지? 너한테 사과받을 이유는 없는데."

"아니…… 미다 때문에 두 사람이 루가에서 못 자게 되었잖아……. 그래서 미안……."

볼살이 떨릴 뿐 표정에는 변화가 없는 미다였다.

"미다의 집이 생기면 그 집은 돌려줄게……. 그때까지는 미안……."

"미다의 집?" 하고 내가 되묻자, 늘 냉정한 기름한 눈의 소년이 "미다는 요즘 아버지 랴다의 지도하에 자기 집을 짓고 있어" 하고 대답해주었다.

"자기 집이라고?! 그럼 낮에 모았던 목재는 집을 짓기 위한 거 였어?"

"응…… 미아 레이 루가 내 집을 만들라고 했거든…… 너무너 무 힘들지만 미다는 노력하고 있어…….."

우리가 늘 빌리던 빈집을 지금은 미다가 이용하고 있다. 그래 서 우리가 루의 촌락에 와서도 숙박하지 못하고 집으로 돌아가 게 되었는데, 그 때문에 미아 레이 아주머니가 마음을 써준 것 일까. 그렇다면 되레 우리가 더 미안한 마음이 든다.

그 심정을 말하려 하자 라라 루가 "아스타 일행은 신경 쓸 것 없어" 하고 선수를 쳤다.

"어차피 새 집은 필요하니까. 가족의 일원으로서 집 짓는 기 술을 배우는 건 나쁘지 않다고 미아 레이 어머니가 말했거든."

"아, 혼인을 하면 장남 외에는 집을 나가는 것이 원칙이었나? 루가는 본가만 해도 칠형제나 되는구나."

"그래, 맞아. 나랑 리미 외에는 벌써 열다섯 살을 넘었으니 좀 나가줬으면 한다니까."

"라라 루, 너도 2년 뒤에 혼인을 할 수 있구나" 하고 진지하게 중얼거렸더니 등짝에 매운 손바닥이 날아들었다.

미다는 지금 우리 대화가 이해되지 않는지 아이 파에게 눈을 돌렸다.

"……미다의 집이 생기면 아이 파랑 아스타는 루의 집에 더 자주 와줄 거야……?"

"그건 네가 걱정할 일이 아니다. 이틀 후 다시 이 촌락을 와야 할 일이 생기긴 했지만. ……한데 그 일은 분명히 네게 힘을 줄 것이다. 그동안 해왔던 대로 임하면 돼."

"……아이 파는 가끔 무슨 소리를 하는지 모를 대가 있네……."

"……앞으로도 힘내라는 소리다."

"응…… 힘낼게……." 미다가 다시 볼살을 떨었다.

살이 조금만 더 빠지면 나도 지금보다는 미다의 감정을 더 잘 읽게 될지도 모른다. 그렇게 되면 지금보다 더 이 신기한 존재를 가깝게 느낄 수 있을 것 같았다.

"그런데 신 루는 뭐 하러 왔어? 아스타 일행한테 볼일이 있는 거야?"

라라 루의 질문에 신 루가 다소 난감해하는 표정을 지었다.

그 표정 변화에 라라 루가 눈썹을 추켜올렸다.

"뭐야, 그 얼굴은? 설마 이제 와서 『제물 사냥』에 대해 알려달라는 건 아니겠지? 실라 루가 동전을 벌게 되었으니 이제 그런 건 필요 없잖아."

"한 달도 더 된 이야기를 왜 꺼내? 그 이야긴 이제 그만해줘."

"흥!" 라라 루가 고개를 홱 돌렸다.

그 뾰로통해진 옆얼굴을 잠시 바라본 뒤 신 루가 오른손을 내밀어왔다.

손에는 사람의 손바닥 크기만 한 참으로 멋진 노란 꽃을 쥐고 있었다. 그것을 곁눈으로 확인한 라라 루가 금세 "와아!" 하고 환성을 질렀다.

"굉장해! 아름다운 꽃! ……이거, 미조라?"

"그래. 노란 미조라를 발견한 건 처음이라 나도 놀랐어. 오늘 사냥하던 중에 발견했어."

"정말 굉장해! 와, 노란 미조라가 있다니! 나도 처음 봤어!"

라라 루는 흥분하면서 그 노란 꽃에 얼굴을 대고 "향긋한 냄새!" 하고 다시 환성을 질렀다.

"생일 축하 꽃은 같은 집에 사는 가족만 줄 수 있지만. ……이걸 받아주겠어?"

"어? 나한테 주는 거야?" 라라 루가 이상하다는 듯 고개를 들었다.

신 루는 여느 때와 같은 표정으로 작게 고개를 끄덕였다.

"라라 루는 노란 꽃을 좋아했지? 네 생일에 이걸 발견했으니 너한테 주고 싶었을 뿐이야. ……민폐인가?"

그 침착한 얼굴이 발그레해 보이는 것은 미다가 든 촛불 때문일까.

그것은 분명하진 않았지만 적어도 라라 루는 명백히 얼굴을 붉히고 있었다.

"……내가 노란 꽃을 좋아한다고 너한테 말한 적이 있었나?"

"말했어. 우리가 리미 루보다 더 어렸을 무렵에."

"그랬구나."

라라 루가 작게 말한 다음 머리에 꽂았던 꽃 한 송이를 가슴으로 옮겨 꽂았다. 그리고 빈자리가 정면이 되도록 고개를 돌렸다.

신 루는 손에 든 노란 꽃을 라라 루의 관자놀이에 살며시 꽂았다. 불꽃처럼 붉은 라라 루의 머리칼에 그 원색의 꽃은 놀라우리만큼 선명하고 강렬한 색채를 더했다.

"……라라 루가 행복한 한 해를 보내기를 진심으로 바랄게."

"고마워" 하고 중얼거린 뒤 라라 루는 신 루의 얼굴을 올려다봤다.

이제 그만 가야겠다 싶어, 나는 가장의 팔을 팔꿈치로 쿡쿡 찔렀다.

"그럼 우린 진짜 갈게. 라라 루, 내일도 잘 부탁해. 신 루랑 미다도 건강하고."

"아, 으, 응! 조심히 돌아가! 오늘 고마웠어!"

라라 루 일행에게 배웅을 받으며 기루루와 함께 광장을 가로질렀다.

오늘은 달빛이 유난히 환했다.

"후우, 왠지 근사한 하루였어. 최근에는 무슨 일이 터질 때마다 루의 촌락을 찾아간 느낌이었는데, 오랜만에 포근한 마음으로 지낸 것 같아."

나는 진심으로 그렇게 말했지만 아이 파는 "그렇군" 하고 대답할 뿐이었다.

어라? 하는 생각에 돌아보니 아이 파의 입술이 삐죽 나와 있었다.

"왜, 왜 그래? 아까부터 불만스러워 보이긴 했는데, 뭐 마음에 안 드는 일이라도 있었어?"

"크게 있었지. ……루의 차녀가 고안했다는 그 수프는 대체 뭐지?"

"어? 그건 타우유를 넣은 평범한 수프잖아? 육수도 잘 내고 간을 잘 맞춰서 기막히게 맛있었지."

"……뭐가 좋아서 실실 웃는 거지? 그런 걸 먹고도 아스타, 넌 아무 것도 느끼지 못하나?"

"아니, 내가 언제 웃었다고…… 왜 그렇게 화내는 건데?"

광장 출구를 빠져나와 걸음을 멈추더니 아이 파가 정면에서 나를 쏘아봤다.

"아스타! 내일은 그것보다 더 맛있는 수프를 만들도록!"

"어어? 갑자기 뭐야? 그야 물론 노력은 하겠지만, 맛에 정답이 있는 것도 아니고……."

"변명은 필요 없다! 약정하지 않겠다면 기루루를 타지 않고 집까지 끌고 간다!"

"알겠습니다! 뼈를 갈아 넣겠다는 심정으로 임하겠습니다!"

"……그 말을 잊지 말도록."

잘 모르겠지만 요컨대 아이 파도 레이나 루의 솜씨에 깜짝 놀랐다는 뜻일까.

그래서 이렇게 정색해주어 기쁘고 나로서도 레이나 루의 성장을 그저 멍하니 축복할 생각은 없었다. 레이나 루는 미래의 라이벌이 아니라 현시점에 이미 그 자리에 올라와 있던 것이다. 불타오르는 것이 당연하지 않은가.

내 표정에서 뭘 느꼈는지 아이 파가 내밀었던 입술을 제자리에 돌려놓고 엄숙하게 고개를 끄덕였다.

"알았으면 됐다. 그럼 돌아가지."

"그래."

드디어 토토스에 나란히 올라탈 때가 왔다.

어젯밤 잠깐 연습한 덕분에 나도 토토스를 타고 달리는 상쾌함을 알게 되었다. 게다가 아이 파가 털가죽 망토를 걸치고 있는 한 몸을 밀착시켜야 하는 문제도 없고──.

그런 생각을 하고 있는데 아이 파가 주섬주섬 망토의 고정쇠를 끌렀다.

"어, 어라? 가장님?"

"뭐지?" 하고 대답하면서 아이 파는 벗은 망토를 기루루 등에 쫙 깔았다.

그러고는 여느 때처럼 땅을 차고 기루루의 등에 씩씩하게 올라탔다.

"자, 너도 타."

"타, 탈 거야. 그런데 망토는 왜 벗은 거야? 굳이 망토를 깔지 않아도 기루루에 탔을 때 느낌은 나쁘지 않잖아."

"음? 사냥꾼의 옷이 바람을 받는 게 성가셔서 벗었을 뿐이다. 혼자 타면 문제없지만 뒷사람이 몸을 누르고 있으면 어깨 언저리에 바람이 차버리거든."

"그렇구나. 그런데 전속력으로 달리는 것도 아니고 큰 문제는 없지 않아?"

"큰 문제가 없더라도 성가신 건 성가신 거다. 어서 타기나 해."

아이 파의 눈동자에 서서히 불쾌한 빛이 깃들기 시작했다.

하는 수 없이 나는 그 손을 붙잡고 기루루의 등에 기어올랐다.

아이 파의 잘록한 허리에 두 팔을 감고——"역시 안 되겠어!" 하고 울부짖었다.

그러나 아이 파는 들은 척도 않고 기루루의 옆구리를 냅다 찼다.

기루루가 경쾌하게 달리는 바람에 나는 황급히 아이 파의 몸에 달라붙었다. 가슴 가리개와 허리 가리개밖에 걸치지 않은 맨살이었다. 그런 데다 기바를 유인하기 위한 열매까지 몸에 지니고 있을 터. 복잡하게 땋아 올린 금갈색 머리에서 달콤한 향기가 났다.

"오늘은 닭이 밝군. 좀 더 속도를 내볼까."

제발 참아줘! 하는 마음속 비명도 덧없이 기루루는 활기차게 내달리기 시작했다. 기루루에서 떨어지지 않도록 나는 온 힘을 다해 아이 파의 몸을 끌어안을 수밖에 없었다.

라라 루가 열세 살이 되고 나는 이곳 세계에서 처음으로 호적

수를 만나게 되었다. 파란 달 25일은 그런 느낌으로 끝을 맞이했다.

제3장 ★★★ 현옹정

1

이야기는 며칠 전으로 거슬러 올라간다.

우리가 《현옹정》을 처음 찾아간 것은 파란 달 18일이었다.

슨가의 소동이 마무리된 이튿날이었다. 세상이 여전히 불안정하여 장사를 확장하기에는 시기상조일까 싶었지만, 여관에 음식을 납품하는 일이라면 서쪽 백성을 크게 자극할 염려도 없고 슈미랄 일행이 제노스에 머물 날도 보름밖에 남지 않았기에 감행하기로 한 것이다.

"어서 오십시오, 숲가의 백성 아스타. 당신을 우리 여관으로 초대한 것을 큰 영광으로 생각합니다."

일부러 여관 밖으로 나와 우리를 마중해준 사람은 주인 네일이었다.

여관 이름을 들었을 때는 검은 수염의 노인을 상상했지만 주인은 아직 서른도 되지 않아 보이는 젊은이였다. 머리는 갈색, 눈동자는 다갈색, 피부는 상아색이다. 얼굴이 넙데데하고 보통 키에 보통 몸집인 전형적인 서쪽 백성이었다. 유일하게 특징적인 점이 있다면 동쪽 백성만큼이나 무표정하고 말이 없어 보인다는 것이었다.

"저야말로 잘 부탁합니다. ……죄송해요, 이렇게 바쁜 시간에 찾아와서."

지금은 해가 중천을 조금 지났을 무렵이다. 《남쪽의 대수정》일이 언제 끝날지 몰라서 우리는 리 스도라가 교대해주러 오자마자 이곳 《현옹정》을 찾아온 것이다.

과묵한 주인은 고개를 천천히 흔들며 "그리 바쁘지도 않습니다" 하고 대답했다.

"그럼 이쪽으로 오시지요. 주방으로 안내하겠습니다."

《현옹정》은 약간 특이한 곳에 위치해 있었다. 번화한 돌의 가도가 아니라 그곳에서 샛길로 들어가 민가가 죽 늘어선 한쪽에 호젓이 자리 잡고 있었다. 건물도 2층짜리이긴 해도 규모가 작아서 간판이 없으면 여관임을 알 수 없을 지경이었다.

"그럼 전 안으로 들어갈게요. 바래다줘서 고마워요, 슈미랄."

나는 여관까지 안내해준 슈미랄에게 머리 숙여 인사했다.

그러자 은백의 머리를 지닌 동쪽 왕국의 젊은이가 서운하다는 듯이 눈을 가늘게 떴다.

"아스타. 나, 방해됩니까?"

"네? 아니, 그게 아니라 슈미랄도 바쁘잖아요."

"……나, 지켜보고 싶습니다."

슈미랄은 키가 나보다 한 뼘은 더 큰 데다 젊은 나이에 상단의 단장을 맡고 있지만 때로 묘하게 아이처럼 굴 때가 있다. 바로 지금 그랬다.

"슈미랄이 같이 있어준다면야 저도 든든하긴 한데요……."

그러자 슈미랄은 약간 다른 느낌으로 눈을 가늘게 뜨고 고개를 끄덕였다.

"지켜보겠습니다."

눈을 이런 식으로 가늘게 뜨는 것은 기쁠 때라고 내 멋대로 판단했지만 과연 진짜일지는 모르겠다.

여하튼 우리는 《현옹정》으로 줄줄이 들어갔다. 인원은 나와 슈미랄, 비나 루, 호위역을 맡은 신 루, 이렇게 네 명이었다.

슨가의 소동이 일단락되긴 했지만 성 사람에게 더욱 복잡한 심경을 품게 되었고, 이틀 전에는 폭동으로 이어질 수도 있었던 터라 신 루와 루도 루만큼은 호위 임무를 계속하기로 했다.

사냥꾼 일은 괜찮으냐고 물었더니 지금은 마침 루와 루티무의 촌락 근처가 기바 포획의 비수기에 돌입했다는 것이었다. 숲가에서는 어느 구역이든 1년에 세 번 정도는 그런 시기가 돌아와 사냥꾼은 그 시기에 맞춰 보름쯤 휴식 기간을 갖는다고 한다.

루의 일족이 본격적인 휴식기를 맞는 것은 좀 더 나중인데 그 첫날에 수확제가 열린다. 돈다 루에게 수확제의 아궁이 당번을 맡아달라고 부탁받은 것은 며칠 후의 일이었다.

그런 미래를 예견하지 못한 채 네일을 따라 《현옹정》 안으로 들어간 나는 놀라서 "으악" 하고 비명을 지르게 되었다.

오른쪽 벽, 접수대 바로 뒤에 위치한 문 위에 거대한 동물 머리가 장식되어 있었기 때문이다.

박제가 분명했다. 사슴 같기도 하고 염소 같기도 한 동물이 목부터 윗부분만 벽에서 툭 튀어나와 있었다.

"굉장하네요. 저건 무슨 동물이에요?"

"동쪽 왕국 영토에 서식하는 갸마라는 짐승입니다."

여관 주인 네일이 차분하게 대답했다.

길게 돌출된 콧등, 버펄로처럼 머리 양쪽에 돋은 뿔. 머리 크기는 사람만 하고 둥글게 굽은 뿔의 길이는 각각 40센티미터나 되어 보인다. 털은 칠흑처럼 새카맣고 목부터 밑으로 탐스러운 갈기가 길게 뻗어 있었다.

"동쪽 백성이 갸마를 먹거든요. 서쪽 왕국에서는 먹을 기회가 거의 없지만 말입니다."

네일이 그렇게 설명하면서 접수대 안쪽에 있는 문을 열었다.

여관마다 그 문이 주방으로 연결되는 모양이다. 음식 주문도 이 접수대에서 받는 것 같았다.

참고로 안을 살짝 들여다보니 1층 식당에 손님은 보이지 않았다. 다른 여관과 마찬가지로 숙박객도 낮에는 노점 구역에서 가볍게 식사하는 듯하다.

"이쪽으로."

그 안내에 따라 문을 통과하자 여관 규모에 걸맞은 아담한 주방이 나왔다. 다다미 여성 장 크기의 주방은 안쪽 벽에 아궁이 두 개가 설치되어 있고 쇠 냄비도 딱 두 개, 그리고 나무 벽에 조리 기구가 걸린 것도 이렇다 할 특징 없이 기본적이었다.

중앙에 작업대가 놓여 있고 왼쪽 벽에는 문 없는 그릇장이 세워져 있었다. 오른쪽에는 물독 두 개. 향초와 고기 냄새가 밴, 참으로 단순한 구조의 주방이었다.

그런데 왠지 분위기가 좋았다.

주방이라는 공간에는 그곳을 사용하는 사람의 인품이 고스란히 드러난다. 따라서 나는 그것만으로 이 붙임성 없고 무뚝뚝한 젊은 주인에게 은근히 친근감을 느낄 수 있었다.

"먼저 조건을 제시하겠습니다."

주인 네일이 차분하게 입을 열었다.

"양은 20인분에서 30인분, 기바 고기를 사용한 요리일 것. 가격은 후와노를 쓰지 않고 1인분에 적동화 두 닢. 기간은 모레부터——모레부터 며칠까지 하는 게 좋겠습니까?"

"《남쪽의 대수정》과도 일단 파란 달 말일로 잡아놨거든요. 거기에 맞춰서 해주실 수 있나요? 다음 달부터 다시 새롭게 계약하는 형태로요."

"알겠습니다. 기간은 모레 20일부터 31일까지 12일간. 그 기간 내에 부득이하게 음식을 준비하지 못할 경우에는 그날 해가 중천에 뜨기 전까지 연락해주십시오. 만약 연락이 중천을 넘었을 때는 위약금으로 백동화 한 닢을 지불하는 겁니다. 어떻습니까?"

"네, 괜찮아요."

"그럼 가장 중요한 요리입니다만, 포장마차에서 파는 것과 차이를 두고 싶다는 말씀이었지요?"

"맞아요. 《남쪽의 대수정》에서도 자갈산 조미료인 타우유를 써서 나름 호평을 받았나 보더라고요. 그래서 가능하면 이쪽에서도 시무산 식재료를 써서 동쪽 손님이 흡족해할 만한 요리를 노려보고 싶어요."

"과연, 낮과 밤에 똑같은 걸 먹어야 한다면 손님도 주문한 보람이 없겠군요. 우리 여관 입장에서도 고마운 제안입니다."

주인이 여전히 무표정으로 말했다.

꼭 와달라는 부탁을 받고 찾아왔지만 아직까지 주인에게서는 슈미랄에게 들은 열의 같은 것은 전혀 느껴지지 않았다.

"그런데 시무산 식재료라…… 시무가 자갈보다 멀어서인지 식재료가 다양하게 유통되지는 않습니다."

그런데도 네일은 주방 안쪽의 식량 창고에서 두 가지 식재료를 가져와주었다. 하나는 작은 헝겊 꾸러미였고 또 하나는 한아름이나 되는 커다란 헝겊 자루였다.

"이건 건락입니다."

"건락이요?"

"갸마의 젖을 말려서 만든 식재료인데 고기 못지않게 영양이 풍부합니다."

그것이 라라 루의 생일 축하 자리에서 활약한 갸마의 건락과의 만남이었다.

"이 냄새! 이거 치즈잖아요!"

"치즈?"

"네. 제 고향에서는 그렇게 부르거든요. 와, 이곳 세계에도⋯⋯ 아니, 제노스에도 치즈가 존재하다니."

"건락은 역참 마을에서는 거의 유통되지 않습니다. 가마의 건락도 카론의 건락도 대부분 성 밑 마을에서 사들이고 있지요. 저는 개인적으로 친한 시무의 행상인에게 특별히 주문해서 구입합니다."

"《은 항아리》도, 건락, 팔았습니다."

슈미랄의 말에 네일이 말없이 고개를 끄덕였다. 하나같이 침착하고 무표정이었다.

참고로 우리 일행인 신 루도 꽤 과묵하고 표정의 변화가 없는 유형이라 괜찮지만 나설 데 없는 비나 루는 아까부터 지루한 듯 밤색 머리를 손가락으로 꼬고 있었다.

"시무 본국에서는 가마 건락이 일반적인 식재료입니다만, 서쪽 왕국에서는 넉넉히 유통되지 않는 까닭에 값이 비쌀 수밖에 없습니다. 재고 자체가 얼마 되지 않아 판매용 요리에는 적합하지 않습니다. 저도 제가 먹기 위해 구입하는 셈이니까요."

"비싸다고요? 얼마 정도 하는데요?"

"이 크기에 적동화 20닢입니다."

과연. 직경 15센티미터, 두께 5센티미터쯤 되는 크기에 그 값이면 상당한 호화 식재료다. 괜히 어설프게 사용했다가는 원가율이 뛰어오를지도 모른다.

"그래도 치즈는 매력적인데요. 제가 개인적으로 구입할 수는 없을까요?"

"이거 한 덩이라면 양보해드리지요. 맛을 보겠습니까?"

"물론이죠!"

열을 가하지 않는 갸마 치즈는 짠맛이 강한 카망베르 치즈처럼 순하고 감칠맛 있는 맛이었다.

"와아, 맛있는데요! 꼭 사고 싶어요! ……신 루와 비나 루도 먹어볼래요?"

두 사람은 관심 없다는 듯 고개를 가로저었다. 호화 식재료에는 흥미가 일지 않는 검소한 숲가의 백성이기 때문이다.

"그럼 이 식재료는 뭐예요?"

"그건 치트 열매입니다."

자루 아가리를 풀어보자 속에는 새빨간 콩처럼 생긴 것이 가득 들어 있었다.

딱 봐도 매워 보이는 색깔인 데다 자극취도 상당했다. 향신료가 틀림없다. 이 냄새로 짐작건대 홍고추 같은 식재료일 것이다.

"매울 것 같아요. 시무인은 매운 맛을 좋아하나 봐요?"

"네. 치트 열매, 중요합니다." 이번에는 슈미랄이 대답했다.

"갸마 고기, 누린내, 독합니다. 기바 고기보다, 독합니다. 그래서, 우리, 갸마와 치트 열매, 먹습니다. ……그리고, 치트 절임, 좋아합니다."

"치트 절임이요? 고기를 치트에 절여 먹어요?"

"아니오. 절인다, 채소입니다."

슈미랄의 말을 네일이 이어받았다.

"치트 절임은 티노 같은 채소를 소금이나 치트에 절인 음식입니다."

"오, 그거 맛있겠는데요."

네일이 고개를 한 번 끄덕이더니 다시 식량 창고로 사라졌다.

그러고는 작은 나무 접시를 손에 들고 나타났다. 새빨간 절임물에 물든 티노가 두 번 먹을 만큼 담겨 있었다.

티노는 양배추와 아주 비슷한 채소다. 흰색에 가까운 연한 녹색을 띤 티노가 붉은 치트 국물에 젖은 채 먹기 좋은 크기로 썰어져 있었다. 그 위에 부추를 송송 썰어 뿌린 것처럼 조그맣고 진한 녹색 채소가 뿌려져 있었다.

생긴 것은 물론 시큼하면서도 매울 듯한 냄새에서 대번에 김치가 떠올랐다.

"냄새도 좋은데요? 치트와 마무…… 거기에 액젓 같은 걸 넣었나요?"

"액젓? ……치트 절임에는 마루 소금절이를 넣습니다."

"마루요?"

"네, 마루는 강과 시내에서 잡히는, 껍질이 있는 작은 생물입니다. 서쪽 백성은 술안주로 소금에 절인 마루를 먹지요. 제 여관에서는 치트 절임의 재료로 쓰고 있습니다."

네일이 한없이 담담하게 설명했다.

"시무의 식재료를 이곳 제노스에서 구하기란 몹시 어렵지요.

그래서 저는 서쪽 식재료를 이용해 치트 절임의 맛을 재현해낸 겁니다. ……티노를 하룻밤 소금에 절였다가 치트와 마루 소금 절이, 먀무, 다진 페페잎, 간 라마무 열매를 섞은 절임물에 넣어 숙성시켜 만듭니다."

모르는 식재료의 이름이 잇달아 등장했다.

분명히 마을의 채소 가게 등에서 실물을 본 적이 있겠지만, 이름은커녕 맛을 확인하지 않은 채소도 많고 나도 아직 공부하는 몸이라 모르는 것투성이였다.

여하튼 지금은 눈앞에 놓인 치트 절임이 중요하다. 그것을 하나 먹어보니 예상을 배신하지 않는 매운맛과 신맛이 입 속에 퍼졌다.

복잡하면서도 자극적인 동시에 향긋한 향과 맛이 났다. 먀무의 강한 냄새와 동물성 단백질의 맛깔스러움이 입맛을 당겼다. 충분히 삭아서 부드러워진 티노는 배추 못지않게 아삭아삭 씹히는 맛이 있었다.

맵기는 제법 매웠다. 너무 많이 먹으면 혀가 얼얼해질 것 같았다. 그런데도 뒷맛은 비교적 깔끔했다. 내가 아는 김치보다 못한 솜씨가 결코 아니었다. 또한 참으로 오랜만에 맛보는 '신맛'이 무척 반가웠다.

"어떻습니까? 서쪽 백성 중에서도 좋아하는 사람은 이 매운맛을 특히 좋아하지요."

"맛있네요. 저도 아주 좋아해요. ……그런데 이것도 꽤 값비싼 음식인가요?"

"아뇨, 치트 절임은 어디까지나 반찬입니다. 많이 먹으려 하는 손님도 없고, 이 작은 나무 접시에 듬뿍 담아서 적동화 반닢을 받습니다."

"과연…… 치트 절임에 고기를 찍거나 냄비에 넣어 끓여 먹지는 않나요?"

"치트가 아니라 치트 절임을 말입니까? 동쪽 백성도 그렇게 먹지는 않을 겁니다만."

"그렇군요. 그렇게 먹는 걸 별로 좋아하지 않나 봐요?"

이 질문은 슈미랄에게 한 것이었다.

슈미랄은 차분히 고개를 저었다.

"그렇게 먹는 방법, 신기합니다. 그러나, 관심 있습니다."

"그래요?"

그렇다면 돼지고기 김치볶음이나 김치찌개로 하는 방향도 괜찮을까 싶어 나는 이런저런 생각에 잠겼다.

어쩌면 안이한 사고방식일지 몰라도 이번 일에서 나는 스스로에게 한 가지 제한을 부과했다. 그것은 '조리 시간의 제한'이었다.

설마 이렇게 이른 단계에 다른 여관에서 주문이 들어올 줄은 몰랐기에 《남쪽의 대수정》의 메뉴를 『기바 통삼겹조림』으로 해버렸다. 그 선택 자체에 후회는 없지만, 애석하게도 통삼겹조림을 만드는 데는 시간이 꽤 오래 걸린다. 현시점에서도 두 시간 반, 작업에 익숙해져도 두 시간 안쪽으로 줄이지는 못할 것이다.

그래서 역참 마을의 포장마차 영업시간은 준비와 정리를 포함해서 대략 여섯 시간 반쯤이다. 여관에서 조리하는 데 더 긴 시간을 할애하면 머지않아 나는 포장마차 장사에 참여하지 못하게 될 것이다.

이건 내 개인적인 취향이지만, 손님을 직접 상대할 수 있는 포장마차 장사를 완전히 여자들에게만 맡기는 것은 적잖이 섭섭한 일이다. 따라서 《현옹정》에서는 되도록 조리에 시간을 들이지 않는 메뉴를 개발하고 싶었다. 그것이 이번에 내게 주어진 숨겨진 과제였다.

"만약 치트 절임을 사용한 메뉴를 개발해낸다면 그 요리에 사용할 치트 절임을 《현옹정》에서 구입할 수 있나요?"

"흐음. 제가 만든 치트 절임을 당신이 구입하고 그 치트 절임을 사용한 요리를 제가 구입하는 셈이군요. 제법 재미있는 방식입니다."

"내키지 않으시면 생 치트를 사용한 요리를 개발할게요."

"아뇨. 더 많은 손님들이 제 치트 절임을 먹어준다면 제게도 큰 기쁨입니다. 그리고 치트 절임을 사용한 요리가 과연 어떨지 흥미가 당기는군요."

그렇게 말하면서도 여전히 《현옹정》 주인은 철저히 무표정한 얼굴이었다.

2

"그래서 새 요리를 개발해봤어!"

그날 밤 나는 당장 아이 파에게 시식을 부탁했다.

돼지고기 김치볶음이 아닌 『기바 치트』와, 김치찌개가 아닌 『치트전골』이었다. 새빨간 고기 요리와 새빨간 국물 요리를 앞에 두고 아이 파는 더없이 복잡한 표정을 지었다.

"아스타, 한마디만 하지."

"응. 뭔데, 아이 파?"

"네 아궁이 당번으로서의 실력을 충분히 안다고 생각했는데── 지금 내게는 이 요리들이 썩은 것처럼 느껴진다."

"아아, 하긴 그렇겠다. 그런데 이거 상한 거 아냐! 부패와 발효는 다르거든. 과실주가 시큼한 것과 똑같아. 몸에 절대로 해롭지 않다고!"

"……네가 그렇게 말한다면 확실한 거겠지."

그런데도 아이 파는 좀처럼 그릇에 손을 뻗으려 하지 않았다.

겉보기에는 문제없을 터였다. 붉기로 따지자면 타라파가 훨씬 붉으니, 역시 시큼시큼한 냄새가 께름칙한 것이리라.

요리도 썩 잘됐다고 자부하고 있었다. 『기바 치트』에는 등심을 쓰고, 치트 절임 외에도 타우유를 살짝 뿌리고 먀무의 양을 좀 더 늘렸다. 함께 볶은 채소는 얇게 썬 아리아와 직사각형으로 썬 프라다. 피망처럼 쌉쌀한 맛이 나는 프라는 치트 절임에 들어간 부추 같은 페페잎과 함께 산뜻한 녹색을 띠며 먹음직스럽게 색감을 더했다.

한편『치트전골』에는 깍둑썰기를 한 앞다리 살과 얇게 썬 뒷다리 살을 푹 고은 다음, 타우유를 소량이 아닌 국물 맛을 잡아줄 만큼 아낌없이 넣어 감칠맛을 끌어내는 데 성공했다.

함께 고은 채소는 아리아와 티노였다. 배추나 두부, 실곤약의 대용품을 찾아내지 못해 안타깝지만 그래도 기바 고기로 낸 육수가 치트의 매운맛과 궁합이 잘 맞아서, 나는 아까부터 군침을 삼킬 지경이었다.

"하긴, 숲가의 백성이 너무 진한 맛을 좋아하지 않는다는 건 나도 그동안의 경험으로 충분히 알아. 매운맛과 신맛에 대한 면역도 없겠지. 평범한 고기구이와 수프도 준비했어. 이건 어디까지나 시식품이니 한 입만이라도 먹어주면 안 될까?"

"…………."

"아, 그렇게 내키지 않으면 억지로 먹을 필요는 없는데……."

"……안 먹는다 소리는 안 했다."

아이 파가 결연히『치트전골』이 담긴 나무 접시에 손을 뻗었다.

그러나 가까이서 냄새를 맡았을 뿐인데 그 씩씩한 눈썹이 힘없이 내려가고 말았다.

"저, 저기, 억지로 먹지 않아도 된다니까. 애초에 시식품은 딱 1인분만 만들었으니, 네가 못 먹겠으면 내가 전부 먹어치우면 돼."

"괜찮다고 몇 번을 말해!"

아이 파가 다시 눈썹을 추켜올리고 나무 숟가락을 쥐었다.

새빨간 수프와 함께 기바 고기 한 점을 입 속에 넣자 아이 파는 동쪽 백성처럼 모든 표정을 지웠다.

"……어때?"

아이 파는 말없이 나무 접시를 내려놓았다.

무표정인 채 입으로 고기를 씹었다.

괜찮을까 하고 조마조마한 마음으로 지켜보고 있자니 이윽고 아이 파가 집게손가락을 까딱까딱하며 나더러 가까이 오라 했다.

예의를 중시하는 아이 파가 웬일로 사람을 함부로 부르나 싶어 무릎걸음으로 가까이 갔더니, 내 뒤통수를 날렵하게 후려쳤다.

"아파! 때릴 것까진 없──."

불평을 하려다 입을 다물었다.

아이 파의 모습이 확 달라져 있었다.

즉── 아이 파는 두 손으로 입을 틀어막고, 눈물 어린 눈과 새빨갛게 물든 얼굴을 하고, 앉은 채 두 다리를 바동바동하기 시작했다.

"아파! 뜨거워! 입에서 불이 나는 것 같다! 대체 나한테 뭘 먹인 거지?!"

"아, 그게, 미안……."

"미안하다면 다야?!"

아이 파는 눈물 어린 눈으로 일어나 아궁이 옆에 놓인 물독을 향해 뛰어갔다.

"아, 아이 파, 아마 물을 마셔도 매운맛은 가시질 않을 거야."

고추의 매운맛을 중화하는 데는 라씨(인도의 전통 유산균음료) 같

은 유산균음료가 최고라고 들은 적이 있다. 그리고 내가 경험한 바로는 뜨거운 차가 효과적이었다. 장난 반으로 만든 하바네로 (멕시코의 매운 고추) 볶음밥이 어마어마하게 매웠을 때 소꿉친구인 레이나의 권유로 뜨거운 차를 벌컥벌컥 마셨더니 입 속의 불이 거짓말처럼 가라앉은 것이다.

그리고 찬물은 효과는커녕 매운맛을 증폭시키기만 한다. 마시는 동안에는 중화되지만 그 차가움이 가시고 나면 한층 매운맛이 입 속에 퍼지고 만다.

이론적인 것은 잘 모르지만, 고추의 매운맛이 물에 잘 녹지 않는 성분이다, 입 속이 헹궈지면서 더 강렬하게 매운맛을 느껴버린다 등 여러 가지 설이 있는 모양이다.

그리하여 가련한 가장이 어떤 전말을 맞았는가 하면, 국자로 물을 배가 터지도록 떠먹고는 후우 하고 탈진한 것도 잠시──곧바로 다시 입을 틀어막고 발을 동동 구르기 시작했다.

"아, 아이 파, 이쪽 평범한 수프를 먹어봐! 조금 뜨거운데 기바의 지방이 매운맛을 씻어줄지도 몰라!"

아이 파가 엄청난 속도로 되돌아왔다.

그러나 내가 내민 수프 접시에는 눈길도 주지 않고 눈물을 글썽인 채 내 머리를 퍽퍽 때렸다. 제 딴에는 충분히 힘 조절을 하노라고 했겠지만 그래도 사냥꾼의 완력이다. 몇 번인가 눈에서 번쩍 불꽃이 일었다.

수십 초 뒤, 그곳에는 바닥에 주저앉아 숨을 쌕쌕 몰아쉬는 가장의 모습과, 가벼운 뇌진탕을 일으키고 벽에 기댄 아궁이 당번의 모습이 있었다.

"……음식을 먹고 죽을 뻔한 적은 처음이군."

"……진심으로 사죄드립니다."

다시 수십 초의 회복 시간을 두고 나서 우리는 저녁을 마저 먹었다.

"숲가의 백성에게 치트의 매운맛은 엄금이라는 거네. 아이 파의 헌신적인 행동이 수많은 숲가의 백성을 구한 걸지도 몰라. ……하긴, 나 아니면 이런 걸 숲가에 들여올 사람도 없겠지만."

"흥!"

"정말 미안해. 이것 봐! 널 위한 고기와 수프야!"

이쪽은 늘 먹던 과실주 소스를 뿌린, 두툼하게 썬 등심 스테이크였다. 수프도 타우유를 넣은 부드러운 맛이다.

그 대신 내 앞에 차려진 것은 새빨간 『기바 치트』와 새빨간 『치트전골』이었다.

'……설마 진짜 나 혼자 다 먹게 될 줄이야.'

『먀무구이』나 『기바 통삼겹조림』을 만들 때도 맛의 농도 때문에 지적을 받은 적은 있지만, 절대로 못 먹겠다는 반응은 이번이 처음이었다. 치트로 가득한 만찬에 다소 기운이 빠지면서도 그 이상으로 나는 아이 파에게 내 요리를 거부당한 것이 서글펐다.

'뭐, 좋은 공부했다고 생각할 수밖에. 앞으로는 시작품을 좀 적게 만들어야겠다.'

그런 생각을 하며 나는 『치트전골』의 국물을 떠 마셨다.

맵다.

그런데 맛있다.

역시 타우유를 넣은 것은 탁월한 선택이었다. 입 속은 맵고 뜨거웠지만, 튀는 매운맛이 아니라 부드럽게 어우러지는 맛깔스럽게 매운맛도 풍부하게 느껴졌다.

치트 절임에 들어 있던 티노는 흐물흐물하고 물컹물컹했지만 나중에 집어넣은 신선한 티노는 아삭아삭 씹는 맛이 남아 있었다. 같은 식재료인데도 식감이 완전히 달라서 서로가 서로의 존재를 돋보이게 하는 것 같았다.

아리아도 듬뿍 넣었지만 반쯤은 녹아버렸다. 그런데 되레 국물에 깊은 맛을 더해주었으니 아리아는 영양가도 높고 참으로 우수한 식재료다.

가장 중요한 기바 고기도 평소대로 80분쯤 삶았기에 거친 부위인 앞다리 살과 뒷다리 살도 먹기 좋게 부드러워진 상태였다. 고기를 삶는 시간만큼은 단축하지 못했다. 만약 《현용정》에서 이 『치트전골』을 선택할 경우 제한 시간을 조금 넘을지도 모른다.

'으음, 주인이 어느 쪽을 좋아할까. 나로서는 우열을 가리기가 힘든데.'

나는 구운 포이탄으로 입가심을 한 뒤 『기바 치트』 접시를 집었다.

『기바 치트』도 재료 본연의 맛을 간단한 요리다. 먀무와 타우유로 간을 맞추면서도 기본적으로는 기바 고기와 치트 절임을 함께 볶아냈을 뿐이다.

『기바 통삼겹조림』과 『먀무구이』로 대량의 삼겹살을 썼기 때문에, 『기바 치트』에는 등심을 쓰기로 했다. 등심은 원래 연한 부위인 데다 힘줄이 많은 어깨 부위에는 미리 칼집을 넣어 구이 요리에도 최적일 터였다.

아리아와 함께 치트투성이인 기바 고기를 먹어봤다.

적당히 쫄깃한 식감.

터무니없이 맛있다.

치트 절임의 강렬한 매운맛에 지지 않는 기바 고기의 존재감이 훌륭하다. 이따금 같이 씹히는 피망 같은 프라의 쌉쌀함이 얄미운 악센트가 된다.

파가의 조미료로 말할 것 같으면 돌소금과 피코잎, 그리고 먀무와 과실주밖에 없었는데, 며칠 전에 타우유를 획득하고 오늘은 치트 열매라는 향신료를 구했다. 갑자기 맛의 변주가 다채로워져 내 혀와 위장이 조금은 깜짝 놀랐을지도 모른다.

그래도 행복하구나―― 하고 나는 가슴 속 깊이 생각했다.

"어? 왜 그래, 아이 파?"

어느덧 아이 파가 내 조끼 자락을 잡아당기고 있었다.

살짝 무서운 표정을 짓고 있었다.

"……네 그거, 나한테 넘겨."

"그거라니, 이 『기바 치트』 말이야? 이것도 『치트전골』만큼 매

115

운데?"

"난 아직 그 요리는 맛보지 않았어."

"아니, 억지로 먹을 필요 없다니까."

"……됐으니까 넘기기나 해."

하악, 하고 위협하는 살쾡이처럼 미간과 코에 주름을 잡았다.

나는 하는 수 없이 나무 접시를 넘겼다.

"제발 맵다면서 때리지 좀 말아줘."

아이 파는 "시끄럽다" 하고 내뱉더니 부모의 원수 보듯 『기바 치트』를 노려봤다. 잠시 망설인 끝에 붉게 물든 고깃점을 나무 숟가락으로 떠서 입에 재빨리 넣었다.

고기를 씹으면서 이미 눈물을 글썽이고 있었다. 그러나 아까처럼 날뛰지 않고 타우유로 맛을 낸 『기바 수프』를 한 모금 마셨다.

아이 파는 구운 포이탄을 먹고 나서 눈물을 글썽인 채 "거기 그것도 넘겨" 하고 내뱉었다.

"어어? 『치트전골』도? 그렇게까지 너 자신을 괴롭힐 필요는 없는데."

"……시끄럽다고 했다."

더 이상의 대꾸를 허락하지 않겠다는 듯 『치트전골』이 담긴 나무 접시도 강탈해갔다.

다시 몇 초쯤 망설인 뒤 아이 파는 그것도 먹어버렸다.

눈에 눈물이 가득 고였다.

"저, 저기, 아이 파, 괜찮아?"

"······괜찮다."

아이 파가 손등으로 눈가를 훔쳤다. 마치 어린아이 같았다.

"좋아. 절반은 내가 먹겠다. 너도 이 요리의 반을 먹도록."

"뭐어어어어? 그건 너무 무모하잖아! 무리하지 않아도 된다니까!"

"무리한 적 없어. 먹고 싶어서 먹겠다고 말한 거다."

말은 그렇게 하면서 입가심인 양 구운 포이탄을 씹어 먹는 모습에 설득력이 전혀 없었다. 아이 파에게 거부당한 것은 서글펐지만 무리하길 원하지는 않았다.

"······그 얼굴은 뭐지? 분명히 먹고 싶다고 했는데 먹게 놔두지 않겠다는 심산인가?"

"아니, 그래도······."

"정말 먹고 싶어서 그러는 거다. 먹으면 입 속이 아프고 눈물이 나올 지경인데도 이상하게도 자꾸 먹고 싶어지더군. 마치 나쁜 마법에 걸린 것처럼."

아이 파는 다시 『기바 치트』를 한 입 먹었다.

혹시 나를 배려해서가 아니라 매운맛에 중독되었을 뿐인가?

"아프다. ······아스타여, 내 입술이 붓거나 하진 않나?"

그러고는 갑자기 내 눈앞에 얼굴을 들이밀었다.

혈색 좋은 벚꽃색 입술이 살짝 젖어 빛나고 있었다.

"······여느 때와 같이 근사한 입술입니다."

이번에는 관자놀이를 얻어맞았다.

"네가 너무 맛있게 먹으니까 괜히 나까지 먹고 싶어졌단 말이다! 왜 성가신 요리를 만들어서는."

"그래도 정말 맛있다고 생각해주는 거면 난 기뻐."

"맛있는지 없는지는 솔직히 모르겠어. 단지 무작정 먹고 싶어진다."

그리하여 아이 파는 『치트전골』을 후루룩 마시고 눈물을 글썽이면서 "그래도 역시 아프군……" 하고 중얼거렸다.

3

이튿날 해가 중천을 지났을 무렵 우리는 다시 같은 멤버로 《현옹정》에 모였다.

"오래 기다리셨어요. 이게 치트 절임을 넣은 요리입니다."

무표정으로 서 있는 네일과 슈미랄 앞에 나는 나무 접시를 두 개씩 놓았다.

『치트전골』은 집에서 만들어 온 것을 따뜻하게 데웠고, 『기바치트』는 이 주방에서 만들어냈다.

치트 절임은 열을 가하면 향기가 폭발적으로 뿜어져 나온다. 비나 루와 신 루는 단정한 무표정을 유지한 채 자연스럽게 창가로 피했다.

"과연. 생 치트로 만들어 전혀 색다른 요리가 되었군요. 맛이 기대됩니다."

네일은 그렇게 말하며『기바 치트』가 담긴 접시를 손에 들었다.

"그런데 제게 치트 절임을 사들인 만큼 재료비가 꽤 불어난 것 아닙니까? 이렇게 만들어서 정말 당신에게 이익이 됩니까?"

"네. 다른 요리에 비해 재료비가 두 배 가까이 뛰었지만, 생 치트를 넣어서 완성하려면 시간이 좀 많이 걸려서 이번에는 이렇게 해보려고요."

생 치트 열매를 사용하면 원가율을 대폭 낮출 수 있다. 그러나 네일이 직접 만든 치트 절임을 사용한 이 요리들 못지않은 메뉴를 개발하려면 한동안 연구할 시간이 필요하다는 생각이 들었다.

물론 오늘부터 연구에 돌입할 작정이다. 기바 고기를 싼값에 손에 넣을 수 있는 지금 입장에 안주하여 원가율을 뒷전으로 미룰 생각은 없다.

하지만 슈미랄은 이제 보름도 못 가서 제노스를 떠나버린다. 그렇다면 현시점에서 내가 가장 맛있게 만들 수 있는 요리를 맛보게 하고 싶었다. 그런 바람에서『기바 치트』와『치트전골』을 만든 것이다.

"그럼 잘 먹겠습니다."

네일과 슈미랄이 나무 숟가락을 들었다.

두 사람 다『기바 치트』부터 먹었다.

그것을 한 입 먹자마자―― 슈미랄의 기름한 눈이 지금껏 본 것 중에서 가장 분명히 크게 떠진 듯한 느낌이 들었다.

하지만 특별히 소감을 밝히려 하지 않은 채『치트전골』로 손을 뻗어 수프를 한 모금 마시더니 이번에는 눈을 지그시 감았다.

나는 "어떠세요?" 하고 물었다.

하지만 내 질문은 "맛있군요!" 하는 큰 소리에 묻히고 말았다.

물론 슈미랄이 아니라 네일의 목소리였다. 네일이 『기바 치트』 그릇을 손에 든 채 부르르 떨기 시작했다.

"참으로 강렬한 맛이군요! 분명히 제 치트 절임 맛이긴 합니다만, 그뿐만이 아니겠지요? 먀무입니까? 먀무를 첨가한 겁니까?"

조금 전까지만 해도 슈미랄 못지않게 무표정이었던 여관 주인이 경악한 표정으로 나를 돌아봤다.

"아, 네, 맞아요. 그리고 타우유도 조금 넣었어요."

"타우유 말입니까! 으음, 맛있군요! 그런데 역시 결정적인 재료는 기바 고기로군요! 이 고기는 치트 절임의 풍미에 썩 잘 어울립니다!"

그러더니 네일은 『치트전골』 그릇을 움켜쥐고 후루룩 소리를 내며 마셨다.

"이것도 맛있군요! 참으로 깊이 있는 맛입니다! 단순히 갈아서 으깬 치트를 넣기만 한 국물 요리와 완전히 다릅니다! 치트 절임을 이런 식으로 먹기도 하다니…… 아아, 맛있습니다! 이거라면 몇 그릇이든 먹을 수 있을 겁니다!"

"과, 과찬이세요."

놀라고 황당해하는 우리 눈앞에서 네일이 순식간에 『치트전골』을 먹어치웠다. 흥분한 탓인지 아니면 치트 열매의 효능인지 상아색 얼굴이 새빨갛게 물들었을 뿐만 아니라 땀까지 흘리고 있었다.

"이건 틀림없이 손님도 기뻐할 겁니다! 아아, 제 치트 절임을 이런 식으로도 먹을 수 있었다니! 아스타, 당신은 소문대로 정말 요리사였군요! 당신을 만난 행운을 저는 서방 신 셀바와 동방 신 시무의 양쪽에 감사하지 않을 수 없습니다! 이 요리는 정말——."

그 순간 정신이 들었는지 네일이 어쩔 줄 몰라 하며 옆에 있는 슈미랄을 쳐다봤다.

슈미랄은 여전히 무표정으로 주인을 지그시 지켜보고 있었다.

"죄……죄송합니다! 동쪽 손님 앞에서 그만 경망스럽게 감정을 드러내고 말았습니다…….'

"문제, 없습니다. 네일, 소중한 벗입니다."

슈미랄의 온화한 대답에도 네일은 붉게 물든 얼굴을 푹 숙이고 말았다.

"슈미랄은 어떠셨어요?"

긴 침묵이 어색함을 가져오기 전에 나는 자연스럽게 끼어들기로 했다.

돌아본 슈미랄이 눈을 지자 루보다 더 가늘게 떴다.

"매우 맛있습니다. ……지금까지, 가장 좋은 맛, 생각합니다."

그리고 나는 그 얇은 입술이 입꼬리를 살짝 올리고 매우 부드러운 미소를 띠는 것을 처음으로 분명히 보게 되었다.

"나도, 감정 드러낸다, 부끄럽습니다. ……하지만, 맛있습니다."

"고, 고마워요."

나는 왠지 가슴이 벅차올랐다.

그런 가운데 네일이 주머니에서 손수건을 꺼내 땀을 닦고 다소 냉정함을 되찾고는 "정말 놀랐습니다" 하고 말했다.

"둘 다 매우 맛있어서 어느 쪽을 선택해야 할지 도무지 모르겠습니다. 가능하면 이 두 종류 요리를 날마다 번갈아가며 제공해주실 순 없겠습니까?"

"그야 상관은 없지만, 이 국물 요리를 끓이려면 시간이 많이 걸리거든요. 가능하면 제가 일을 마친 뒤에도 고기가 연해질 때까지 약한 불로 계속 끓여야 해요……."

"괜찮습니다. 매일 30인분의 치트 절임을 구입해주시는 것만으로 제게 이익이 생기니, 그 정도 일은 기꺼이 받아들이겠습니다."

아무래도 분량도 30인분으로 확정된 듯하다.

이로써 《현옹정》과의 거래도 무사히 체결되었다.

"아스타, 당신은 신기한 사람이군요. 왜 당신 같은 요리사가 역참 마을에 있는 겁니까? 혹시 어디 성 밑 마을 출신입니까?"

"아뇨, 성 밑 마을 같은 거창한 곳에서 태어난 건 아니고, 제 고향에서는 전문 음식점이 결코 드물지 않았거든요."

"실례입니다만, 어디 태생입니까? 서쪽 왕국이긴 하겠지요?"

그 질문은 오랜만이었다.

"저는 이 대륙 출신이 아니에요. 일본이라는 섬나라가 제 고향인데요. 어떻게 된 일인지 어느 날 정신이 들고 보니 모르가 숲속에 쓰러져 있었지 뭐예요."

"일본…… 모르겠군요. 바다 밖 백성과 왕래하는 것은 북쪽 왕국 마휴도라 정도가 아닙니까?"

"그런가요? 저도 어떤 경위로 제가 이 대륙에 왔는지 전혀 몰라요."

네일은 이상하다는 듯 고개를 갸웃거리고 슈미랄은 깊은 생각에 잠긴 듯 눈을 가늘게 떴다. 왠지 매우 걱정스러운 눈초리였다.

"서쪽 왕국 태생이 아니라면 납득이 갑니다. 그렇기 때문에 당신은 아무 거부감 없이 숲가에 살고, 숲가의 백성과 마음을 주고받을 수 있었던 거군요."

예의 바른 무표정을 되찾으면서도 아직 수다스러움이 남아 있는 네일이 그렇게 덧붙였다.

"훌륭한 자세라고 생각합니다. 저는 젊은 시절 시무에 가서 그 불가사의한 문화에 푹 빠졌습니다. 하지만 서방 신을 버리고 이주할 수는 없었지요. 가끔 이런 의문이 듭니다. 사대왕국 백성은 어째서 좀 더 서로에게 다가갈 수 없는가, 하고."

"네에. 그런데 서쪽 왕국 입장에서는 시무도 자갈도 우호국인 거죠?"

"맞습니다. 하지만 친구는 어디까지나 친구일 뿐, 가족이 되는 것은 허락되지 않습니다. 그런데도 아이를 낳은 경우에는 아비 없는 아이, 어미 없는 아이로 어느 한쪽의 신을 선택해야 하지요."

그 이야기는 처음 들었다.

네일은 희미하게 쓴웃음을 지었다.

"그래서 제가 아내를 맞이한다면 동쪽 백성이어야 한다고 정했지만, 저 스스로 서방 신을 버릴 결심도 상대에게 동방 신을 버리게 강요할 결심도 못하기 때문에 이 나이가 되도록 혼자 살고 있습니다."

그렇다면 남쪽과 서쪽 부모 사이에서 태어난 《남쪽의 대수정》의 나우디스도 복잡한 사정을 안고 있는 출신인 걸까.

적대국인 서쪽과 북쪽의 혼혈로 태어난 카무아 요슈 같은 사람만 복잡한 사정을 안고 살아가는 줄 알았다.

"그런 와중에 종족의 벽을 넘어 숲가의 백성으로 사는 당신에게 전부터 관심이 많았습니다. 솔직히 말하면 자유롭게 사는 당신을 부러워하기도 했지만── 당신은 처음부터 사대신의 아이가 아니었군요."

그러고는 네일이 얼굴을 쑥 들이밀었다.

"신을 버리는 것은 웬만한 노력으로 되는 일이 아닙니다. 그러니까 자갈을 버리고 셀바의 아이가 된 숲가의 백성에게 그런 불우한 삶이 주어졌겠지요. 그 점에 관해서도 저는 줄곧 안타까운 마음이 들었습니다. 아스타, 신을 믿지 않는 당신이 숲가에 온 것은 그들에게 큰 전환기가 될 겁니다. 부디 앞으로도 그들에게 길한 운명을 가져다주십시오."

"……제가 할 수 있는 건 요리를 만드는 정도예요."

"그걸로 충분하지 않겠습니까."

네일이 더는 참지 못하겠다는 듯 미소를 지었다.

그 웃는 얼굴은 굳이 무표정을 짓지 않아도 되지 않을까 싶을 만큼 따뜻했다.

◇

그 후 우리는 이렇다 할 어려움 없이 여유롭게 《현옹정》을 뒤로 할 수 있었다.

큰길만큼은 아니더라도 간간이 지나가는 사람이 보이는 골목길을 걸으면서 슈미랄이 조용히 말을 걸어왔다.

"아스타, 대륙의 사람, 아니었습니다."

"네? 아아, 네. 그동안 그런 이야기를 할 기회가 없었죠."

일본에서 태어났다는 이야기는 했지만, 일본이 이 대륙 내의 나라가 아니라는 설명은 하지 않았다.

그런 이야기는 다른 사람에게는 아무래도 상관없는 줄 알았는데 기분 탓인지 슈미랄은 왠지 기운이 없어 보였다.

"미안해요. 더 빨리 이야기했어야 했나요? 숨기려고 한 건 아닌데……."

"아니오. 출생, 관계없습니다. 나, 아스타, 이국의 벗, 생각합니다. 다만, 아스타, 신기한 이유, 조금 알게 되었습니다. ……아스타, 별, 보이지 않았습니다."

"별이요?"

"동포, 별, 읽었습니다. 흥성, 진다, 알게 되었습니다. 하지만, 아스타의 별, 보이지 않았습니다."

위로 쓱 올라간 눈꺼풀 사이로 아름답게 빛나는 검은 눈동자가 나를 사려 깊게 들여다보았다.

"아스타, 앞날, 걱정했습니다. 그래서, 동포, 아스타의 별, 읽으려 했습니다. 하지만, 아스타의 별, 읽지 못했습니다. ……아스타, 존재하지 않는다, 동포, 말했습니다."

"그건…….." 되물으려다가 뒷말을 잇지 못했다.

평소 가슴 깊이 묻어두었던 불안감이 뭉게뭉게 부풀어 오를 것 같았다.

그 불안감의 모양이 뚜렷하게 잡히기 직전, 슈미랄이 천천히 내 손끝을 붙잡았다.

"하지만, 아스타, 존재합니다. 아스타, 소중한 벗입니다. ……아스타, 허락해준다면."

"……나도 슈미랄을 소중한 벗이라고 생각해요."

나는 굳어지려는 얼굴에 힘을 주어 가까스로 미소를 머금었다.

"손님을 상대로 이런 말을 하는 건 좀 그렇겠지만, 훨씬 전부터 그렇게 생각했어요. 앞으로 열흘쯤 뒤 헤어진다고 생각하니 많이 서운해요."

"떨어져 있어도, 벗입니다. 《은 항아리》, 또 제노스, 돌아옵니다. 시무, 돌아가서도, 제노스, 몇 번이든 옵니다. 아스타, 만난다, 기대하겠습니다."

파란 달이 끝나면 슈미랄이 이끄는 《은 항아리》는 제노스를 떠나 서쪽 왕궁에서 행상을 계속한다. 최종적으로는 왕도(왕궁이 있는 도시)까지 가서 제노스로 돌아오는 것은 반년 후가 된다. 그후 본국인 시무로 귀환할 예정이라고 한다.

살아 있으면 몇 번이든 만날 기회가 있으리라.

살아만 있으면——.

그리고 내 존재가 이곳이 아닌 어딘가로 떨어지지만 않으면.

'하지만 그래도——.'

나는 이곳 세계에서 만난 사람들을 결코 잊지 않을 것이다.

설령 또 다른 세계에 떨어지거나 원래 세계로 돌아가거나—— 그래서 이번에야말로 최후의 불길에 휩싸여 목숨을 잃을지라도, 의식이 소멸하는 그 순간까지 나는 절대로 이곳 세계에서 만난 사람들과 이곳에서의 생활을 잊지 않을 것이다. 새삼스레 그 생각을 하는 것으로 나는 슈미랄에게 미소로 답할 수 있었다.

"고마워요. 아무리 떨어져 있어도 나도 슈미랄이 무사하길 빌게요."

"……왠지 장래를 약속한 남자와 여자 같은 대화잖아……."

비나 루가 다소 부루퉁한 모습으로 옆에서 끼어들었다.

"게다가 당신들은 이 마을에 열흘 이상 더 머물 거잖아요……?"

"네. 파란 달, 끝날 때까지, 있습니다."

슈미랄이 약간 난감하다는 듯 눈을 가늘게 뜨고 내 손끝에서 손을 거두었다.

"나머지, 12일. 아스타, 요리, 먹을 수 있다, 기쁩니다."

"네. 매일 맛있는 요리를 제공할 수 있도록 노력할게요."

그러고 보니 비나 루에 대한 마음은 이제 접은 걸까, 하고 나는 쓸데없이 걱정을 했다.

그리고 또 생각했다. 슈미랄과 비나 루는 다른 땅에서 태어나 섬기는 신도 다르다. 명목상 숲가의 백성은 서쪽 왕국 셀바의 백성인 셈이니.

그런 두 사람이 맺어지려면 어느 한쪽이 신을 갈아타야 한다. 그것이 얼마나 어려운 일인지는 조금 전 네일에게 들은 직후였다.

게다가 슈미랄은 제노스의 성과 서쪽 왕도를 드나드는 상단의 단장이며, 비나 루는 지금 숲가의 족장 집안의 장녀다. 신을 버린다는 것은 그런 위치와 신분을── 그리고 수많은 동포를 버리고 떠나는 것을 뜻하리라. 섣불리 할 수 있는 행동이 아니다.

'……그런데 슈미랄이 비나 루한테 연심을 품었는지 아닌지도 모르는 상황에서 내가 괜히 고민할 필요는 없지.'

하지만 만에 하나 내 억측 내지 망상이 들어맞는다면 아무도 슬퍼하지 않는 결말을 바랄 뿐이다.

신이 다르다 한들 같은 세계에 사는 사람이 아닌가.

그런 사람들조차 행복해지지 못한다면 내 앞날은 막막하기만

하다.

　부디 나의 소중한 친구들에게 슬픈 미래가 찾아오지 않기를——
하고 어울리지 않게 나는 마음속으로 몰래 빌어두기로 했다.

제4장 ★★★ 여행의 필수품과 검약가

1

《현용정》과의 거래가 정식으로 체결된 지 사흘째 되는 날.

파란 달 22일의 일이다.

영업이 끝나고 카뮤아 요슈와 토토스의 소유에 관한 이야기를 나눈 뒤 나는 전부터 궁금했던 '여행자의 식생활'에 대해 물어봤다.

"흠. 여행자의 식생활은 참으로 검소하지. 마을과 마을을 이동하는 데 하루 이상 걸리는 날에는 어찌 됐건 휴대식량으로 배를 채울 수밖에 없으니 말이야. 전에도 말한 적이 있을지 모르겠는데, 역참 마을에서 파는 육포가 휴대식량의 대표 격이지."

장소는 《키뮤스의 꼬리정》 식당이었다.

내 옆에는 호위역인 루도 루가, 카뮤아 요슈 옆에는 제자 레이토가 대기하고 있었다.

"가장 일반적이면서도 싸게 먹히는 건 물에 끓인 포이탄에 말린 아리아와 육포를 섞어 넣어 먹는 방법이지. 금전적으로 여유가 좀 있는 사람이라면 거기에 돌소금이나 향초를 추가할 테지만. 뭐, 맛은 뻔하지. 역참 마을에서 가장 저렴한 간식도 포이탄국에 비해 딱히 맛있지도 않고 말이네."

"호오, 끓인 포이탄에 말린 아리아와 육포라. 만약 아리아와 고기가 생이라면 숲가에서 먹는 기바 전골과 완전히 똑같네."

의자에는 앉지 않고 벽에 기대어 이야기를 듣고 있던 루도 루가 중간에 끼어들었다. 카뮤아 요슈가 그쪽을 보며 평소처럼 히죽 웃었다.

"필시 숲가의 선인들이 마을에서 얻은 지식일 테지. 안 그랬으면 숲가의 백성도 어떤 채소를 얼마큼 먹어야 건강하게 살아갈 수 있을지 알 도리가 없지 않았겠는가? 모르가 숲에 정착하기 전까지는 마을에서 채소를 살 기회가 한 번도 없었으니 말이네."

"과연. 그래서 가장 싸면서도 영양가 높은 아리아와 포이탄이 숲가의 주식이 된 거네요. 듣고 보니 이해가 가요."

내 말에 카뮤아 요슈는 "그렇지?" 하고 흐뭇하게 고개를 주억거렸다.

"사람은 우선 아리아와 포이탄과 고기만 먹으면 건강을 해치지 않고 살아갈 수 있지. 값도 채소 중에서 가장 저렴하니 더 말할 것도 없어. 육포와 말린 아리아를 집어넣은 포이탄 국물은 여행자뿐만 아니라 병사들의 주식이기도 하지."

"병사들이요?"

"그래, 마을의 위병 말고, 전쟁터에서 싸우는 병사들 말이네. 물론 그 지휘관인 귀족님들이야 안전한 요새에서 맛있는 음식을 쩝쩝거리며 먹을 테지만."

카뮤아 요슈의 우스갯소리는 적당히 흘려들으며 나는 다시

"과연" 하고 중얼거렸다.

"한데 아스타, 자네가 왜 여행자의 식생활에 관심을 보이나? 설마 제노스를 버리고 자갈이나 시무로 달아날 작정은 아니겠지?"

"그럴 리가요. 실은 시무의 상단 사람들한테 기바 육포를 넘겨야 할 시기가 왔거든요. 그래서 육포를 어떻게 먹는지 궁금했을 뿐이에요."

"흐음? 그럼 그 상단 사람들에게 물어보면 될 것 아닌가? 동쪽과 서쪽은 휴대식량을 먹는 방식이 다를지도 모를 텐데?"

"아뇨, 그 사람들이 먹을 게 아니라 여행지에서 되팔 예정이거든요. 그럼 육포를 실제로 구입해서 먹는 사람은 서쪽 백성이 될 테니 카뮤아의 의견을 듣고 싶었던 거예요."

그러자 이번에는 카뮤아 요슈가 "과연!" 하고 손뼉을 쳤다.

"되팔기라. 되팔기를 한단 말이지. 하긴 제노스에서 멀어질수록 기바 고기에 대한 편견도 줄어들 테니, 거참 장사 수완이 뛰어나군."

"그런가요? 그런데 잘 생각해보면 그 사람들은 카론 육포와 똑같은 값으로 기바 육포를 구입해주거든요. 그걸 다른 데 팔아서 이익을 남기려면 자연히 카론 육포보다 비싼 값으로 팔아야 하는데, 그게 장사가 되나요?"

"그건 걱정할 필요 없네. 이 제노스에서는 카론도 키뮤스도 값싸거든. 대규모 목장을 갖고 있지 않는 마을에서는 고깃값이 두 배 가까이 뛰어오르지."

과연, 하고 이번에는 마음속으로 읊었다.

약 오르게도 들으면 들을수록 유익한 정보가 쌓여간다. 1년의 절반 이상을 여행자로 세계 곳곳을 떠돌아다니는 이 카뮤아 요슈의 지식의 양은 역시 예사롭지 않은 듯했다.

"카론과 키뮤스를 목장에서 기르는군요. 그래서 값이 크게 떨어지지 않는 거예요?"

"그렇지. 카론의 큰 목장으로 유명한 곳이 옆 마을 다백인데, 여기서 토토스를 타고 가면 한나절밖에 안 걸리는 거리라 매일 엄청난 양의 고기가 이 제노스에 들어오거든. ……한데 역참 마을에서 맛볼 수 있는 것은 기껏해야 카론의 다리 부위지만 말이네."

"앗, 그런가요?"

"그래, 다리보다 연하고 맛있다고 알려진 몸통 고기는 대부분 성 밑 마을에서 사들이니까. 그래서 더욱 이 역참 마을에서는 카론 고기가 값싼 거라네."

그것은 그냥 흘려들을 수 없는 이야기였다.

"잠깐만요. 그럼 이 역참 마을에서 파는 카론 육포도 전부 다리 부위란 말이에요?"

"그렇겠지. 육포는 여행자와 병사밖에 먹지 않으니 말이네. 다리이긴 해도 뒷다리보다 더 싸고 맛도 떨어지는 앞다리로만 만드는 것 같은데. ……왜 그러는가? 왠지 얼굴이 험악해 보이는데."

"아뇨, 단지 최근 우리 가게에서는 기바 삼겹살, 즉 가슴 고기를 말려서 만든 육포만 취급했거든요. 비계가 적은 다리나 목살을 쓰면 육포가 더 맛없게 만들어지니까요."

그런데 왜 매출이 좀처럼 오르지 않는 걸까.

고민하는 내 얼굴빛을 보고 알아차렸는지 카뮤아 요슈가 유쾌하게 길쭉한 아래턱을 쓰다듬었다.

"확실히 전에 자네한테 받은 기바 육포는 역참 마을에서 파는 카론 육포보다 훨씬 맛있었지. 한데 육포를 찾는 여행자들에게 맛은 중요하지 않을 거네. 왜냐하면 먹을 때는 결국 포이탄 국물에 넣어서 불려 먹으니 약간의 맛 차이는 아무 소용도 없게 되거든."

"그럼 바짝 졸여서 가루로 만든 포이탄을 상비식으로 하는 건 어떨까요? 그럼 여행지에서 구운 포이탄을 먹을 수도 있어요. 그리고 육포와 아리아만 물에 끓여 먹으면 전부 맛있게 먹을 수 있지 않을까요?"

"오, 그거 훌륭한 방법이군. 한데 포이탄을 일단 가루로 만들어서 후와노처럼 구워내는 기술은 현재 숲가의 백성 말고는 아무도 익히지 못하지 않았나?"

"아, 그러네요. 그럼 이 기술을 역참 마을에서도 보급시켜서——."

"아니, 그건 좀 어떨까 싶은데, 아스타."

카뮤아 요수의 말투가 약간 달라졌다.

웃는 얼굴도 평소처럼 시치미 뗀 느낌이 아니라 몹시 온화하고 노련한 미소로 바뀌었다.

"아스타, 자네는 지금 역참 마을에서 기바 요리를 팔고 있네. 그것이 백 인분 팔리면 백 인분, 2백 인분 팔리면 2백 인분만큼 카론이나 키뮤스 고기가 팔리지 않는 결과를 낳지. 그런데도 자네들이 누구의 방해도 받지 않고 장사를 계속할 수 있는 이유가 뭐라고 생각하나?"

"이유라면── 마을 사람들이 숲가의 백성을 두려워해서인가요?"

"아닐 걸세. 아까도 말했다시피 마을에서 고기를 파는 것은 다백 사람이네. 물론 포장마차에서 간식을 파는 제노스 사람들도 매출이 떨어져서 화가 나 있을지 모르지만, 그래도 간식 포장마차라는 게 여관 안주인이 살림살이에 보태려고 여는 가게가 대부분이니, 설령 가게를 닫게 되더라도 길바닥에 나앉는 일은 없지."

"네에……."

"마찬가지로 다백 사람이 눈에 쌍심지를 켤 만큼 손실을 보고 있지 않다는 거네. 그들의 장사 상대는 제노스뿐만이 아니니, 하루에 수십 마리 팔리는 가운데 몇 마리, 게다가 값싼 다리 고기의 매출이 떨어졌을 뿐이야. 조금은 짜증이 날 수도 있겠지만 그렇다고 불평할 만한 수준도 아니니 혀나 한번 차면 그만일 테지. ……한데 포이탄을 이용해 장사를 넓히는 것은 좀 더 신중해야 하네."

어째서요? 하고 나는 눈빛으로 물었다.

카뮤아 요슈가 나무 탁자에 한쪽 팔꿈치를 괴고 조용히 미소 지었다.

"후와노 열매를 재배하는 사람이 성 밑 마을 사람이기 때문이네. 값싼 포이탄은 마을 백성에게 재배시키고, 비싼 후와노는 성 백성이 재배하고 있지. 만약 마을 사람들이 포이탄이 맛있다는 걸 알고 후와노를 전혀 먹지 않게 되면, 북쪽 농원을 관리하는 귀족의 누군가가 큰 손해를 입게 되지. 그것이 얼마나 위험한지는 뭐, 대충 상상이 될 테지?"

"그야 뭐—— 모르는 건 아닌데요……."

"아니, 딱히 절대로 안 된다는 말은 아니네. 다만 앞으로 성 사람들과 다시 인연을 잘 맺어보려는 이 시기에 그런 짓을 했다가는 위험하다, 이 말이지. 최소한 포이탄을 맛있게 먹는 조리법이 귀족에게 겨누는 칼날이 될 수도 있다는 것을 자네가 마음 한구석에 담아둬야 한다고 생각하네."

"…………."

"살아가기 위해 칼날이 필요할 때가 있지. 한데 사용할 시기를 잘못 잡으면 아군마저 다치게 할 수도 있어. 신중히 취급해야 하네."

그렇게 말하고 마지막에는 히죽 웃는 카뮤아 요슈였다.

2

카뮤아 요슈와 헤어진 뒤 파가로 돌아오자 여자 여럿이 기다리고 있었다.

"오, 일찍 도착하셨네요? ……음? 혹시?"

"네. 약속한 육포입니다."

시의적절하게도 그들은 《은 항아리》에 도매로 넘길 육포를 만들어달라고 부탁한 씨족 사람들이었다.

슈미랄이 이끄는 시무의 상단 《은 항아리》에서 대략 40킬로그램이나 되는 육포를 발주 받았다. 마침 부를 분배할 좋은 기회라는 생각에 나는 고기 조달뿐만 아니라 육포 제작 자체를 각 씨족에게 의뢰한 것이다.

"고맙습니다. 그럼 한 명씩 확인할게요."

리 스도라와 함께 장사 도구를 운반하면서 여자들을 집 안으로 들였다.

모인 사람은 세 씨족, 포우와 라츠와 가즈의 여자들이었다. 집이 먼 라츠와 가즈 여자들은 사실 이번에 처음 만나는 것이다.

"그럼 우선 저부터."

포우의 여자가 채소 넣는 데 쓰는 큰 자루를 내밀었다.

아가리를 벌리자 손바닥만 한 육포가 한가득 들어 있었다. 그중 아무거나 하나를 집어서 우선 소도로 끝을 잘라냈다.

피코잎과 소금으로 최대한 수분을 빼고 나서 훈연으로 익힌, 나무처럼 딱딱한 고깃덩이였다. 잘라낸 조각을 입에 넣자 강한 소금 맛과 향초의 풍미, 응축된 고기의 감칠맛이 서서히 퍼졌다.

맛에 문제없다. 제대로 피 빼기를 한 고기를 사용해주었다.

그럼, 하고 이번에는 육포를 도마 위에 놓고 소도로 한가운데를 박박 썰었다. 정말 엄청나게 딱딱했다. 이 또한 속까지 제대로 건조되었다는 증거이기도 했다.

"네, 문제없습니다. 수고하셨어요. ……그럼 잠깐만 기다리세요."

오늘 매상에서 동전을 골라내 포우가의 여자에게 건넸다.

"백동화와 적동화 일곱 닢씩이에요. 확인해보세요."

"……네." 여자의 얼굴이 육포처럼 굳어 있었다.

백동화와 적동화가 일곱 닢씩. 기바의 뿔과 엄니로 환산하면 약 여섯 마리분의 대가다.

육포가 이렇게 대량으로 팔리는 일은 좀처럼 없다. 따라서 이 정도 대가를 얻을 수 있는 기회도 앞으로는 흔치 않을 것이다. 있다 해도 다음번에는 다른 집에 일을 알선할 것이다. 그 이야기는 일을 의뢰할 때 입에서 신물이 나도록 수차례 말해두었다. 어쨌든 파격적인 보수임에 틀림없다.

"그럼 다음 분, 와주세요."

라츠와 가즈의 여자가 가져온 육포도 문제없었다.

각 씨족의 여자는 기쁨보다 안도의 표정으로 동전을 받았다.

"아스타. 내일 스도라에서도 육포를 가져올 테니 잘 부탁드립니다."

옆에 앉은 리 스도라가 공손하게 머리를 숙였다.

그때 밖에서 덧문을 두드리는 소리가 났다.

"아마 민 루티무와 루의 친족 여자 네 명입니다. 아이 파나 아스타, 집에 계시나요?"

어? 또 아마 민 루티무가 찾아오다니, 나는 자리에서 일어났다.

어제도 그저께도 아마 민 루티무는 파가를 찾아왔다. 어제는 토토스 세 마리를 데리고, 그저께는 한 마리를 데리고 말이다.

설마 또 새로이 토토스를 발견한 것은 아니겠지, 하고 나는 신중히 덧문을 열었다. 다행히 그곳에는 숲가의 여자들 모습밖에 없었다.

그러나 뜻밖의 얼굴이 한 명 있었다. 갈색 머리를 양파 같은 모양으로 바짝 묶은, 조그맣고 마른 여자아이—— 과거 슨가의 막내딸이었고 현재는 루티무의 가족인 츠바이였다.

"아, 어서 오세요. 사흘 연속으로 만날 줄은 몰랐어요. 오늘은 무슨 일이에요? 아마 민 루티무."

"네. 오늘은 가족 츠바이의 보호자로 왔어요. 아스타에게 꼭 물어봐야 할 것이 있다고 해서. ……하지만 우선 이 여인들의 일부터 봐주시겠어요? 육포가 완성되어 전달하러 왔다고 해요."

그들은 루의 친족 중에서도 완전히 처음 보는, 릴린과 무파와 마무의 여자들이었다.

육포 만드는 일을 할당할 때 최대한 생활이 곤궁한 씨족을 우선시하고 싶었다. 그러나 기일까지 기바의 피 빼기를 성공한 씨족은 포우, 라츠, 가즈, 스도라뿐이었다. 그래서 나머지를 루가에 의뢰한 것이다. 그 일을 루와 루티무만큼 풍요롭지 않은 씨족에게 넘긴 것은 물론 미아 레이 아주머니의 배려였다.

아무리 루가와 혈연관계에 있는 씨족이라도 포우나 라츠 등의 작은 씨족과 별 차이 없는 생활을 하고 있는 듯하다. 그 자리에 나타난 여자들도 루가 사람들처럼 몸치장을 하지도 않았고 그야말로 순박하고 검소한 분위기를 풍기고 있었다.

그러나 풍요롭든 그렇지 않든 숲가의 백성이 근면하고 성실하다는 사실에는 변함이 없다. 어느 육포든 완성도에 문제가 없고, 상품에 걸맞은 품질을 유지하고 있었다.

"네, 전혀 문제없습니다. 여러분, 수고하셨어요. 또 기회가 생기면 그때도 잘 부탁드릴게요."

"저희야말로 고마웠습니다. ……저, 파가의 아스타, 이대로 당신 일을 견학하면 폐가 될까요?"

그렇게 말한 사람은 마무의 여자였다.

"괜찮아요." 나는 대답하면서 말없는 츠바이를 돌아봤다.

"그 전에, 너구나. 나한테 할 이야기가 있다던데, 뭐야?"

설마 슨가에 관련된 중대한 일은 아니겠지.

츠바이는 "흥!" 하고 콧방귀를 뀌더니 얄팍한 가슴 앞에 가느다란 팔로 팔짱을 끼었다.

"미리 말해두지만, 내 이야기는 엄청 길거든? 해가 저물 때까지 걸릴지도 모르는데 그래도 괜찮겠어?"

"그건 곤란한데. 나는 내일을 위한 밑 준비 작업과 저녁 식사 준비도 해야 하거든."

"그럼 일하면서 들어줬으면 좋겠어! 납득할 만한 대답을 듣기 전까지는 루티무의 집으로 돌아갈 생각 없으니, 알아서 해!"

갈수록 불온한 모습이었다.

하는 수 없이 나는 작업 준비를 갖추고 우선 아리아를 잘게 다지면서 츠바이의 이야기를 듣기로 했다.

"파가의 아스타. 당신은 이번에 일곱 씨족에게 육포 만드는 일을 맡겼지? 그 내용을 좀 확인하고 싶은데."

"어? 할 이야기가 육포 일에 관한 거야?"

"그래. 달리 무슨 이야기가 있겠어?"

츠바이의 할아버지인 테이 슨이 죽은 지 아직 엿새밖에 지나지 않았다. 그래서 무슨 내용이든 그 사건에 관한 이야기일 거라고 반쯤은 각오를 하고 있었는데, 아무래도 지나친 생각이었던 듯하다.

"그 일의 보수가 백과 적의 동전 일곱 닢씩이라고 했지? 육포를 만들려면 큰 기바 두 마리분의 가슴 고기가 필요하고. ……여기까지 틀림없어?"

"응, 틀림없어."

각 씨족에게 의뢰한 육포의 양은 약 6킬로그램이 조금 안 되었다.

그리고 6킬로그램의 육포를 만드는 데는 약 15킬로그램의 삼겹살이 필요하다. 충분한 보존성을 얻기 위해서는 그만큼 철저하게 수분을 빼야 하기 때문이다.

"……그럼 당신은 왜 루가에 적동화 12닢만 지불하는 건데?"

"어?"

"루가는 매일같이 기바 한 마리를 통째로 파가에 팔고 있잖아? 그 대가가 겨우 적동화 12닢인데, 육포는 왜 가슴 고기만으로 적동화 77닢이나 되느냐고! 계산이 너무 이상하지 않아?"

카랑카랑한 목소리로 재잘대면서 흰자위가 두드러지는 큼직한 눈을 희번덕거리며 나를 노려봤다.

나는 아리아를 다지면서 "그러니까" 하고 머릿속으로 계산을 했다.

"우선 미리 말해둘 게 있어. 신선육의 대가가 너무 낮다는 건 나도 전부터 신경 쓰였던 문제야. 하지만 기바 고기는 시장가격이라는 게 형성되어 있지 않아서 일단 기바 한 마리분의 뿔과 엄니의 대가를, 그대로 고기 가격에 적용한 거야."

그렇다기보다는 고기가 남아돌기 때문에 무료도 상관없다고 주장한 미아 레이 아주머니를 내가 설득해서 설정한 가격이었다.

"……그래서? 육포 가격은 어떻게 정했는데?"

"육포 가격은 마을에서 파는 카론이라는 동물의 육포와 똑같은 가격으로 설정했어. 이번에 육포를 납품하고 거래처에서 받기로 한 동전은 적동화 6백 닢이야. 그중 약 1할을 파가에서 중개료나 수고비 명목으로 가져가고, 나머지 동전을 일곱 씨족으로 나누는 거야."

"일곱 씨족에 적동화 77닢씩—— 합계는 적동화 539닢, 파가의 몫이 나머지 61닢이라는 거네. 흥, 과연, 계산이 틀린 건 아니네."

우리를 둘러싼 여덟 명의 여자들이 이쯤에서 눈을 크게 뜨며 당황하기 시작했다. 아마 계산을 쫓아가지 못할뿐더러 애초에 계산을 해야 하는 의미나 이유를 찾지 못한 것이다.

남들 반응이야 어쨌든 츠바이는 아랑곳하지 않고 더 열을 올리며 재잘거렸다.

"그럼 생고기 가격도 마을 가격에 맞춰야 하는 거 아냐? 그 카론이라는 동물의 고기는 대체 얼마에 팔리는데? 설마 겨우 적동화 12닢에 한 마리를 살 수 있는 건 아니겠지?"

"아직 푸줏간에 가보진 못했는데 고깃값은 누가 사느냐에 따라서 달라져. 개인이 사느냐, 여관 같은 가게에서 대량으로 사들이냐에 따라 갑절 이상 차이 나지. 물론 적동화 12닢은 아니겠지만."

"그게 얼마냐고 묻고 있잖아!"

이번에는 내 암산 능력을 시험당할 차례였다.

카론 고기를 개인이 살 경우, 백 그램에 적동화 한 닢이 조금 안 된다. 그것이 《남쪽의 대수정》 같은 여관에서 구입할 때는 백 그램에 0.37닢까지 내려갔다.

내가 루가에서 사는 기바 고기의 값은 대략 40킬로그램에 적동화 12닢이다. 카론 한 마리 고기의 값을 물어도, 나는 카론이 얼마나 큰 동물인지 모르기에 기바와 같은 중량이라고 가정할 수밖에 없다.

그렇다면──.

개인이 살 경우 1킬로그램에 적동화 열 닢, 40킬로그램이면 4백 닢.

업자 가격이라면 1킬로그램에 적동화 3.7닢, 40킬로그램이면 ── 148닢이구나.

이 또한 차이가 꽤 나지만, 애초에 개인이 고기를 40킬로그램이나 사는 일은 없을 것이다. 대량으로 구입할 수 없기 때문에 개인이 사려면 값이 비싸지는 것이다.

"일단 업자 가격이라면 148닢이라는 값이 산출되었어."

"그럼 당신은 루가의 고기를 10분의 1 이하 값으로 후려쳐서 구입한 거네!"

츠바이가 소리치며 말하더니 의심 가득한 눈초리로 눈을 가늘게 떴다.

"게다가 적동화 148닢도 너무 적은 거 아냐? 같은 양의 육포였다면 대체 얼마가 된다는 소리야?"

"육포를 만드는 과정에서 무게가 절반 이하로 줄어드니까, 신선육과 육포 가격을 비교하고 싶으면── 잠깐 기다려."

카론 육포 가격은 백 그램에 적동화 1.5닢으로 기억한다.

신선육 업자 가격이 0.37닢이라는 건──.

"그래, 육포는 생고기의 네 배쯤 되는 가격이야."

"네 배?! 왜 그렇게 비싸!"

"육포를 만들려면 돌소금도 필요하고, 원재료비를 생각하면 그 정도 되지 않겠어? 나머지는 제작 품삯이랑 만드는 사람과 파는 사람이 따로따로라면, 거기서도 금액이 다소 추가되니까."

"……납득이 안 가네. 왠지 속는 기분이야."

그렇군. 그렇다면 철저하게 계산해주는 수밖에.

예를 들어 10킬로그램의 신선육을 육포로 만든다고 하자. 우선 신선육을 피코잎에 절인 뒤 소금에 절이고, 마지막으로 훈연에 그슬리는 것으로 인해 4킬로그램으로 줄어들고 만다. 여기에 필요한 돌소금은 고기 무게의 5퍼센트쯤 되는 분량이므로, 고기가 10킬로그램이면 돌소금은 5백 그램. 값으로 따지면 적동화 세 닢이다.

신선육 10킬로그램이 적동화 37닢이므로, 거기에 돌소금 가격 세 닢을 더하면 원재료비는 정확히 40닢. 그리고 육포 가격은 백 그램에 1.5닢이므로 4킬로그램이면 적동화 60닢.

육포의 원가율은 재료비 40÷판매가 60×100이므로 66퍼센트가 된다.

판매가가 높기는커녕 지극히 양심적인 가격 설정이 아닌가.

이상의 결론을 나는 정확한 숫자와 함께 츠바이에게 제시해 보았다.

"생고기라면 적동화 37닢, 그 고기로 만든 육포는 적동화 60닢── 돌소금 대금을 빼도 적동화 20닢의 이익이 나는데, 그래도 육포가 싸다는 거야?"

"제노스에서는 너무 싸지도 않은 것 같은데. 여기는 박리다매가 기본인 듯하니까. 예를 들어 내 포장마차 요리에 쓰는 기바 고기에 카론 고기와 같은 재료비를 적용해서 계산해도 이익의 정도는 비슷하거든."

『기바 버거』는 고기를 자기 부담으로 마련하면 원가율이 불과 25퍼센트이지만, 사용하는 고깃값에 카론 고기의 값을 적용하면 65.8퍼센트까지 뛰어오른다. 다시 말해 다른 포장마차의 간식 가게에서는 이 정도 원가율이 당연하다는 이야기가 된다.

"흐음…… 그러니까 당신은 이익을 더 내고 싶어서 루가의 고깃값을 후려쳐서 산다는 거야?"

"그건 오해야. 나는 더 높게 쳐주고 싶다고 여러 번 제안했는데, 미아 레이 루가 완강히 거부했다고. 어차피 남으면 숲에 돌려줘야 하는 고기라면서."

어쩌면 이 대화는 숲가 내부로서도 기바 고기의 적정 가격을 설정하는 좋은 기회가 되지 않을까. 숲가의 백성인 것이 믿기지 않을 만큼 놀라운 경제관념을 가진 소녀를 앞에 두고 나는 그런 생각을 했다.

"그럼 츠바이, 그리고 아마 민 루티무. 이걸 기회로 기바 고기의 값을 다시 설정하자는 뜻을 미아 레이 루에게 전해주겠어요? 앞으로는 루가에서뿐만 아니라 다른 씨족에서도 고기를 사고 싶거든요. 이번에는 제대로 된 가격을 설정하고 싶어요."

"호오, 그럼 카론이랑 똑같이 적동화 148닢으로 하려고? 값이 단숨에 열 배 이상 뛰는데?"

"난 그래도 상관없어. 아니, 오히려 그렇게 해야 한다고 생각해. 장차 그 값으로 마을 사람들이 기바 고기를 사주는 것이 내 목적이기도 하거든."

츠바이는 그제야 입을 다물고 아리아를 다 다진 내 모습을 아래위로 훑으며 쏘아봤다.

"……알겠어. 당신이 돈을 벌고 싶어서가 아니라, 숲가의 백성 모두가 돈을 벌 수 있는 상황을 바란다는 거네."

"그야 그렇지. 좀 재수 없게 들릴지 몰라도, 파가는 돈을 더 벌어도 어디다 써야 할지 모를 정도거든."

"돈만 있으면 뭐든 다 살 수 있는데?"

"글쎄. 사람과의 인연이나 신뢰 같은 건 돈으로도 살 수 없다고 생각해."

내가 농담조로 말하자 츠바이가 콧방귀를 "흥!" 하고 요란하게 뀌었다.

"해가 저물 때까지 당신한테 따져 물으려 했는데, 벌써 이야기가 끝났네."

"다행이네. 정말 유익한 이야기를 할 수 있어서 나도 만족스러워, 츠바이."

빈말이나 겉치레 말이 아니라 나는 진심으로 그렇게 말했다.

숲가에 살며 이렇게까지 돈에 집착하는 츠바이는 이단자일 것이다. 그러나 숲가가 더 풍요로워지려면 츠바이처럼 경제관념이 발달한 사람이 꼭 필요하다고 생각한다. 애초에 이단이라고 하면 바로 나야말로 최대 이단자인 셈이니, 내 입장에서는 같은 눈높이로 대화할 수 있는 동포를 처음 발견한 기분이기도 했다. 이런 이단자가 루의 친족이 된 것을 남몰래 마음속으로 축복했다.

"내 용건은 끝났어. 아마 민 루티무, 이제 어떻게 할 거야?"

"글쎄요. 서둘러 돌아가도 집안일은 남아 있지 않을 테니 우리도 아스타에게 조리 지도를 받을까요?"

아마 민 루티무는 매우 흡족하게 웃고 있었다. 그 웃는 얼굴이 자신을 향하자 츠바이는 불편한 듯이 몸을 가만히 있지 못하고 흔들었다.

그때 아무런 예고도 없이 덧문이 밖에서 열렸다.

그런 행동이 허락되는 사람은 그 집의 주인뿐이므로 당연히 아이 파가 온 것이었다. 오늘도 60킬로그램급 기바를 어깨에 짊어진 아이 파가 날카로운 눈빛으로 집 안의 상황을 흘겨봤다.

"어서 와, 가장. 오늘도 수확이 있었구나."

이틀 전에 사냥꾼의 일을 재개하고 이로써 두 마리째 수확이었다. 지금은 기바가 많은 시기도 아닐 텐데, 기가 막히도록 우수한 사냥 실력이다.

그런 가장을 나는 웃는 얼굴로 마중했지만, 당사자는 더없이 싸늘한 표정이었다. 그러고는 "너는 오늘도 즐거워 보이는군" 하고 내뱉더니 안으로 들어가지도 않고 덧문을 탁 닫아버렸다.

내 어디가 즐거워 보인다는 걸까? 전혀 짚이는 바가 없었다.

평소와 다른 점이 있다면 내 주위에 여자 아홉 명이 모여 있다는 정도인데. 여자 여럿이 모이는 일은 평소와 다를 바 없지만 이렇게 많은 인원은 허용 범위를 넘어섰을지도 모른다.

"……죄송해요, 아스타."

아마 민 루티무가 머리를 숙였다.

"네? 아, 아뇨, 아마 민 루티무가 사과할 일이 아니에요."

"그런가요?" 아마 민 루티무가 고개를 살짝 기울인 다음 내 귓가에 대고 속삭였다.

"하지만 저와 스도라의 여자 외에는 모두 미혼의 젊은 여자들이랍니다. 아이 파 입장에서는 그것이 마음에 들지 않았을지도 모르는걸요?"

깜짝 놀란 나는 가까이서 아마 민 루티무의 얼굴을 쳐다봤다. 늘 청초하고 예의 바른 아마 민 루티무가 웬일로 나이에 걸맞은 천진한 웃음을 머금고 내 얼굴을 보고 있었다.

그런 느낌으로 파란 달 22일도 더없이 평온하게 지나갔다.

제5장 ★★★ 내장과 소녀

1

라라 루가 열세 살이 된 이튿날. 파란 달 26일.

오늘도 어김없이 밑 준비 작업에 힘쓰고 있자니 또 아이 파가 기바를 짊어지고 돌아왔다.

"우와, 또 잡았어? 굉장하네, 숲에 나간 지 열흘도 안 됐는데, 벌써 세 마리째잖아."

"흥. 한데 오늘 기바는 꽤 어리더군. 이 엄니와 뿔은 하나당 두 닢밖에 못 받겠지."

어리긴 해도 40킬로그램 밑으로 떨어지지는 않아 보였다. 몸통 길이는 짧아도 오동통하게 살이 올라 지방도 넉넉히 들어 있을 것 같았다.

칭찬의 표정으로 지켜보는 포우와 딘의 여자들에게 눈인사를 한 뒤 아이 파는 아궁이 앞을 지나쳐 나뭇가지에 기바를 매달기 시작했다. 매달면서 안쪽 나무에 고삐가 묶인 기루루에게 "다녀왔다, 기루루" 하고 말을 건넸다.

평화롭다.

드디어 제노스 성 사람과의 회담이 나흘 뒤로 다가왔다. 과연 이 평화로운 생활을 지킬 수 있을까.

그런 생각을 막연히 하고 있자니, "호오, 너 제법이구나" 하고 중년 여성이 감탄하는 소리가 났다.

돌아보니 투르 딘이 구운 포이탄을 나무 접시에 옮겨 담고 있었다. 그녀들은 포이탄에 기고를 섞지 않았는데도 제법 부드럽게 잘 구워냈다. 겉을 노릇하게 구워내 참으로 먹음직스러워 보였다.

"와, 정말이네. 역시 넌 소질이 있어, 투르 딘."

"아뇨……." 투르 딘이 고개를 숙였다. 표정에는 거의 변화가 없지만 뺨 언저리가 발그레하게 물든 것이 귀여웠다.

투르 딘은 한때 슨 분가의 일원이었던 열 살 소녀다. 목덜미에서 둘로 묶어 늘어뜨린 머리는 갈색이고 눈동자 색은 파란색이다. 참 귀엽게 생겼는데 표정에 늘 근심이 서려 있고 생기가 없다.

슨의 촌락에서 비정상적인 규정에 얽매여 살았던 탓에 소녀의 마음이 위축된 것이라 생각한다. 가끔 보이는 웃는 얼굴은 천진난만하고 사소한 몸짓에서도 상냥한 기질이 느껴져, 평범한 환경에서 컸으면 리미 루처럼 활기차고 구김 없는 성격으로 자라지 않았을까 하는 생각이 자꾸만 들었다.

"이제 투르 딘은 포이탄을 굽는 솜씨도 완벽해졌구나. 기바 고기를 가져오면 이번에는 고기 요리 만드는 법을 가르쳐줄게."

내 말에 투르 딘이 얼굴을 더 붉히더니 "하지만……" 하고 움츠러들었다.

"파가의 아스타. 저녁 식사는 원래 자기 집 아궁이로 만들어야 합니다. 비록 포이탄은 여기서 굽고 있지만, 기바 고기까지 굽는 것은 숲의 관례에 어긋납니다."

그렇게 말한 사람은 딘 가장의 누나이자 투르 딘의 돌아가신 어머니의 언니이기도 한 자스 딘이었다. 온유한 생김새와 엄격한 눈빛을 지닌, 제법 위엄 있는 중년 여성이다.

"아, 그러고 보니 그런 관례가 있었죠. 그래서 다들 포이탄을 제외한 작업은 견학만 한 거였군요. ……그런데 견학만 해서는 기술을 습득하기 어려운데 말이에요."

"그렇지요. 하지만 투르 딘은 지난번 가장 회의에서 당신에게 지도받은 덕에 아궁이 당번 일을 꽤 능숙히 해내고 있습니다."

칭찬이 거듭될수록 투르 딘의 고개가 더 수그러졌다. 안타깝게도 그녀들은 적의나 해의(害意)보다 선의나 호의에 면역력을 잃은 듯하다.

그런 투르 딘이 "아……" 하고 조그맣게 소리를 냈다.

그 시선을 좇자 기바 가죽을 다 벗긴 아이 파가 내장 적출에 돌입한 모습이 보였다.

"왜 그래?" 하고 물어도, "아뇨……" 하는 대답밖에 돌아오지 않았다.

슨의 촌락에서는 사냥꾼의 일을 최대한 회피하기 위해 기바의 몸통 고기까지 싹 먹어치웠다. 그렇다면 기바의 내장도 눈에 익을 터였다.

"내장이라. 내 고향에서는 기바와 아주 비슷한 짐승이 있었는데 내장까지 맛있게 먹었거든. 기바 내장은 어떤 맛이 날까?"

이대로 대화가 끊어지는 것이 아쉬운 나머지 나는 그렇게 말을 이어봤다. 그러자 투르 딘이 깜짝 놀라면서 나를 올려다봤다.

"아, 아스타의 고향에서는 기바의 내장을 먹었다고요?"

"응? 기바가 아니라, 기바랑 아주 비슷한 동물이었는데. 고기 맛이 아주 비슷했으니 어쩌면 기바 내장도 맛있게 먹을 수 있지 않을까?"

"머, 먹을 수 있어요!" 하고 소심한 성격의 투르 딘이 웬일로 크게 말했다. 그러나 이내 얼굴을 새빨갛게 물들이고 코가 땅에 닿도록 고개를 숙여버렸다.

그 모습을 지켜보던 자스 딘과 포우의 여자들은 영문을 몰라 어리둥절해했다.

"아, 혹시 슨의 촌락에서는 기바 내장도 먹었니?"

"…………네."

이제 기어들어 가는 목소리였다.

"기바 내장을 먹다니. 그런 맛없어 보이는 걸 먹으면서까지 슨의 사람은 기바 사냥을 꺼렸던 거냐?"

자스 딘이 엄격한 눈초리로 투르 딘을 조용히 응시했다.

"그런데 제 고향에서도 동물 내장은 진미(珍味)라면서 꽤 귀하게 여겨졌거든요. 내장에는 고기와는 또 다른 영양분이 있어서 그런 의미에서도 귀하게 여겨졌어요."

투르 딘을 감싸고 싶은 마음 반, 내장 요리에 대한 관심 반에서 나는 그렇게 설명했다.

"실제로 저는 기바 내장을 통째로 버릴 때마다 얼마나 아까웠는지 몰라요. 저기, 투르 딘, 괜찮으면 너희가 기바 내장을 어떤 식으로 조리했는지 가르쳐줄래?"

"네⋯⋯?" 하고 투르 딘이 당황한 듯 시선을 이리저리 헤맸다.

자스 딘이 작게 한숨을 내쉬더니 투르 딘의 작은 머리를 톡 쳤다.

"넌 파가의 아스타에게 큰 은혜를 입지 않았느냐? 이 정도로 그 은혜를 갚지는 못할 테지만, 힘을 아낌없이 다해야 하지 않겠니?"

"⋯⋯알겠어요." 투르 딘이 고개를 끄덕인 뒤 눈을 자꾸 내리 뜨면서 내 얼굴을 쳐다봤다.

내가 잘못 보지 않았다면 그 파란 눈동자에는 어렴풋이 기뻐하는 빛이 깃들어 있었다.

◇

"어려운 건 저도 잘 몰라요. 그냥 냄새가 역한 부분을 떼어버린 다음 물로 꼼꼼히 씻어주기만 했어요."

투르 딘의 말에 따라 우리는 냇가로 자리를 옮겼다.

내장을 남김없이 쇠 냄비에 쓸어 담아 으쌰으쌰 운반했다. 자스 딘과 별반 관심이 없어 보이는 포우가 여자들도 동행하여 총

다섯 명이서 이동했다. 아이 파는 고기를 해체하느라 함께 오지 않았다.

"우선 이 부분은 버렸어요."

투르 딘이 냄비 속에서 작은 고깃점을 집어 올렸다.

탁구공만 한 크기의 동그랗고 칙칙한 색깔의 장기. 아마 방광일 것이다.

"그리고 이 내장의 이 부분을 봐주세요."

이번에는 묵직한 적갈색 고깃덩어리인 간을 들어 올렸다. 거기서 제거해야 할 것은 고깃덩어리에 끼워지듯 들러붙어 있는 엷은 황록색의 작은 주머니, 쓸개였다.

방광과 쓸개가 찢어지면 고기에 역한 냄새가 배기 때문에 내장을 적출할 때는 특히 조심해야 한다. 과거에 농장 캠프에 참가했을 때 사냥꾼에게 배웠던 것이 떠올랐다.

"기바가 새끼를 뱄을 경우에는 이 부분도 버렸는데요, 이 기바는 괜찮아 보이네요."

하얗고 가늘고 구불구불한 부위. 설명으로 추측하건대 자궁——아기집일 것이다. 이 기바는 암컷이었다.

"흠흠. 그다음에 물로 씻어주면 되겠구나. 어떤 것부터 씻을까?"

"아, 그 전에 이거랑 이건 겉면을 잘라서 속에 든 오물을 제거해야 해요."

이거랑 이거.

그것은 분홍색의 구불구불한 대장 끝에 붙어 있는, 하얗고 쭈

글쭈글하고 기다란 기관—— 아마 직장과, 그리고 빵빵하게 부풀어 오른 분홍색 물체, 위장이었다.

과연, 저렇게 지방이 많은 기바였으니 살아 있었을 때 숲의 은혜를 실컷 먹었을 것이다. 위장에 그 찌꺼기가 남아 있으니 우선 그걸 제거해야 한다는 소리다.

그리고 직장은 아마 항문으로 이어지는 부위인 만큼 당연히 그것으로 가득할 것이다. 하지만 내장 조리의 초보자인 나는 직장의 그것보다 위장 속에 경계심을 품었다.

"저 말이야, 기바는 나무 열매나 채소뿐만 아니라 뱀이나 도마뱀, 벌레 같은 것도 잡아먹지?"

내 말에 투르 딘이 이상하다는 듯 고개를 갸우뚱했다.

"네. ……그리고 보니 거기 그것을 갈랐을 때 안에서 수많은 뱀이 나온 적이 있어요."

"우와아, 역시!"

"하지만 물론 죽은 뱀이었어요. 개중에는 위험한 독을 품은 뱀도 있었지만 죽었으니 위험하지 않아요."

"그야 그렇긴 한데……."

"아스타는 죽은 뱀도 무서운가요?"

투르 딘이 쿡쿡 웃었다.

참으로 사랑스러운 웃는 얼굴이다.

"그럼 제가 가를게요. 아스타의 칼을 빌려주겠어요?"

"아니! 위장 속을 무서워하면 내장 조리를 어떻게 하겠어!"

나는 단단히 결심하고 소도를 빼들었다.

그렇게 팽팽하게 부풀어 오른 위장에 칼끝을 푹 찔러넣고 신중히 갈라나가자 속에서 암녹색으로 변색된 대량의 나무 열매 찌꺼기가 쏟아져 나왔다.

"뱀은 없었죠?"

투르 딘이 직장 불순물을 제거하면서 미소를 지었다. 어쩌면 본인은 알아차리지 못했을지 모른다. 아까부터 계속 웃고 있다는 것을.

참고로 기바의 그것은 맛동산처럼 통통해서 그리 더러운 느낌은 들지 않았다. 위장 내용물도 포함해서 코를 막고 입으로 숨쉬기만 하면 아무렇지도 않았다.

어쨌든 위장과 직장의 불순물은 제거해냈다.

졸졸 흐르는 석간수(바위틈에서 나오는 샘물)로 꼼꼼히 씻은 다음 뱀처럼 꿈틀거리는 대장과 소장, 거기다 자궁을 씻을 차례였다.

가느다란 소장과 자궁은 겉면을 대강 씻은 다음 얼른 갈라서 겉과 속을 다시 헹궈준다. 이 단계에서 나머지 세 여자의 손도 빌리게 되었다.

미끈미끈한 점액이 없어질 때까지 헹구는 것이 가장 좋다고 했지만, 헹구고 또 헹궈도 완전히 없어지지는 않았다. 소금으로 문질러 씻으면 효율적일지 몰라도, 이 세계에서 돌소금은 약간 비싼 물품이다. 오늘은 인해전술로 어떻게든 하기로 했다.

"그럼 그사이에 이쪽도 정리하도록 하죠. 아스타, 그쪽 끝을 쥐어서 물이 빠져나가지 않도록 해줄래요?"

투르 딘이 적확한 지시를 내리면서 대장 끝으로 석간수를 흘려 넣기 시작했다.

그 지시대로 반대쪽 끝을 꽉 쥐자 순식간에 대장에 물이 차면서 길쭉하고 빵빵한 소시지 모양이 되었다. 투르 딘도 한 손으로 대장 끝을 움켜쥐고 다른 손으로 소시지 같은 대장을 끝에서 끝까지 힘껏 주물렀다.

그러고 나서 물을 버리고 다시 물을 집어넣어 똑같은 과정을 세 번이나 반복한 뒤, 내 소도로 대장을 10센티미터 길이로 토막 내어 겉과 속을 홀랑 뒤집었다. 드러난 속을 다시 박박 문질러 씻었다. 참으로 손이 많이 가는 일이다.

그래도 다섯 명이서 대장과 소장과 자궁을 씻어내자 분홍색과 유백색의 때깔 고운 고기 조각이 작은 산을 이루었다. 내 눈에는 이제 완벽하게 식재료로 보였다.

"다음은 이거예요. 다른 것과 마찬가지로 우선 겉면의 막을 벗겨야 해요."

투르 딘이 집어 올린 것은 손바닥만한 크기의 누에콩처럼 생긴 부위였다.

거의 똑같은 모양의 부위가 두 개. 이렇게 좌우 대칭으로 존재하는 장기는 폐와 신장 정도밖에 떠오르지 않는다. 그러니 아마 신장일 것이다. 겉면의 하얀 막을 벗기자 간처럼 반질반질하고 매끄러운 적갈색 물체가 나타났다.

"아스타, 이걸 옆으로 갈라줄래요?"

"알겠어."

옆으로 가르자 속에는 비계처럼 흰 물체가 잎맥처럼 퍼져 있었다.

"제가 작업을 맡았을 때는 그 흰 부분은 떼서 버렸어요. ……거기서 독한 냄새가 났거든요."

"아, 그랬구나."

신장의 역할은 몸속 수분을 걸러내는 것이다. 이 부분에 독소라도 쌓이는 구조일까.

그 부분은 잘 모르지만 다른 것은 알 것 같았다. 투르 딘은 원래 아궁이 당번 일을 좋아했을 것이다. 그래서 아까부터 즐거워하는 표정이리라.

그동안 금기였던 숲의 은혜를 먹음으로써 죄책감을 느낀 것이다. 기바를 조리할 때도 '필요 최소한의 기바밖에 사냥하지 않는' 슨가 특유의 규정 아래 내장까지 해체하는 지경에 처했다.

고작 열 살 먹은 투르 딘도 그것이 비정상적인 규정임을 뼈저리게 이해했을 것이다. 그녀들은 그 사실을 결코 다른 씨족에게 발설해서는 안 되며, 만약 알려지면 머리 가죽이 벗겨지는 벌을 받을 거라고 주입되었을 터였다. 그리하여 그녀들은 죽은 생선 같은 눈빛으로 살아가게 된 것이다.

그럼에도 투르 딘은 아궁이 당번 일을 좋아하고 잘하지 않았을까. 적어도 '이 부위를 떼어내면 더 맛있는 음식을 만들 수 있다'는 판단에 이를 정도로.

지나치게 검소하고 성실해서 미식을 바람직하게 여기지 않던 숲가의 백성이다. 식사 준비에 공연히 품을 들일 필요가 없다는 것이 그들의 기본 자세다. 하지만 아직 실력이 발현되지 않았을 뿐 조리에 자질을 갖고 태어난 사람은 분명히 존재한다고 생각한다.

루의 촌락에서도 원래 아궁이 당번 일을 잘한 사람들── 레이나 루와 실라 루, 미아 레이 아주머니와 타리 루 같은 사람들이야 말로 눈에 띄게 두각을 나타내고 있다. 그러니 투르 딘도 분명히 그 여인들과 똑같은 유형의 사람인 것이다.

그리고 슨가에서는 거의 금기에 가까웠던 아궁이 당번 일을 지금은 누구나 창피해하지 않고 어엿한 일로 임하게 되었다. 그렇기 때문에 투르 딘이 이토록 행복한 미소를 머금을 수 있는 것이 아닐까.

"이제 남은 건 이거랑 이거예요. 이 두 개에는 칼집을 살짝 넣어서 피를 잘 씻어내야 해요."

그런 내 상념도 모른 채 투르 딘이 심장과 간을 내밀었다.

"씻고 또 씻어도 피가 나오지만, 그래도 씻어주는 편이 더 맛있거든요……."

"그 말이 맞아. 그래서 남자들이 기바를 사냥한 다음 피 빼기를 하고 있지."

숲가의 백성은 80년 세월 동안 피 빼기의 발상에 이르지 못했다.

그런데 잘못된 규정으로 내장을 먹어야 했던 처지 때문에——분명히 고기보다 누린내가 강한 내장을 어떻게든 먹어야만 했던 처지 때문에 '피야말로 누린내의 원인'이라는 진실에 다가갈 수 있었다는 참으로 얄궂은 이야기다.

그런 생각을 하면서 나는 심장을, 투르 딘은 간을 각각 석간수에 담가 조물조물 씻어주었다.

"다른 부분은 물로 헹구기만 하면 돼요. 쇠 냄비에 물을 담아 그대로 거기서 씻으면 충분할 거예요."

그런데 냄비에는 남은 부위가 별로 없었다.

옅은 분홍색에 참으로 이상하고 부드러운 감촉의 폐와, 그물 모양의 흰 지방에 싸인 길고 가는 기관이 있었다. 아직 나오지 않은 내장이 췌장이었으니 아마 췌장이 맞을 것이다. 그리고 납작한 고기처럼 생긴 횡격막도 있었다. 자스 딘과 여자들이 냄비 속 내장을 씻어나가자 드디어 끝이 보였다.

"후우, 제법 손이 많이 가는 작업이네. 투르 딘은 이 내장들을 어떻게 먹었어?"

"대부분 냄비로 끓여 먹었어요. 그래도 고기보다 냄새가 심해서 그—— 리로나 이름 모를 향초를 넣고 같이 끓였어요……."

투르 딘의 얼굴에 어두운 그림자가 드리워졌다. 아마 그 향초는 숲가의 백성에게는 이름이 알려지지 않은, 채취해서는 안 될 숲의 은혜였을 것이다.

"끓이기만 했니? 굽거나 하지는 않았고?"

"네? ……네…… 구우면 냄새가 너무 역했거든요……."

"흐음. 그런데 투르 딘은 내장 요리가 싫진 않았나 보구나?"

그렇지 않고서는 일부러 내장을 먹었다고 밝히지 않았을 것이다. 슨가의 잘못된 풍습을 제 입으로 화제에 올리고 싶을 리가 없을 터였다.

"으음. ……고기보다 싫지는 않았어요. 뭐랄까…… 찰딱찰딱 씹히는 맛이 기분 좋게 느껴졌어요."

"찰딱찰딱? 찰딱찰딱이라. 재미있는 표현이네!"

나는 호들갑을 떨며 밝게 대답했다. 그 순간 투르 딘이 심각해졌던 얼굴을 붉게 물들이고 다시 고개를 숙였다.

놀려서 미안하지만, 과거 생각을 하며 괴로워하기보다 창피해하는 편이 훨씬 낫다고 생각했다.

"그럼 오늘은 내가 먹던 방식대로 만들어봐야겠다. 그래도 찰딱찰딱한 식감은 남아 있을 테니 걱정 마."

그러자 간을 조물조물 헹구던 투르 딘이 "너무해요!" 하고 화내며 내 팔에 어깨를 부딪었다.

2

내장 세척 작업을 마친 우리는 파가로 돌아와 잠시 원래 하던 일에 착수하기로 했다.

물론 내장의 뒤처리를 나중으로 미룬 것은 아니다. 심장과 간은 소금물에 담가서 계속 피를 빼주고, 나머지 부위는 누린내를 없애기 위해 리로잎과 함께 데친 다음, 먀무와 아리아와 과실주를 섞어 만든 절임장에 담가두었다.

거의 한 시간을 내장 손질하는 데 소비한 탓에 장사를 위한 작업이 많이 늦어지고 말았다. 나는 부지런히 『기바 버거』에 들어갈 패티를 반죽하고, 『먀무구이』와 『기바 통삼겹조림』과 『기바 치트』에 들어갈 고기를 썰어놓아 가까스로 해가 지기 전에 오늘 해야 할 일을 완수해냈다.

"좋아, 그럼 내장을 조리해볼까."

마당에 설치된 두 개의 아궁이. 한쪽 아궁이에서는 저녁에 먹을 수프를 끓이고 다른 한쪽에서는 철판을 데웠다.

"어? 삶지 않고 구울 거예요?"

신기한지 눈을 동그랗게 뜬 투르 딘에게 나는 "그래" 하고 끄덕였다.

"지금 파가에 있는 조미료라면 삶기보다 구워야 맛이 더 진하게 배거든. 우선 이 『먀무구이』와 똑같은 양념장에 구워볼게."

"일단 삶은 걸 다시 굽는군요……."

데친다는 개념이 없는 숲가의 백성에게는 이상하게 여겨질 것이다. 하지만 내가 전에 살던 세계에서의 곱창구이는 아마 데친 후에 구웠을 것이다.

확실히 말하지 못하고 짐작만 하는 이유는 부끄럽게도 우리 집은 외식을 잘 하지 않아서 샤부샤부만큼이나 내장 요리를 먹을 기회가 거의 없었기 때문이다.

아버지는 내장 요리에 별로 관심이 없었을 것이다. 단골손님이 "곱창전골 좀 메뉴에 넣어주게" 하고 말했을 때도, "다음에─" 하고 대답했던 것 같다.

그런고로 처음부터 끝까지 어림짐작으로 조리할 수밖에 없었다. 우선 통통하게 생긴 심장, 간, 신장 세 가지는 데치지 않고 얇게 썰어서 먀무의 양념장에 담가두었다. 심장은 염통, 간은 리버라고 부르던데 신장은 뭐라고 부를까. 나는 영원히 알아내지 못할 것이다.

그리고 데치기를 거친 나머지 부위는 모조리 뭉텅뭉텅 토막을 냈다. 그야말로 내 기억에 어렴풋이 남아 있는 곱창과 똑같이 생겼다.

우선 그 곱창부터 도전하기로 했다. 붉은 양념장에 물든 내장들을 대담하게 손으로 집어서 쇠 냄비에 쏟아 넣자 과실주의 달콤한 향과 먀무의 마늘 같은 향이 흰 연기와 함께 뿜어 나왔다.

"아아, 좋은 냄새로군요."

포우가의 여자가 흐뭇하게 읊조렸다.

"아스타가 육포를 사준 덕분에 동전이 잔뜩 생겼으니 이번에 포우가에서도 먀무라는 채소를 사봐야겠어요."

"훌륭한 생각이에요."

나는 대답하면서 곱창이 타지 않도록 나무 주걱을 저어주었다. 그러자 아이 파가 내 어깨 너머로 얼굴을 쑥 내밀었다.

"흠. 몹시 기괴하게 생겼군."

"그래도 맛있을 것 같은 냄새지?"

"냄새는 먀무 냄새 아닌가?"

그 말이 맞았다.

그런데 과연 어떨까. 기바 곱창구이가 숲가의 백성 입맛에 맞을까? 세척과 데치기, 양념장의 효과로 누린내가 제대로 제거되었다면 적어도 못 먹을 일은 없다고 생각한다. 그러나 내가 곱창구이를 거의 먹어본 적이 없기 때문에 살짝 불안했다.

"좋아. 첫 번째 내장은 이런 느낌인데."

충분히 구워진 내장을 철판 가장자리로 밀어놓았다.

그것을 나무 숟가락으로 나무 접시에 담아 투르 딘에게 내밀었다.

"자, 여기 있어. 우선 말을 꺼낸 우리부터 시식해보자."

"……네."

투르 딘이 불안한 표정으로 접시를 받아 들었다. 만약 이것이 맛없다면 한 시간에 걸친 손질이 소용없게 된다고 걱정하는 것 같다.

하지만 책임은 둘이서 나눠야 한다고 생각한다. 그리하여 나도 내 몫의 곱창을 접시에 담아 망설임 없이 입에 홀랑 넣었다.

우선『먀무구이』로 익숙한 달면서도 매운맛이 입 속에 퍼졌다.

이번에는 부드러운 곱창을 씹어보니 투르 딘이 말한 찰딱찰딱한 식감이 느껴져 기분이 좋았다. 생김새대로 닭 껍질 같은 식감이었다. 꼭꼭 씹어야 할 만큼 쫄깃쫄깃한 탄력이 느껴졌다.

맛없지는 않다.

누린내도 없다.

그런데 이것은 대체 어느 부위일까. 그리 두껍지 않으니 소장이나 자궁일까. 일단 맛있지도, 맛없지도 않다는 것이 내 솔직한 소감이었다.

"투르 딘, 어때?"

나는 시선을 옮겼다.

투르 딘이 나무 접시와 숟가락을 쥔 채 더없이 행복한 미소를 짓고 있었다.

"굉장히 맛있어요. ……전에 먹었던 것보다 훨씬 맛있어요."

그렇군.

하긴, 내장 요리는 개인 취향에 따라 호불호가 갈리는 요리이니. 그런 생각을 하며 이번에는 좀 큼지막한 내장을 먹어봤다.

그걸 찰딱찰딱 씹어보니── 아까 먹은 것과는 전혀 다른 고소한 맛이 입 속에 퍼졌다.

"어라? 맛있네."

"그렇죠? 맛있죠?"

투르 딘이 무척 기뻐하며 웃었다.

뭘까. 아까보다 더 탱탱한 식감이 마음에 들었다. 게다가 고소함이 차원이 달랐다. 기바 지방의 기름진 풍미가 물씬 느껴졌다.

방금 것은 생김새로 보아 대장 같았다. 맛있었다. 평범하게 맛있다는 생각이 들었다.

"정말 맛있어요. 이거라면 자신 있게 권할 수 있겠어요. 여러분도 한번 드셔보세요."

식기가 넉넉하지 않은 까닭에 각 씨족에게 숟가락과 접시 한 세트씩만 나눠주었다. 포우가 여자가 조심스럽게 나무 접시를 받고, 투르 딘은 새 곱창을 집어서 웃으며 자스 딘에게 건넸다.

그리하여 나도 가장에게 나무 접시를 갖다 바쳤다.

"……이게 정말 맛있다고?"

"맛있어. 음, 그러니까 부위에 따라 맛이 꽤 달라. 몇 개 먹으면 입에 맞는 게 나올 거야."

나는 대답하면서 이번에는 염통과 간을 구웠다.

간은 내가 알던 것과 똑같이 생겼고, 신장도 거의 비슷했다. 염통은 좀 더 육질이 단단하고 대부분 살코기 같은 느낌이다.

그것들을 구우면서 아이 파를 흘끗 살폈다.

"어때? 나쁘지 않지?"

"음. 나쁘지 않다. ……한데 이건 언제 삼키면 되지?"

"실은 나도 잘 몰라. 적당히 씹어서 작아지면 그때 삼켜도 되지 않을까."

대화를 주고받는 사이 염통과 간도 다 구워졌다.

간 부추볶음이나 닭꼬치의 간이라면 나도 먹은 적이 있지만 이 간들은 어떤 맛일까. 아직 입을 오물거리고 있는 아이 파에게 나무 접시를 돌려받아 우선 간부터 먹어봤다.

간은 평범하게 맛있었다.

내가 아는 닭이나 돼지 간보다 훨씬 농후한 맛인 데다 피비린 내가 전혀 느껴지지 않는다. 아까 했던 손질로 이 정도 맛을 즐길 수 있다면 할 만하다고 생각했다. 지금껏 손도 대지 않고 몽땅 버린 것이 억울할 정도였다.

신장도 간과 비슷한 맛과 식감이었다. 간만큼 농후하지 않은 대신 특유의 냄새가 강하지 않아 먹기 쉬웠다. 씹는 맛도 더 부드러웠다.

그리고 염통은 보통 고기와 거의 다를 바가 없었다. 보기에도 영락없이 살코기구이인 데다 뒷다리 살만큼 연했다.

"음, 맛있어. 맛도 있고 곱창보다 더 먹기 쉬워. 아이 파도 먹어봐."

"이건 뭐지? 고기가 아닌가?"

"이건 간, 이건 신장, 그리고 이건 심장이야. 간은 특유의 냄새가 나긴 하는데 아마 영양은 만점일걸? 심장은 그냥 고기 같아서 평범하게 맛있어."

"기바의 심장이라──."

아이 파는 생각에 잠긴 듯 중얼거린 뒤 우선 염통부터 먹었다.

"……맛있군."

"맛있지?"

"그래, 맛있어. ……게다가 기바의 생명을 먹고 있다는 느낌이 강렬하게 드는군."

아이 파는 매우 만족하는 듯했다.

다른 사람들도 같은 표정이다.

그리하여 시식을 하려고 구운 내장을 여섯 명이서 순식간에 먹어치웠다. 남은 것은 오늘 파가의 저녁상에 올려 감사히 먹기로 했다.

저녁 식사 전의 시식회는 이로써 무사히 막을 내렸다.

"무척 맛있었습니다. ……그런데 이 요리는 준비하는 데 품이 너무 많이 드는 것 아닐까요? 다리나 몸통 고기라면 똑같이 맛있긴 하지만, 이만큼 품을 들일 필요는 없거든요."

폐막 후 일동을 대표하듯 자스 딘이 말했다.

"그렇죠. 먹을지 말지는 각 집에서 판단하면 될 것 같아요. 심장이나 간처럼 장에 비해 손질이 번거롭지 않은 부위만 먹는다는 선택도 할 수 있겠지요. ……그리고 투르 딘, 이 내장은 피코 잎에 절여도 오래 보존하지 못할 것 같은데, 어때?"

"네. 며칠은 보존될지 모르지만 저희는 대체로 그날 안에 먹었어요."

"역시 그랬구나. 그래도 아마 파가에서는 시간이 허락하는 한 몽땅 먹을 것 같아. 맛있다는 걸 알게 된 이상 버리기엔 너무 아깝거든. 게다가―― 만약 역참 마을에서 고기를 팔게 되면 고기 자체의 가치가 높아질 테니까."

자스 딘 일행은 잘 이해하지 못하는지 고개를 갸웃거렸다.

"몸집이 크지 않은 기바의 내장으로도 이렇게 많은 양의 요리를 만들어냈으니, 큰 기바라면 보통 저녁 식사 한 끼만큼은 여유롭게 만들어낼 수 있겠죠. 한 끼 식사를 만들어내면 그만큼의 고기를 장사용으로 돌릴 수 있어요. ……뭐, 그렇게까지 돈벌이에 중점을 둘 필요는 없을지도 모르지만요."

"네에…… 그런가요……?"

"그리고 이 내장은 기바를 사냥한 사람들이 사냥한 당일밖에 먹을 수 없는 요리예요. 그렇게 생각하면 기바를 사냥한 사냥꾼을 기리는 축복의 요리 같은 느낌이 들지 않나요? 그래서 저는 버리지 않고 제대로 요리해서 먹고 싶은 걸지도 몰라요."

그 감정은 그야말로 사람마다 다르다. 나도 딱히 억지로 강요할 생각은 없다.

"달리 급한 일이 없을 때는 품을 더 들여도 되지 않을까요? 내장에는 고기와는 다른 영양이 가득 들어있을 테고, 그 식감은 고기에서는 얻지 못하니까요."

"……최소한 기바의 심장은 남자들이 좋아할 것 같군."

아이 파가 조용히 끼어들었다.

"그건 분명히 사냥꾼이 좋아할 만한 음식이다. 기바의 생명을 내 몸에 거둬들였다는 충족감을 느낄 수 있을 거다."

"과연. 당신들은 저희에게 다양한 것을 가르쳐주는군요, 파가의 아이 파와 아스타."

그렇게 말한 사람은 자스 딘이었다.

엄격한 눈빛과 온유한 표정을 겸비한 자스 딘이 약간 주름이

잡힌 손바닥을 투르 딘의 머리에 톡 얹었다.

"딘가에서도 내장을 먹도록 노력하자꾸나. 투르 딘, 네가 좋아하는 맛이기도 하니까."

투르 딘이 뺨을 살짝 붉히며 웃었다.

"찰딱찰딱하니 맛있더라?"

내가 쓸데없이 입을 놀리자 투르 딘이 얼굴을 더 붉히고 "너무해요!" 하고 내 가슴을 투닥투닥 때렸다.

가장의 싸늘한 눈이 지켜보는 가운데 숲가에는 땅거미가 내리고 있었다.

제6장 ★★★ 루가의 수확제

1

파란 달 27일.

그날은 루의 촌락에서 수확 연회가 열리기로 예정된 날이었다.

그와 동시에 역참 마을의 포장마차 장사 계약이 세 번째 만기를 맞는 기일이기도 했다.

영업 종료 후, 여느 때처럼 《키뮤스의 꼬리정》에 포장마차를 반납하면서 나는 가게 주인인 밀라노 마스에게 감사의 말을 전했다.

"밀라노 마스, 그동안 신세 많이 졌습니다. ……저, 내일부터도 포장마차를 빌려주셨으면 하는데요, 괜찮으시죠?"

"나도 장사하는 사람이니 빌려달라면 빌려줘야지. 거절할 이유는 없다."

포장마차에 흠집이 나지 않았는지 확인하면서 밀라노 마스는 늘 그랬듯이 무뚝뚝하게 대답했다.

"그런데 자네는 앞으로도 《남쪽의 대수정》과 거래를 할 것 아닌가? 그쪽에서 포장마차를 빌리면 매번 오가는 수고를 덜 수 있을 텐데?"

"아뇨, 그 정도 수고는 아무것도 아니에요. 폐가 되지 않는다면 앞으로도 《키뮤스의 꼬리점》에 신세를 지고 싶은데요."

나는 대답하면서 걱정이 되었다.

"그런데 자릿세와 포장마차 대여료만으로는 밀라노 마스에게 큰 수입이 안 되겠죠? 뭐랄까, 폐만 끼치는 것 같아 죄송스럽기도 하거든요. ……정말 우리와 거래해서 밀라노 마스의 입장이 난처해진 일은 없었나요?"

"이러쿵저러쿵 말이 많은 녀석이군. 폐가 됐으면 진작 내쫓았다고 몇 번을 말해야 알아듣나?"

포장마차 확인을 마친 밀라노 마스가 얼굴을 찌푸리며 나를 향해 돌아섰다.

레이토도 그랬지만, 슨가를 둘러싼 대소동을 거친 뒤에도 밀라노 마스에게 큰 변화는 보이지 않았다. 다만 그 눈빛에서 조금 험악한 빛이 걷혔고, 우리에게 말이 조금 많아진 듯한 느낌이 들었다. 그 조금의 변화가 나로서는 얼마나 기쁜지 모른다. 그걸 말할수록 나만 촌스러워지겠지만.

'그나저나 그 소동이 있은 지 벌써 열흘 넘게 지났구나.'

그렇게 생각하니 과연 놀라움을 금할 수가 없었다.

성 사람들과의 회담이 파란 달 30일로 연기된 효과도 있어서 이 열흘간은 정말 평온한 나날이었다. 아직 역참 마을 사람들은 숲가의 백성에 대해 마음을 정하지 못했는지, 살피는 듯한 의심하는 듯한 시선을 보내오는 사람들도 적지 않았지만 표면상은 평온 그 자체였다.

포장마차의 매출은 140인분 전후로 안정되었고, 여관 요리는 매일 남김없이 팔렸다. 이 평온한 나날을 유지할 수 있을지, 일단 사흘 뒤 회담 결과를 기다릴 수밖에 없다.

"그보다 자네는 또 휴일도 없이 내일부터 바로 장사를 시작하나? 보통 이 계약이 끝나고 하루쯤은 쉬기 마련인데. 자네들이 돈 때문에 힘들 리도 없을 텐데?"

밀라노 마스가 튼실한 팔로 팔짱을 끼면서 물었다.

물론 돈 때문에 전혀 힘들지 않다. 장사를 시작한 지 30일, 총순이익은 무려 적동화 5,484닢에 달했다.

적동화 5,484닢—— 기바의 뿔과 엄니로 환산하면 약 457마리분의 벌이다.

그런 데다 파가는 생활비로 한 달에 적동화 백 닢도 쓰지 않는다. 철판과 조리칼, 가장의 목걸이를 구입한 이후 고가의 물건에는 손도 대지 않고 있다. 비싼 식재료인 타우유와 치즈도 가격이 적동화 열 닢과 12닢이라 대수롭지 않은 소비다.

그리고 내일은 드디어 주문한 짐수레를 받기로 한 날인데, 가격이 지금껏 구입한 것 중에서 가장 비싼 적동화 1,200닢이다. 그걸 **빼도** 적동화 3,700닢이 수중에 남는다. 돈 때문에 힘들기는커녕 자산을 어떻게 활용할지 고민스러운 나날이다.

그런데도 내게는 가게를 쉬고 싶지 않은 이유가 존재했다.

"실은 포장마차 단골손님인 동쪽과 남쪽 사람들이 파란 달 말에 제노스를 떠나거든요. 그래서 그때까지는 휴일 없이 영업을 계속할 생각이에요."

"동쪽과 남쪽 녀석들이라. ……그러고 보니 동쪽 백성의 단골 여관에서도 요리를 납품하는 일을 시작했다고 했나?"

"네.《현옹정》이라는 여관이에요. 주인은 네일이라는 분이고요."

"아아, 그 동쪽 왕국에 물든 괴짜의 여관이군."

그렇게 말한 뒤 밀라노 마스는 입을 다물고 말았다.

왠지 고민스러운 표정이었다.

《현옹정》의 네일과 무슨 불화라도 있었나 싶어 걱정이 되었지만, 그보다는 다른 상념에 정신을 빼앗긴 듯 보였다.

"……저, 무슨 일이세요?"

그러자 밀라노 마스가 퍼뜩 정신을 차리더니 다시 화난 눈초리로 우리를 노려봤다.

"아무것도 아니다! 용건이 끝났으면 냉큼 돌아가. 나도 할 일이 남아 있단 말이다."

"죄송해요. 그럼 내일부터 잘 부탁드립니다."

왠지 마음에 걸렸지만 밀라노 마스가 창고 안쪽으로 들어갔기 때문에 나도 물러날 수밖에 없었다.

철판과 쇠 냄비, 식재료를 들고 네 명의 여자들—— 비나 루, 실라 루, 라라 루, 그리고 리 스도라와 함께 가게 앞쪽으로 향했다. 그러자 가도로 나가는 출구를 가로막는 모양새로 카뮈아 요슈가 서 있었다.

"여, 수고가 많군. 오늘도 맛있는 간식을 만들어줘 고맙네, 아스타."

"아, 안녕하세요. 조금 오랜만이네요."

카뮤아 요슈와 얼굴을 보는 것은 아마도 토토스의 일이 원만히 해결된 날 이후일 테니 사흘 만이었을 터였다. 그래도 간식은 레이토를 통해 매일 낮에 구입해주고 있다.

카뮤아 요슈가 초연히 서서 여느 때와 같이 히죽 웃었다.

"나도 웬만하면 갓 나온 따끈따끈한 간식을 먹고 싶지만 말이야. 그 회담을 위해 이래저래 사전 공작을 하느라 바쁘거든. 멜프리드가 그리 가벼운 마음으로 성을 떠날 수 있는 신분도 아니라 그만큼 내가 여기저기 움직이는 처지가 되었지."

회담을 위한 사전 공작.

기일 연기를 요청한 것은 사이크레우스가 아니라 멜프리드 쪽이었기 때문에 분명히 또 뭔가 은밀하게 활동하고 있는 것이다.

"수고 많으시네요. 그 사전 공작이 숲가의 백성을 함정에 빠뜨리는 책략이 아니길 바랄 뿐이에요."

그렇게 대꾸하자 카뮤아 요슈가 서운하다는 듯 두 팔을 벌렸다.

"왜 우리가 숲가의 백성을 함정에 빠뜨린다고 생각하나! 우리는 사이크레우스의 죄를 폭로하는 것이 목적인데!"

"죄송해요, 농담이에요. 요즘 카뮤아와 이야기하다 보면 제안의 심술궂은 면이 거리낌 없이 표출되거든요. 반성합니다."

"아니, 뭐, 그게 아스타의 본래 성품이라면 나로서도 기뻐할 만한 변화이긴 하지."

그렇게 말하며 카뮤아 요슈가 금갈색 머리를 벅벅 긁었다.

"뭐, 됐네. 그보다 아스타, 자네한테 물어볼 게 있네. ……오늘 《현옹정》의 음식은 구이와 국물 어느 쪽인가?"

"네? 오늘은 국물인데요."

그것이 뭐가 어쨌다고 그러는 걸까.

"그래, 그렇군. 고맙네. 그럼 오늘은 《현옹정》으로 할까. 매일 똑같은 음식이면 《남쪽의 대수정》과 번갈아 다니면 그만이지만, 이게 참 고민스러운 문제거든."

"네? 카뮤아는 《현옹정》과 《남쪽의 대수정》에서 저녁을 드시나요? 숙박은 《키뮤스의 꼬리정》 아니었나요?"

"맞네. 한데 서쪽 요리는 제노스가 아니라도 먹을 수 있거든. 제노스에 체류하는 동안에는 아스타의 기바 요리를 먹고 싶은 것이 인정 아니겠나?"

그렇게 말하고 카뮤아 요슈는 다시 히죽 웃었다.

"의외로 나 같은 사람이 많을 텐데? 《현옹정》도 《남쪽의 대수정》도 저녁 식사 시간에는 늘 손님으로 만원이지. 서쪽 백성도 많이 보이고, 모든 손님이 숙박객일 리는 없어. 어제만 해도 몇 명뿐이었지만 《남쪽의 대수정》에서 동쪽 백성을 발견했을 정도라네."

"그건 고마운 이야기이지만—— 그런데 카뮤아는 늘 《키뮤스의 꼬리정》에서 숙박하잖아요. 밀라노 마스와 감정이 상하는 일은 없나요?"

"어느 식당에서 저녁을 먹을지는 손님의 자유지. 그런 사소한 일로 흠을 잡을 만큼 밀라노 마스는 옹졸한 사람이 아니네. ……게다가 말이지, 이런 말하면 좀 그렇지만《키뮤스의 꼬리정》은 저녁 식사의 질이 별로 높지 않거든. 밀라노 마스는 젊어서 부인을 잃지 않았나? 딸도 제대로 된 조리 지도를 받을 기회가 없었을 테지. 그래서는 기바 요리를 취급하고 아니고의 문제가 아니라, 발이 다른 여관으로 향할 수밖에 없지 않겠나?"

"……역시 심술궂기로는 당신한테 못 당하겠네요, 카뮤아 요슈."

밀라노 마스의 가정사를 농담조로 이야기하다니 나로서는 이해하기 어려운 감성이었다. 그 부인이 일찍 눈감은 원인 중에 하나가 슨가의 악행 때문이라 더더욱 그랬다.

"그래서요? 혹시 당신은《키뮤스의 꼬리정》에도 요리를 납품하면 된다고, 밀라노 마스와 딸에게도 조리 지도를 해주면 된다고 나를 부추기는 건가요, 카뮤아 요슈?"

"딱히 자네를 부추길 생각은 없네. 다만《키뮤스의 꼬리정》에서도 기바 요리를 먹을 수 있게 되면 일부러 다른 여관에 발걸음하지 않아도 되니 편하고 좋겠다고 생각했을 뿐이야."

"……아직 성 사람들과 어떤 인연을 맺을지도 모르는 상황에서 밀라노 마스를 함부로 끌어들이는 짓을 할 생각은 없어요."

"저런. 그럼《현옹정》과《남쪽의 대수정》주인들을 끌어들이게 되도 가슴이 아프지 않다, 이건가?"

"그 사람들과 밀라노 마스는 입장이 다르잖아요. 밀라노 마스는 10년 전 사건의 관계자이니까요."

부글부글 끓기 직전인 머리를 식히면서 나는 덧붙여 말했다.

"밀라노 마스에게 보답하고 싶은 마음은 굴뚝같지만, 사흘 후의 회담을 마치는 게 먼저예요. ……저, 설마 그럴 리는 없겠지만, 사이크레우스를 꼼짝 못하게 만들기 위해 밀라노 마스를 위험에 처하게 하려는 건 아니겠죠?"

"내가 그리 냉혹하고 비정한 사람으로 보이나? 애초에 나는 밀라노 마스와 레이토의 원통함을 풀어주고 싶은 마음에서 사이크레우스와 슨가를 주목한 것이니 그런 본말전도가 될 만한 짓은 하지 않네. ……실은 말이야, 《키뮤스의 꼬리정》에 《수호자》가 세 명 머물고 있네. 만에 하나라도 사이크레우스의 독아(毒牙)가 미치지 않도록, 나는 안 그래도 없는 신경을 닳도록 쓰고 있어."

"그러니까 농담을 하기 전에 그런 중요한 이야기를 해달라고요. 역시 밀라노 마스는 조금이라도 위험한 입장이 되는 건가요? 혹시 제가 포장마차 계약을 《남쪽의 대수정》이나 다른 곳으로 옮기는 편이 나은 거예요?"

"아니아니아니, 이제 와서 사이크레우스가 밀라노 마스를 노릴 리는 없지. 물론 밀라노 마스가 10년 전 사건의 관계자이긴 해도 매형이 쥐고 있었다던 사냥꾼의 목걸이도 사건의 증거로 당시 위병들에게 넘겼으니. ……한데 밀라노 마스가 증인으로

서 가치가 있었다면 그 시점에서 멜프리드가 슨가와 사이크레우스의 악행을 단죄했을 터."

"그럼 왜 《수호자》한테 경호를 부탁한 건데요? 위험하지 않다면 조심할 필요도 없잖아요."

"그건 만전을 기하고 싶었기 때문이야. 나도 만에 하나 밀라노 마스의 몸에 무슨 일이라도 생기면 이런 식으로 웃고 있지 못하지 않나."

카뮤아 요슈의 웃는 얼굴은 의뭉스러운 느낌 그대로인 반면 보라색 눈동자가 슬며시 멍해지더니 감정을 감춰버렸다.

"그러니 아스타, 자네는 아무 걱정할 것 없이 뜻대로 행동하면 되네. 《키뮤스의 꼬리정》에서도 기바 요리를 먹을 수 있게 되면 참으로 기쁠 것 같군."

"그건 카뮤아, 당신만 좋아할 일이잖아요. 애초에 밀라노 마스는 저한테 요리 지도를 받고 싶어 하지도 않는다고요."

"그건 모르는 일이지. 뭐, 밀라노 마스가 그러고 싶다 한들 제 입으로 말할 성격이 아니란 것은 확실하네만."

그 말을 듣자 아까 밀라노 마스의 갑작스러운 침묵이 더 신경 쓰였다. 뭔가 자신의 마음을 억누르는 듯한 표정이지는 않았나?

나는 작게 한숨을 쉬고 카뮤아 요슈의 두루뭉술한 눈빛을 쏘아봤다. "어쨌든 모든 것은 사흘 후 회담이 무사히 끝나고 생각해야 해요. 어차피 파란 달이 끝날 때까지는 저도 일을 확장할 수 없으니까요."

"암, 그렇고말고. 모든 것이 좋은 방향으로 가도록 나도 미력을 다하겠네. ……아, 가능하면 《수호자》 이야기는 비밀로 해줬으면 하는데. 그 이야기가 밀라노 마스의 귀에 들어가면 괜한 참견이니 뭐니 하면서 그들이 쫓겨날 수도 있으니 말이야."

그렇게 말하고 카뮤아 요슈는 감정을 드러내지 않은 채 미소를 유지했다.

"에이! 아스타가 괜히 수다 떠는 바람에 완전히 늦었잖아!"

좌우로 관목이 늘어선 숲가의 길을 걸으며 라라 루가 잔뜩 골을 냈다.

말 꼬리처럼 흔들리는 붉은 머리를 바라보면서 나는 "평소랑 거의 비슷한 시간인데?" 하고 대꾸했다.

"아무것도 없는 날이면 상관없는데! 오늘은 수확 연회잖아! 지금쯤 친족 남자들이 모여서 힘겨루기를 시작했을 거란 말이야!"

"흐음, 이렇게 밝은데 벌써 연회를 시작해?"

"연회는 날이 저물고 나서부터! 그때까지 힘겨루기를 끝내놔야 저녁을 먹을 거 아냐?! 하여튼 아무것도 모른다니까!"

그 말대로 나는 아무것도 모른다. 수확 연회라는 것은 어느 정도 규모 있는 씨족에서만 개최하는지, 아이 파에게 물어도 이렇다 할 정보를 얻을 수 없었다.

하긴, 내가 의뢰받은 일은 그 힘겨루기의 우승자에게 대접하는 만찬 준비뿐이니 뭐가 어떻게 되든 상관없지만, 그런데 라라 루는 왜 저렇게 서둘러 돌아가려 하는 걸까.

"……수확 연회의 힘겨루기는 남자들이 기량을 한껏 뽐내는 영광스러운 무대거든. 미혼 여자들이 남편감을 고르기 위한 중요한 의식이기도 해……."

산더미 같은 식재료를 짊어진 비나 루가 살짝 귓속말을 해주었다.

그런데도 내 의문은 해소되지 않았다.

"라라 루는 아직 열세 살이니까 혼인이 허락되지 않았잖아요. 그럼 상관없는 거 아니에요?"

"거기까진 몰라…… 누구 신경 쓰이는 남자라도 있는 거 아닐까……?"

신경 쓰이는 남자가 있다면 그 영광스러운 무대를 보고 싶을 수도 있겠구나.

그제야 납득이 갔다. 나도 참 어지간하게 둔감하다.

"저, 일단 확인하겠는데요, 아궁이 당번인 내가 그 무대에 끌려 올라가는 일은 없겠죠?"

"으응……? 그야 연회에 초대된 몸이니 아스타가 원하면 참가할 수 있겠지만……."

"원치 않아요, 않고말고요."

숲가의 남자를 내가 이길 수 있는 방도는 1나노그램도 존재하지 않는다. 어떤 경기든 내가 그나마 승부다운 승부를 할 수 있는 상대는 기껏해야 레이나 루나 라라 루까지일 것이다. 솔직히 비나 루가 상대라도 체력 싸움에서 이길 수 있을 리 없다.

"그보다 있잖아, 아스타…… 당신은 그 남자와 사이가 그렇게 나빴었나……?"

"네? 그 남자라면 카뮤아 말이에요? 딱히 사이가 나쁘진 않은데요."

"그래……? 그런데 아주 화난 얼굴을 하고 있었잖아……?"

포커페이스를 유지하려 애썼건만, 훤히 들여다보고 있었다니.

"뭐, 좀 욱하는 순간도 있었죠. 그럴 때 내 생각과 마음을 숨기거나 경계하지 않고 카뮤아와는 가급적 진심을 털어놓고 맞부딪히기로 결심했거든요. 안 그러면 그 의뭉스러운 양반의 진심을 이끌어내기 어렵다고 판단했으니까요."

"흐응……? 왠지 성가신 이야기네……."

크게 관심 없다는 듯 비나 루가 요염하게 어깨를 으쓱했다.

그렇게 4, 50분에 걸쳐 경사가 심한 길을 걸어 우리는 숲가에 도착했다.

조금 넓어진 길을 북쪽을 향해 걸어가자 곧바로 루의 촌락이 보였다. 그 바로 앞에서 리 스도라와 헤어지고, 그녀가 들고 있던 식재료를 넘겨받아 평소와 달리 왁자지껄 소란스러운 대광장으로 걸음을 옮겼다──.

그리고 나는 놀라 자빠질 뻔했다.

상상 이상으로 많은 사람들이 루의 촌락에 몰려들어 있었다. 루의 친족 백 여 명의 절반 이상이 모인 듯했다.

그 대부분이 젊은이들이었다. 남자와 여자가 거의 같은 비율이지만 노인이나 어린이의 모습은 별로 보이지 않았다. 그 젊은이들이 광장에 둥글게 서서 잇달아 환호성을 지르고 있었다. 그 중심에 키가 하늘을 찌를 듯한 거한을 상대로 아이 파가 격투를 벌이고 있었다.

"뭐, 뭐 하는 거야, 아이 파!"

그런 내 울부짖음도 사람들의 환호성에 묻히고 말았다. 루의 친족인 젊은이들은 아이 파와 상대가 싸우는 모습에 열광하며 환호성을 질렀다.

아이 파도 상대도 맨주먹이었다. 허리에는 칼이 없었고 털가죽 망토도 벗은 상태였다. 그래서 더 아이 파가 절망적인 궁지에 서 있는 것처럼 보였다.

상대 남자는 키만 따지면 미다 못지않게 거한이었다. 키 2미터 가까이, 몸무게도 백 킬로그램은 족히 되어 보였다. 손발이 길고 가슴팍이 두꺼운 근골 우람한 남자였다. 그 무시무시한 남자가 팔을 쭉 뻗어 아이 파를 잡으려 덤벼들고 있었다.

물론 아이 파도 탁월한 신체 능력을 지녔기에 그리 간단히 붙잡히지는 않았다. 그러나 남자의 손끝을 요리조리 피하기만 할 뿐 좀처럼 반격에 나서려 하지 않았다. 아무리 아이 파라도 체격 차이가 엄청난 상대와 맨주먹으로 맞서는 것은 너무 무모하기 짝이 없다.

"이게 어떻게 된 일이에요! 왜 아무도 이 소동을 수습하려 하지 않는 거죠?!"

"어……? 그야 사냥꾼의 힘겨루기를 방해할 수는 없잖아……?"

비나 루가 어리둥절한 얼굴로 나를 쳐다봤다.

"힘겨루기요? 이게 힘겨루기란 말이에요? 이건 그냥 싸움이잖아요! 왜 아이 파가 저기에 참가하는 건데요?!"

"그건 나도 몰라…… 어쨌든 상대를 다치게 하는 건 엄격한 금기이니 걱정할 필요 없어…….'

상대를 다치게 하는 게 금기라고?

그렇더라도 저 거한은 회색곰처럼 두 팔을 휘저으며 아이 파를 마구 쫓아다니고 있다. 저 팔에 몸을 맞기만 해도 사람의 뼈쯤이야 쉽게 부러지는 것이 아닌가.

"이런 거, 난 못 보겠어요! 멈춰야겠어요!"

"어머…… 안 돼……" 하고 비나 루가 말하자 한층 큰 환호성이 숲을 뒤흔들었다.

황급히 시선을 되돌린 나는 하마터면 손에 든 철판을 떨어뜨릴 뻔했다. 날쌔게 뒤로 물러선 아이 파가 움푹 팬 땅바닥에 발이 걸려 기우뚱 휘청였기 때문이다.

거한이 냉큼 바닥을 차고 아이 파에게 돌진했다.

이제 다 틀렸다.

거한에 비해 가냘프고 호리호리한 아이 파의 몸이 덤프트럭에

치인 것처럼 멀리 날아가는 모습이 눈에 선했다. 나는 절망의 비명을 지를 뻔했다.

그러나── 아이 파는 자세가 무너졌는데도 억지로 버티지 않고 거의 쓰러질 듯하면서 유연한 오른 다리를 번쩍 들어 휘둘렀다.

그 발끝이 돌진해 온 거한의 어깻죽지에 닿았다.

그대로 아이 파는 거한의 돌진력을 이용해 다시 뒤쪽으로 점프해서 피했다.

아이 파는 단순히 점프만 한 것이 아니라 공중에서 몸을 뒤로 젖혀 오른 손바닥으로 바닥을 짚고 이른바 백 텀블링── 뒤공중돌기를 하고 훌륭하게 착지했다.

광장이 떠나갈 듯한 환호성이 울렸다.

거한이 고함을 내지르고 다시 머리부터 아이 파에게 돌진했다.

6, 7미터나 벌려놓은 거리가 순식간에 좁아졌다.

이번에야말로 거한의 손이 아이 파의 몸을 붙잡을 것만 같았다.

하지만 그 거친 손끝이 아이 파의 팔에 닿기 직전, 아이 파의 모습이 갑자기 사라졌다.

자세를 확 낮춘 것이다.

낮추면서 아이 파는 오른 다리를 바로 옆으로 뻗어 뒤로 돌렸다. 쿵푸 액션에서 볼 수 있는 수면차기였다.

대각선 뒤에서 아이 파의 오른 발뒤꿈치에 오른 발목을 맞은 거한이 뒤로 쿵 자빠졌다.

아이 파가 날쌔게 몸을 일으키자 남자도 황급히 상체를 일으켰다.

그와 동시에 "거기까지!" 하는 날카로운 목소리가 끓어오른 분위기를 깼다.

"파가의 아이 파의 승리다. 마무가의 지 마무는 물러나라."

위엄에 찬 그 목소리에 박수와 갈채가 쏟아졌다.

거한은 원통한 포효를 지르고 두 주먹으로 땅바닥을 내리쳤다.

"굉장해! 지 마무를 해치우다니! 지 마무는 다루무 오빠랑 좋은 승부를 할 만큼 용자라고!"

라라 루가 들떠서 떠들어댔다.

철판을 끌어안고 주저앉을 뻔한 것을 나는 가까스로 버티고 섰다.

그러자 우레와 같은 환호성을 한 몸에 받으며 아이 파가 우리 쪽으로 다가왔다.

"이제야 왔군. 아스타, 늦었군."

"느, 늦지 않았어! 너, 대체 무슨 짓이야?!"

"웬 소란이지? 사냥꾼의 힘겨루기가 아닌가!"

격투를 벌이고서도 아이 파는 땀 한 방울 흘리지 않았다.

"수확 연회는 들은 적이 없었지만, 사냥꾼의 힘겨루기라면 어렸을 때부터 익혀왔다. 아버지 기루에 비하면 별 대단치도 않은 상대더군."

"그래도 그렇지! 일부러 그런 위험한 짓을 할 것까진 없잖아!

우리는 손님이라고!"

"내가 일부러 상대한 게 아니다. 도전하니까 받아준 것뿐이지."

아이 파가 불만스럽게 입술을 뾰족 내밀었다.

그러나 라라 루 일행의 시선을 느끼고 위엄 있는 표정을 유지했다.

"그나저나 지 마무를 물리치다니 놀랐어요. 당신은 정말 힘 있는 사냥꾼이군요, 아이 파."

분위기를 수습하듯 그렇게 말한 사람은 라라 루와 함께 쇠 냄비를 들고 온 실라 루였다.

"아스타, 사냥꾼의 힘겨루기는 투기회(鬪技會)라고 불리기도 하는데요, 결코 상대를 다치게 해서는 안 된다는 규칙이 있어요. 맨주먹으로 힘과 기량을 겨루어 상대의 몸통을 바닥에 닿게 한 쪽이 승자가 되죠. ……저도 남자들이 사납게 날뛰는 모습을 잘못 보지만, 결코 위험한 싸움은 아니랍니다."

언제나 차분한 실라 루의 음성에는 상대를 진정시키는 효능이 많이 있는 듯하다.

이성을 잃고 아이 파를 탓해버린 나는 조금 반성하며 머리를 긁적였다.

"어쨌든 갑자기 언성 높인 건 미안해. ……그런데 이제부터 날 도와주는 거 아니었어? 아니면 그 투기회라는 거에 계속 참가하고 싶은 거야?"

"내가 원해서 참가한 게 아니라고 말하지 않았나! 지 마무라는 남자가 여자는 사냥꾼 일을 못한다면서 내게 도전한 거다. 그런 말까지 들은 이상 물러날 수도 없는 노릇이라 사냥꾼의 힘을 보여줬을 뿐이다."

아이 파는 말하면서 어깨를 한 번 으쓱했다.

"약속대로 오늘은 아궁이 당번 일을 돕도록 하지. 집에서 가져온 기바는 저쪽에 매달아났다."

"어? 오늘도 기바를 잡았다고? 이틀 연속이네."

"사냥이 잘 되는 날에는 얼마든지 잡을 수 있지. 그렇다고『제물 사냥』을 한 건 아니다."

선수를 치듯 아이 파가 말했다.

아무래도 부상이 완치되어 몸과 마음이 모두 최상의 컨디션인 듯하다. 너무 믿음직해서 한숨을 금할 길이 없다.

"알겠어. 고마워. 그럼 어서 준비를 시작해볼까?"

"음" 하고 엄숙한 표정으로 고개를 끄덕인 뒤 아이 파가 내 쪽으로 얼굴을 가까이 했다. 비나 루 일행에게는 자신의 표정이 보이지 않도록 극히 자연스럽게 서는 위치를 바꾸면서 말이다.

"넌 정말 걱정이 많은 성격이군, 아스타. 그 정도 남자에게 밀려날 내가 아니다."

"그래, 그럴지도 모르는데……."

"됐다, 거기까지. 내 몸을 걱정해주는 널 탓할 생각은 없어. 다만 나도 오랜만에 힘겨루기를 즐기고 싶은 마음이 있었거든. 그래서 거절하고 싶지 않았던 거다. ──용서해."

그렇게 말하고 아이 파는 숨결이 닿을 거리에서 이가 보이도록 환하게 웃었다.

그 웃는 얼굴을 본 이상 더 불평할 마음이 들 리가 있겠느냐며 나는 다시 한숨을 내쉬었다.

2

오늘 우리에게 주어진 장소는 신 루의 집 부엌이었다.

내가 맡은 일은 투기회 우승자를 위한 고기 요리뿐이기 때문에 전혀 문제가 안 된다. 다른 집 부엌에서는 미아 레이 루의 지휘 아래 저녁 식사 준비가 한창일 것이다.

투기회에 참가하는 남자들과, 연회 준비를 하는 여자들과 그걸 구경하고 있는 여자들을 합하면 대략 70명쯤 되는 듯하다. 그럼 차라리 백 여 명을 다 불러들여도 되지 않을까 싶을 만큼 오늘 수확제는 성대한 연회였다.

해가 높이 떠 있을 때부터 루의 촌락은 열기의 도가니로 변해 있었다. 아이 파와 지 마무의 시합이 끝난 뒤에도 광장 중앙에서 사냥꾼들이 힘과 기량을 겨루었다. 빙 둘러싸서 시합을 구경하는 사람들을 곁눈질하며 우리는 신 루의 집으로 가고 있었다.

"아, 신 루! 이런 데서 뭐 하는 거야?"

라라 루가 들뜬 목소리로 물었다. 목적지 앞에 신 루와 가족 미다가 나란히 앉아 있었기 때문이다.

헉헉 거친 숨을 몰아쉬는 미다 옆에서 신 루가 기운이 없는 모습으로 라라 루를 올려다봤다.

"그냥 아무것도 안 해. 여기는 내 집이니까 내가 있어도 이상할 것 없잖아?"

"누가 그걸 물어봤어? ……혹시 벌써 진 거야?"

"그래. 역시 루도 루는 아직 못 당하겠어."

"바보 같긴! 너희는 왜 매번 똑같은 상대랑 겨루는 건데? 루도 는 보기엔 그래도 친족 중에서 열 손가락 안에 들어가는 사냥꾼 이라고! 루도 말고 다른 상대를 골랐으면 너도 더 쉽게 이길 거 아냐?!"

투기회는 토너먼트전인 걸까. 그럼 아이 파도 2회전에 참가할 의무가 생기는 것 아닐까 하고 나는 걱정이 되었다.

하지만 지금은 라라 루와 신 루의 대화를 좀 더 들어보기로 했다.

"……루도 루한테 이기지도 못하면서 다른 사람에게 도전해봤 자 별 의미 없는 것 같아서."

"네가 정 그렇다면 상관없는데―. 그럼 너무 풀 죽어 있지 말 아줄래?"

"누가 풀 죽어 있다고 그래?"

"네가 그러고 있잖아, 지금! 사냥꾼의 힘겨루기는 이기면 자 랑스럽지만, 져도 창피한 게 아니잖아. 당당하게 연회를 즐기란 말이야!"

그렇게 신 루를 윽박지르고 나서 라라 루가 미다를 흘낏 봤다.

"그래서 너는? 꼴을 보아하니 너도 참가한 거 같은데?"

"응…… 미다는 열심히 한걸……?"

온몸에 땀을 흘리며 거친 숨을 몰아쉬던 미다가 내 쪽으로 시선을 옮겼다.

"아스타…… 힘겨루기에서 몽땅 이기면 아스타의 요리를 먹을 수 있다며……?"

"응, 그럴 예정이야."

"그래서 미다는 열심히 했는걸……? 네 명만 더 이기면 미다는 아스타의 요리를 먹을 수 있는걸……?"

"어? 벌써 두 사람이나 이겼어? 제법인데!"

라라 루가 감탄했다기보다는 약간 기가 막힌다는 듯 말했다.

잘 몰라서 물어보니 이 힘겨루기 투기회는 예선에서 세 번, 본선에서 세 번을 이긴 사람이 우승하는 방식이라고 한다. 예선은 거의 리그전에 가까운데, 가장 먼저 세 명을 이긴 여덟 명까지가 본선에 진출한다. 예선에서 두 번 지면 실격이라 그때까지 세 번 이겨야 하는, 선착순 서바이벌 매치다. 본선은 한판 승부인 토너먼트전으로, 거기서 세 번 이긴 사람이 당당히 우승자가 된다. 예선은 꽤 엉성한 시스템인데, 어쨌든 3, 40명이나 되는 참가자를 걸러내기 위해 치러지는 대전 방법일 것이다.

참고로 현시점에서 이미 돈다 루와 단 루티무가 세 명을 이겼다고 한다. 숲가의 백성답게 강자일수록 이른 단계에서 많은 사람에게 도전을 받는다고 한다.

지자 루와 루도 루, 가즈란 루티무 같은 주요 멤버도 이미 두 명씩 항복시켰고, 그 쟁쟁한 면면에 미다가 이름을 올렸다는 사실에 라라 루는 놀란 것이다.

"그런데 마지막까지 이기려면 어느 시점에서든 돈다 아버지나 단 루티무를 이겨야 해. 웬만해서는 그 두 사람을 이길 수 없지만, 뭐 힘내."

"응…… 힘내고 있는걸……?"

미다가 볼살을 부르르 떨었다.

미다에게 고개를 끄덕인 다음 라라 루는 신 루를 돌아봤다.

"그래서? 신 루는 벌써 포기한 거야? 이제부터 세 번 이기면 너도 여덟 명의 용자가 될 수 있잖아."

"포기한 게 아니라 지금은 힘을 모으고 있을 뿐이야."

그것이 사실인지 여부는 몰라도 아무튼 신 루가 결연히 일어섰다.

"슬슬 다른 사람들도 두 번째 승리를 거두고 있겠지. 늦기 전에 다녀올게."

"응! 힘내!"

라라 루가 만족스럽게 웃었다.

그러나 신 루가 가버리자 기분이 살짝 울적한 듯 눈을 내리떴다. 여기서는 아까의 둔감함을 만회해야 한다고 판단해 나는 자연스럽게 말을 건넸다.

"그럼 우리도 신 루의 활약을 보러 갈까? 시간은 아직 넉넉하니까."

"어?" 라라 루가 깜짝 놀란 눈으로 고개를 들었다.

"그렇게 여유 부려도 돼? 내일 장사 준비도 해야 하잖아."

"오늘은 너희도 내 일을 도와줄 거잖아. 그럼 문제없어."

"왠지 느긋한 말투네! 이상한 요리를 내가면 돈다 아버지가 냅다 집어던질걸?"

말은 그렇게 하면서 라라 루의 눈동자는 기쁨에 반짝이고 있었다.

그리하여 우리는 들고 있던 짐을 내려놓고 광장 가운데로 가던 중 장신의 그림자가 우리 앞을 막아섰다.

나보다 키가 한 뼘은 더 훤칠하니 큰 야생 늑대 같은 청년, 루 본가의 차남 다루무 루였다.

"아, 다루무 오빠! 언제 돌아왔어?! 저번에 보내준 축복의 꽃, 고마워!"

"그래. 앞으로는 진가 녀석들이 슨의 촌락을 감시하게 되어 드디어 돌아올 수 있었다."

소리 지르며 반가워하는 라라 루와 말없이 미소 짓는 비나 루에게 고개를 끄덕여 보인 뒤 다루무 루는 내 쪽으로—— 정확히 말하면 내 옆에 서 있는 아이 파 쪽으로 날카로운 눈빛을 날렸다.

"파가의 가장 아이 파. 네놈에게 사냥꾼의 힘겨루기를 도전하겠다."

"흠? ……미안하지만 나는 아궁이 당번 일을 도와야 한다. 게다가 루의 친족도 아닌 내가 이런 자리에서 잘난 척할 수야 없지."

"도전을 받고도 도망갈 셈인가? 사냥꾼의 힘을 내보이기보다 네놈에게는 아궁이 당번이 일이 더 중요하다는 건가? 그럼 앞으로 사냥꾼이라고 밝히지 말고 아궁이 당번 일이나 하시지."

다루무 루는 나직하게 내뱉고 나서 이내 우리 쪽으로 다가왔다.

오른쪽 뺨에 깊은 흉터가 있는 날쌔고 용감한 얼굴이 그대로 아이 파의 귓가에 바싹 다가갔다.

"이 승부에서 나를 이기면 네놈을 사냥꾼으로 인정하고 다시는 우롱하지 않겠다고 맹세하지. ……단 내게 지면 네놈은 루의 가족이 되어야 한다."

아마 그 목소리는 아이 파 바로 옆에 있는 나한테만 들렸을 것이다.

아이 파는 바로 코앞에서 다루무 루를 노려보며 마찬가지로 낮게 소리 죽여 대꾸했다.

"그 경우 아스타는 어떻게 되지?"

"네놈이 원한다면 그 아궁이 당번도 루의 가족으로 받아들이도록 아버지에게 부탁해주지. 그 정도면 이의는 없겠지?"

다소 고민스러운 얼굴의 누나와 고개를 갸웃거리고 있는 여동생이 지켜보는 가운데 다루무 루가 재빨리 아이 파에게서 물러났다.

"네놈에게 사냥꾼의 긍지가 있다면 내 도전을 받아들여라. 도망가면 나는 앞으로도 영원히 네놈을 사냥꾼으로 인정하지 않겠다."

그러고 나서 다루무 루는 광장 중앙 쪽으로 걸어갔다.

아이 파가 작게 한숨을 쉬고 나서 걸음을 옮기려던 순간 나도 모르게 그 팔을 붙잡았다.

"잠깐, 설마 저런 일방적인 주장을 받아들이려는 건 아니지?"

"사냥꾼의 긍지를 의심받은 이상 나도 도망갈 수는 없어. ……저 차남 놈도 상응하는 각오를 하고 저런 말을 내뱉었을 테니."

"아니, 그렇다고——!"

"게다가 루가는 지금 숲가의 족장 집안이다. 족장 집안과 바른 인연을 맺지 않으면 또 나와 가까운 사람들에게 재앙을 가져다줄지도 몰라. 차남과의 인연을 바로잡을 좋은 기회라 생각되는군."

아이 파의 눈빛은 여전히 온화했지만 그 깊은 곳에는 비장한 각오의 빛이 깃들어 있었다.

"우리는 루 본가의 가장과 장남, 차남과는 그리 좋은 인연을 맺지 못했지. 한데 아스타, 네가 애쓴 보람도 있어서 가장 돈다 루의 마음이 많이 누그러진 것 같더군. 그렇다면 나도 차남과의 인연을 바로잡고 싶은 거다."

아이 파는 조용하면서도 힘 있게 미소 지었다.

그리고—— 무의식적인 행동일까. 손끝으로 파란 돌 목걸이를 꽉 쥐었다.

"동등한 조건이라면 내가 저 차남에게 밀릴 위험은 없어. 거기서 지켜봐줘, 아스타."

아이 파도 우리 앞에서 가버렸다.

"여, 너희 돌아왔구나."

그때 루도 루가 강동강동 뛰며 다가왔다.

"방금 같이 있던 사람, 다루무 형이랑 아이 파였지? 혹시 그 두 사람 싸우는 거야?"

"그런가 봐. 아무리 아이 파라도 다루무 오빠까지 이기지는 못할 텐데."

라라 루의 대답에 루도 루가 "흐음" 하고 황갈색 머리를 긁적였다.

"그럼 난 다른 상대를 찾아야겠네. 어차피 그 두 사람은 내버려두면 이기는 쪽이 올라올 테니."

"루도 루! 아이 파하고 다루무 루가 싸우면 대체 누가 이길까?"

나는 마음속 불안을 억누르지 못하고 그렇게 물었다.

그러나 루도 루는 "내가 어떻게 알아" 하고 어깨를 으쓱했다.

"힘겨루기라는 게 워낙 사소한 것으로 강한 녀석이 약한 녀석한테 지기도 하거든. 뭐, 힘의 차이가 어지간히 크면 가망이 없겠지만."

"……아이 파하고 다루무 루 중 누가 더 강한데?"

그 노골적인 질문에는 대답대신 메롱이 돌아왔다.

"그걸 어떻게 말해? 오, 신 루가 출전하는데?"

루도 루의 말대로 광장 중앙에 신 루와 낯선 젊은이가 나오고 있었다.

아이 파와 다루무 루는 아무래도 심판인 듯한 장신의 노인——루티무의 선대 가장 라 루티무 뒤에서 가만히 대기하고 있었다. 분명히 다음 순서인 것이다.

"아, 저 녀석은 민가의 막내구나. 그럼 신 루가 이길지도. ……어라? 왜 그래, 실라 루? 신 루가 나올 차례잖아."

그 말에 찔린 나는 실라 루를 돌아봤다.

그녀는 루도 루가 부른 것도 모른 채 오직 광장 중앙 쪽을 보고 있었다. 혹시 어렴풋이 눈물이 어린 눈동자는 동생이 아니라 그 뒤에 있는 두 사람을 보고 있을지도 모른다.

그런 가운데 신 루는 접전을 벌인 끝에 민가의 막내아들을 시원하게 꺾었다. 뜨거운 시선과 환성을 받으면서 아이 파와 다루무 루가 신 루 일행과 교대로 중앙에 나왔다.

"오른쪽, 루가의 다루무 루. 왼쪽, 파가의 아이 파. 숲에 사냥꾼의 긍지를 보여줘라."

환호성 속에서 저렁저렁 울리는 라 루티무의 목소리가 두 사람을 소개했다.

아이 파와 다루무 루는 5미터쯤 거리를 두고 마주 섰다.

키 차이는 한 뼘 정도다.

하지만 몸무게는 10킬로그램 이상 차이 날 것이다. 중년 남성에 비하면 아직 늘씬하고 탄탄한 체격을 가진 다루무 루이지만,

아이 파의 몸은 그 이상으로 가냘프다.

정말 아이 파가 다루무 루를 이길 수 있을까?

몸통이 땅에 닿으면 진다는 엉성한 규칙 때문에 체격과 능력의 차이만으로 승부가 갈리는 것은 아니다. 그것은 이해가 간다. 그렇다면 아이 파에게는 지 마무처럼 거대한 남자가 의외로 다루기 쉽지 않을까 하는 생각이 들었다.

극단적으로 말하자면 미다와의 대전이라면 아이 파에게 승산이 있다. 비나 루도 그리기 나무 막대기 하나 있으면 미다를 쓰러뜨릴 수 있을 테니까.

하지만 다루무 루 같은 상대는 어떨까? 남녀의 차이가 있을 뿐 아이 파와 다루무 루는 비슷한 유형처럼 보인다. 시원시원하게 뻗은 팔다리와 늘씬한 몸매, 가죽 채찍처럼 탄력 있고 강철처럼 단련된 체격, 민첩성과 강인함을 두루 겸비한 것도── 키와 몸무게의 숫자만 따진다면 루도 루나 신 루가 아이 파에 가까운데 인상은 왠지 다루무 루가 더 비슷한 느낌이다.

매우 비슷한 유형인 한편 다루무 루의 체격이 훨씬 크다. 그래서 더욱더 까다로운 상대가 아닐까? 예를 들어 10킬로그램 이상 체격 차이가 나는 권투 선수끼리 시합하는 것이나 마찬가지다.

아무리 체격 면에서 뒤떨어져도 권투 선수와 씨름꾼이라면 유리한 싸움 방식이라는 것이 있을 듯하다. 권투 선수와 레슬링 선수, 권투 선수와 가라테 선수도 그렇다. 그때 승패를 가르는 것은 체격 차이가 아니라 어떤 규칙이냐가 아닐까.

그리고 이 힘겨루기에서는 규칙의 유불리도 없다. 미다에게는 불리하게 작용될 법한 규칙이지만, 그 작용은 분명히 다루무에게는 영향을 주지 않을 것이다.

대체 아이 파는 어디에서 승기를 찾아냈을까——.

이런저런 고민을 하는 사이 라 루티무가 시합 개시를 알렸다.

"시작!"

다루무 루가 자세를 낮추었다.

아이 파도 자세를 낮추었다.

10미터나 떨어진 곳에서 지켜보고 있자니 두 사람의 눈동자가 짐승처럼 불타오르고 있다는 것이 또렷이 전해졌다. 마치 늑대와 살쾡이가 으르렁거리며 대치하고 있는 것 같았다.

다루무 루가 얼핏 아무렇게나 움직이는 느낌으로 오른팔을 뻗었다.

아이 파가 재빨리 그 팔의 바깥쪽으로 물러났다.

그러나 아이 파가 거리를 좁히기 전에 다루무 루 역시 민첩하게 그쪽으로 방향을 바꾸었다.

역시 민첩성에 큰 차이는 없는 듯하다.

민첩성에는 차이가 없어도 완력에 체력만큼의 차이가 있다면 도대체 어디에 뚫고 나갈 길이 있는 걸까.

이것이 정말 늑대와 살쾡이의 싸움이라면 먼저 눈알이나 목덜미 같은 급소를 공격한 쪽이 이기겠지만, 체격 차이를 메꿀 수 있는 그런 공격도 이 싸움에서는 허락되지 않는다.

다루무 루가 신중히 팔과 다리를 내찌르고, 아이 파가 그 공격을 그럭저럭 받아넘겼다. 너무 일방적인 전황(戰況)인 채로 시간은 시시각각 흘러갔다.

어느새 주변 사람들도 쥐 죽은 듯 조용했다. 아이 파 일행이 자아내는 긴장된 분위기가 전염된 것처럼 말이다.

그리고—— 문득 전황이 움직였다.

오로지 방어만 하던 아이 파가 무모하다고 할 수 있는 대담함으로 다루무 루의 품에 발을 들인 것이다.

머리를 낮춰서 다루무 루의 배에 박치기를 날릴 듯한 자세였다. 다루무 루는 날렵하게 몸을 틀어 아이 파의 목덜미를 오른 팔꿈치로 찍으려 했다. 뒤통수에 눈이라도 달렸는지 아이 파가 다시 자세를 낮춰 그 팔꿈치를 피했다. 그렇게 상대의 오른쪽으로 빠져나간 동시에 아이 파가 다루무 루의 등에 팔을 뻗었다.

아이 파의 손끝이 다루무 루가 입은 옷을 붙잡았다.

"아니?!" 하고 분노하는 소리를 내며 다루무 루는 등 뒤의 아이 파에게 오른 팔꿈치를 돌렸다.

그러나 아이 파는 다루무 루가 움직인 것과 똑같은 거리만큼 움직여 바로 뒤에 바싹 붙었기 때문에 그 공격도 헛되이 허공을 벴다.

그리고 아이 파는 다른 손으로도 다루무 루의 등을 붙잡았다. 어깨 언저리의 옷을 붙잡은 모양새가 뭐랄까, 지네 경주(여러 사람이 다리를 묶고 앞사람 어깨를 붙잡고 한 줄로 달리는 경주) 같은 묘하게 보였다.

"까불지 마! 정정당당히 싸워!"

다루무 루가 소리치며 다시 팔꿈치와 발뒤꿈치로 아이 파를 습격했다.

그러나 역시 각도로 보나 선 위치로 보나 맞을 리가 없었다.

"상대의 허를 찌르는 것도 어엿한 싸움 방식이다."

말하자마자 아이 파가 뒤로 빙글 돌아섰다.

손으로 다루무 루의 옷을 붙잡은 채로 말이다.

그렇게 뒤로 돌아선 동시에 오른쪽 발뒤꿈치로 다루무 루의 왼쪽 발뒤꿈치를 걷어찼다. 그런 다음 아이 파가 상체를 숙여 몸을 반으로 접자, 발뒤꿈치를 맞고 자세가 무너진 다루무 루의 두 다리가 붕 떠올랐다.

아이 파의 허리에 다루무 루의 허리가 깔끔하게 얹히더니 그의 몸이 뒤로 한 바퀴 돌아 머리부터 땅에 떨어졌다.

등으로 업어치기를 한 듯한, 기괴하면서도 무서운 기술이었다. 아마 유도였다면 절대로 허용되지 않을 만큼 엄청난 반칙 기술이다.

하지만 이것은 유도가 아닌 사냥꾼의 힘겨루기였기 때문에 라루티무가 아이 파이 승리를 선언했다.

"거기까지! 파가의 아이 파의 승리다! 루가의 다루무 루는 물러나라."

다루무 루는 두 팔로 간신히 머리를 지킨 듯하다. 그러나 아마 뇌진탕은 피하지 못했을 것이다. 머리를 감싸 쥔 채 바닥에서 신음하고 있었다.

봇물 터지듯이 폭발하는 환호성 속에 아이 파는 잠시 말없이 서 있다가 이윽고 걱정스러운 표정으로 다루무 루의 곁으로 가 몸을 웅크렸다.

그러자 다루무 루의 오른팔이 뱀처럼 스르륵 뻗어 나와 아이 파의 왼쪽 어깨를 움켜쥐었다.

안도의 한숨을 내쉬던 나는 순간 몸이 굳고 말았다.

하지만 다루무 루는 더 이상 움직이지 않았다. 땅바닥에 누워 아이 파의 어깨를 붙잡은 채 그녀의 얼굴을 빤히 노려보기만 했다.

"오오, 보기 좋게 당했군! 숨은 붙어 있나, 다루무 루?"

호쾌한 목소리와 함께 쿵쿵거리며 다가오는 사람이 있었다. 꽤 오랜만에 보는, 루티무의 가장 단 루티무였다.

가장 회의가 끝난 뒤에는 가즈란 루티무가 족장 돈다 루의 심복이 되어 이래저래 움직였기 때문에 단 루티무는 자신과 친족의 집을 지키는 역할을 맡았던 모양이다. 그렇다면 나나 아이 파와는 보름 만에 재회한 셈이다.

물론 보름 만이라도 단 루티무는 예전 그대로였다. 호쾌한 대마신 같은 얼굴에는 호방하고 쾌활하며 구김살 없는 미소가 번져 있었다.

"나와 돈다 루 외에 이토록 훌륭하게 다루무 루를 메어꽂은 사람이 있을 줄이야! 참으로 재미있는 승부였다! 아이 파여, 어서 한 명 더 이기고 나와도 힘겨루기를 하지 않겠느냐?"

그렇게 말하면서 단 루티무는 다루무 루의 왼쪽 겨드랑이에 팔을 끼워서 그를 가뿐히 일으켰다. 단 루티무의 토실토실한 거체에 힘없이 기댄 다루무 루가 그제야 아이 파의 어깨에서 손을 치웠다.

"아니, 나는 더 이상 루의 연회를 어지럽히고 싶지 않다. 아궁이 당번을 도와야 하니 이것으로 물러나겠다."

아이 파가 일어서며 대답하자 단 루티무가 "그렇게는 안 되지!" 하고 크게 웃어 젖혔다.

"다루무 루는 이제 곧 루의 친족 중에서도 다섯 손가락 안에 들지 않을까 하는 사냥꾼이었다. 그런 다루무 루를 이토록 멋지게 이겨낸 자네의 힘이 얼마나 센지 끝까지 확인하지 못한다면 연회가 다 무슨 소용이냐!"

"아니, 한데——."

"이건 수확 연회다. 사냥꾼이 숲의 수확을 축하하고 그 힘을 숲에 보이기 위한 축제란 말이다! 아궁이 당번에게는 아궁이 당번 일이 있고, 사냥꾼에게는 사냥꾼의 일이 있는 법! 자네는 훌륭한 사냥꾼이니 사냥꾼의 일을 다하면 그걸로 충분하다!"

단 루티무는 아이 파의 반론을 듣지도 않고 다루무 루를 짊어진 채 구경꾼들 쪽으로 돌아갔다.

다시 우레 같은 환호성을 받으며 아이 파는 승리를 거두고 우리 곁으로 돌아왔다.

"……수고했어. 여하튼 안심했어."

아이 파는 한탄할 뿐 아무 대답도 하지 않았다.

그 뒤에서 몰래 숨어든 작은 형체가 아이 파의 등에 달려들었다.

"아이 파, 굉장해! 지 마무뿐만 아니라 다루무 오빠까지 해치우다니! 너무너무 멋있었어!"

"……무겁다. 달라붙지 마, 리미 루."

"싫은데." 리미 루가 활짝 웃음꽃을 피우며 아이 파의 뺨에 자신의 뺨을 문질렀다.

문득 나는 어떤 근심을 떠올리고 실라 루 쪽을 돌아봤다.

실라 루는 두 눈을 꼭 감고 양손을 가슴 앞에서 모아 열심히 기도하는 듯한 표정을 하고 있었다.

3

"그럼 조리를 시작해볼까요?"

우리는 다시 신 루의 집 부엌으로 돌아왔다.

모인 사람은 포장마차 장사를 도와준 비나 루와 실라 루, 라라 루였다.

그 후 신 루는 결국 지 마무의 도전에 응했다가 패배하는 바람에 1승 2패로 힘겨루기를 마치게 되었다. 그것을 지켜본 뒤 우리는 저녁 식사를 준비하러 온 것이다.

나는 드문드문 힘겨루기를 하게 된 아이 파의 몸이 걱정되었지만, 일단 다루무 루와의 시합이 무사히 끝났으니 더 이상 뜻밖의 사고가 일어나지 않기를 바랄 따름이었다.

"우선 내장 손질부터 하죠. 이건 신선도가 생명이거든요."

발밑에 놔둔 쇠 냄비 속에는 아이 파가 오늘 사냥한 기바 내장이 들어 있었다. 아이 파가 자리를 비웠기 때문에 오랜만에 내가 적출한 내장들이다.

마침 아이 파가 오늘도 기바 사냥에 성공했고 피 빼기도 잘되었기에 주요리와 함께 곁들여 먹도록 내장도 저녁상에 올리기로 했다.

냄비를 들고 촌락의 뒤편에 흐르는 강으로 향했다. 본가 사람들이 이용하는 냇가보다 더 하류에 있는 이 강은 루의 촌락의 동쪽을 따라 흐른다고 한다. 아마 이렇게 훌륭한 강이 있었기 때문에 루의 일족은 이곳에 촌락을 만들기로 정했을 것이다. 루가는 숲가에 이주해온 80년 전부터 손에 꼽는 유력 씨족이었다.

냇가에서 어제 배운 세척 작업을 루가 여자들에게 전수했다. 그녀들은 손끝이 야무져서 피투성이 내장도 재빨리 씻어냈다.

"이 내장 색깔을 잘 기억해두세요. 병에 걸린 기바는 내장 색깔이 칙칙한데 그걸 먹으면 식중독을 일으킬 수도 있거든요. 조금이라도 불안하면 먹지 말고 숲에 돌려주는 것이 현명해요."

"흐응, 여러모로 성가시잖아…… 품을 들여서까지 먹고 싶을 만큼 기바 내장이 맛있나 봐······?"

"그건 사람에 따라 달라요. 호불호가 크게 갈릴지도 모르죠."

다시 집으로 돌아오자 부엌 앞에서 신 루와 랴다 루가 기다리고 있었다.

"아스타, 가죽 벗기기 작업이 남았으면 우리가 돕겠다."

"어? 힘겨루기는 더 안 봐도 돼?"

"여덟 명의 용자가 정해져서 저쪽도 잠시 휴식을 취하고 있거든. 사냥꾼이 아닌 나와는 상관없는 의식이기도 하고."

그렇게 대답한 사람은 랴다 루였다.

길게 늘어뜨린 흑갈색 머리도, 시무인을 연상케 하는 기름한 눈도, 조용하고 침착한 표정도 역시 아버지와 아들이 꼭 닮았다. 신 루도 나이를 먹으면 저렇게 중후한 멋을 지닌 미남이 될 것 같다.

"고맙습니다, 랴다 루. ······아, 신 루, 아이 파는 결국 살아남았어?"

"그래. 레이의 남자가 도전했는데 완승했어. 다루무 루와 지마무를 쓰러뜨렸으니 용자의 이름이 부끄럽지 않을 사냥꾼이더군. ······아차, 휴식을 취하는 동안 아궁이 당번 일을 돕지 못해서 미안하다고 전해달라고 했다. 아무래도 리미 루가 우겨서 지바 루의 침소에 가는 것 같더군."

그래서 신 루가 일부러 랴다 루와 함께 와준 것이리라. 실라 루도 포함해서 이 가족의 마음 씀씀이는 참으로 존경스럽다.

"저기, 그래서 누가 살아남았어? 돈다 아버지하고 단 루티무, 아이 파랑―― 지자 오빠랑 가즈란 루티무도 당연히 남았겠지?"

라라 루의 질문에 신 루가 고개를 끄덕였다.

"루도 루하고 라우 레이, 그리고 미다까지."

"와아! 미다 녀석, 정말 살아남았구나! 왠지 건방진데! ……어? 지 마무가 떨어졌어?"

"그래. 미다가 지 마무를 쓰러뜨렸어."

라라 루가 팔을 벌리고 다시 "건방지네!" 하고 소리쳤다.

그리고 아까부터 기운이 없던 실라 루가 조촘거리며 앞으로 나왔다.

"그래서 저기…… 다루무 루는 괜찮은 거야?"

"보진 못했는데 괜찮을 거야. 괜찮지 않았으면 아이 파가 부상을 입혔다는 이유로 실격되고 다른 사람이 여덟 명의 용자로 선택되었겠지. ……그런데 다루무 루는 아직 한 번밖에 지지 않았는데 다른 사냥꾼에게 도전하지 않고 자기 집으로 돌아갔다고 하더군."

"그래……." 실라 루가 안쓰럽다는 듯이 한숨을 내쉬었다.

그 모습을 가만히 보고 나서 신 루는 내게 시선을 되돌렸다.

"그럼 일을 시작하지. 기바는 해체실에 있나?"

"아, 잠깐 기다려! 털가죽을 벗기기 전에 정리해야 할 일이 있어."

나는 내장이 가득한 쇠 냄비를 도로 부엌에 갖다놓고, 필요한 도구를 챙겨 신 루 부자와 함께 기바 해체실로 이동했다.

"잠깐 기다려."

해체실 한가운데에 어제보다 훨씬 큰 60킬로그램급 기바가 매달려 있었다.

배를 갈라 내장을 적출해낸 그 기바를 일단 널빤지 위로 내린 다음, 오른쪽 뒷다리에 파가에서 가져온 돼지기름인 라드를 듬뿍 발랐다.

"아스타, 그건 무슨 처리지?"

"응, 좀 아깝긴 한데 이 뒷다리만 털가죽을 태우려고."

이상하다는 듯 입을 다무는 부자를 곁눈질하며 나는 라나잎으로 장작 하나에 불을 붙였다. 불을 기바 뒷다리에 가까이 대자 라드를 흥건히 머금은 흑갈색 털이 부지지 타기 시작했다. 몸통 쪽에서 풍기는 피비린내에 털이 타는 냄새가 더해져 엄청난 악취가 진동했다.

너무 오래 태우면 표피까지 타버리기 때문에 적당히 태우고 물을 부어 작업을 마쳤다.

"그럼 가죽을 벗기기 전에 이 오른쪽 뒷다리만 떼어줄래? 이 다리로 오늘의 요리를 만들 거야."

머릿속에 물음표가 떠다닐 테지만 신 루와 랴다 루는 내게 이유를 묻지 않았다. 좋든 싫든 아궁이 당번 일에 참견하지 않는 과묵한 사람들이었다.

"그다음에는 늘 하던 대로 털가죽을 벗기면 되겠지?"

"네, 고맙습니다. 저희는 포장마차 밑 준비 작업도 해야 해서 정말 큰 도움이 돼요."

나는 침착하고 성실한 부자에게 인사를 한 뒤 전리품을 들고 부엌으로 돌아갔다.

"우와, 그게 뭐야?"

부엌에서는 과묵하지 않은 여자들의 대표인 라라 루가 캐물었다.

"보다시피 기바 다리야. 털가죽의 털만 그슬어 왔어. 이렇게 하면 뒤처리가 편하거든."

하지만 그 전에 우선 내장 손질을 마무리해야 한다.

잘게 썬 창자는 마무, 과실주, 타우유를 섞어 만든 양념장에 버무려놓고, 염통과 간과 신장은 그대로 피코잎 속에 묻어두었다. 오늘은 후추 대신으로 피코잎과 소금만으로 요리할 예정이다.

"이 다리는 우선 타고 남은 털을 깨끗하게 제거해야 해."

부엌에 있던 고기 써는 칼을 빌려서 눌어붙은 검은 털을 긁어 냈다.

깨끗이 제거한 다음 물을 부은 쇠 냄비에 잠깐 담가서 불렸다가 설거지할 때 쓰는 수세미로 더 빡빡 닦았다. 수세미는 기바의 털가죽을 말려 굳힌 것이다. 기바의 털가죽 가공품으로 기바의 털가죽을 처리하다니 참으로 아이러니하다.

여하튼 꼼꼼히 닦아내자 뒷다리 표피가 훤히 드러났다. 사람이나 혹은 돼지와 아주 비슷한 연한 복숭앗빛 표피였다.

이것은 전에── 생전에── 아무튼 내가 이 숲가에 오기 전에 농장 캠프에서 엽우회 사냥꾼이 설명해준 또 하나의 표피 처리 방법이다. 파가에서도 한 번 실천했었지만, 이 방법을 쓰면 털가죽을 팔 때 그슬린 부분은 팔지 못하게 때문에 아이 파가 별로 달가워하지 않았다.

다만 파가에서 잡은 기바의 털가죽을 작은 씨족에게 나눠주고 있다는 것은 공공연한 비밀이며 겉으로는 전부 폐기하는 것으로 되어 있지만. 그리하여 불평하고 싶어도 하지 못하는 아이 파가 불쌍해서 이 방법은 한 번만 시도하고 말았다는 것이 정확한 사정이다.

"……그래서? 왜 일부러 털가죽을 벗기지 않고 구운 거야? 털가죽이 클수록 동전을 많이 받고 교환할 수 있는데?"

"왜냐하면 맛있거든. 그것 말고는 할 말이 없어. 연회라면 이정도 사치는 허락되지 않을까? 나만 그렇게 생각하는 건가?"

"글쎄, 괜찮을 것 같은데? 애초에 이 기바도 아이 파가 잡았잖아. 그럼 어떻게 취급하든 파가의 자유야."

나도 그 생각으로 이 방법을 골랐는데 라라 루가 동감해주어 든든했다. 숲가의 백성이 워낙 성실하고 청빈하여 사치가 어디까지 허락될지 걱정되었기 때문이다.

이번에는 아궁이 당번을 부탁받고 나서 실제로 하루밖에 여유가 없었다. 그래서 그동안 파가에서 시행착오를 겪은 요리를 그럴싸하게 조합하여 연회에 어울리는 색다른 연출을 할 수 없을까 내 나름대로 고민한 것이다.

"이 다리를 어떻게 할 건데? 힘겨루기가 끝나는 건 아마 날이 저물기 직전일걸?"

"이것도 밑간을 하는 데 시간이 걸리니까 아마 딱 맞을 거야. ……실라 루, 이 조리법도 기억해두는 게 어떨까요? 그동안 하던 것과는 다른 방식이거든요."

일부러 그 말을 덧붙인 까닭은 실라 루가 그녀답지 않게 딴생각을 하는 듯 보였기 때문이다.

"네? 아, 죄송해요…… 일하는 중에 이러면 안 되는데 말이에요."

그러더니 실라 루가 자기 뺨을 찰싹찰싹 때렸다.

"집중할게요. ……그런데 우리 집에서 기바 털가죽을 굽는 일은 아마 없을 거예요."

"가죽을 남긴 건 연회인 만큼 호화로운 느낌을 주고 싶어서예요. 아이 파가 기바를 잡아오지 않았더라면 평범한 뒷다리 살로 요리하려고 했어요. 그럼 우선 밑 준비부터 시작하죠."

최대한 고깃덩어리가 큼지막해지도록 고기에서 뼈부터 발라낸다. 이 오른쪽 다리 하나에서 고기 4킬로그램을 얻을 수 있을 것이다. 투기회 우승자에게 그중 1킬로그램을 주고 나머지 3킬로그램은 다른 요리를 할 때 적당히 나눠 사용할 예정이다.

썬 고기를 깨끗하게 씻은 나무 막대로 골고루 두드려준다. 다두드리면 고기 1킬로그램에만 돌소금과 피코잎을 듬뿍 문질러

바른다. 돌소금과 피코잎의 양은 평소 스테이크에 바르던 것의 두 배가 적당하다.

다음으로 고깃덩어리에 칼집을 몇 군데 넣고 거기에 마늘 대신인 통썰기한 먀무를 집어넣는다. 이것으로 밑 준비는 다 되었다.

"이대로 잠시 놔둘게요. 시간은『먀무구이』고기를 재우는 시간과 비슷하게요."

요컨대 한 시간 정도다. 그 후 다시 한 시간에 걸쳐 조리하기 때문에 해 지기 전에 완성될 것이다.

"그때까지 내일 장사를 위한 밑 준비 작업을 해치우도록 하죠. 비나 루와 라라 루는 햄버그용 고기를 다지고, 실라 루는 아리아를 잘게 썰어주세요."

그리고 나는 다른 요리에 쓸 고기를 자른다.

신 루 부자가 기바의 가죽을 벗기고 머리와 다리를 절단한 몸통 고기에서 등심과 삼겹살 부위를 잘라냈다. 고기는 어떻게 자르느냐에 따라 맛이 확 달라지기 때문에, 부위별로 잘라내는 이 작업은 남에게 맡기지 못하는 가장 섬세한 작업이다.

고기를 토막 낼 때는 아이 파가 준 소도로 하고 그 이후 얇게 저미는 작업은 산토쿠 식도로 했다.

'그동안 아버지의 식칼을 너무 많이 썼어. 고기만 전용으로 쓰는 정육칼이 있었으면 좋겠는데.'

하지만 역참 마을에서 파는 정육칼의 써는 맛이나 쓰임새는 사냥용 칼과 큰 차이가 없기 때문에 좀처럼 결단을 내리지 못하고 있다. 슈미랄에게 훌륭한 채소칼을 구입한 탓에 되레 어중간한 칼을 살 마음이 들지 않는 것이다.

'성 밑 마을이라면 고급 칼도 팔 것 같은데, 내 눈으로 직접 확인하지도 않고 살 수는 없지. 슈미랄이 정육칼도 취급하면 좋았을 텐데.'

그런 생각을 하는 사이 광장 쪽이 다시 시끌벅적해졌다. 휴식이 끝나고 투기회가 재개되는 것이다.

얼굴이 홍당무가 된 리미 루가 숨넘어갈 듯 부엌에 뛰어든 것은 15분쯤 후의 일이었다.

"굉장해! 굉장하다고! 아이 파가 또 이겼어! 이제 두 번만 이기면 아이 파가 1등 용자가 될 거야!"

"뭐? 상대가 누구였는데?"

내 의문을 라라 루가 대변해주었다.

"라우 레이였어! 라우 레이도 엄청 강했는데, 아이 파가 집어던져서 휘융 하고 날아갔어! 휘융 하고!"

상대가 라우 레이였다니.

다루무 루를 이겼으니 라우 레이를 이겨도 놀랄 일은 아닐지도 모른다. 그러나 아이 파는 이로써 4위까지 올라간 셈이다. 그 활약을 기뻐해도 될지 나는 복잡한 심경이었다.

"다른 사람은 어떻게 됐어? 루도는?"

"루도는 졌지롱! 미다의 다리를 걸려고 했는데, 자기가 먼저 자빠졌거든!"

"흐응, 결국 아버지와는 대결하지 못한 채 끝났구나. 얼마나 분할까. 그럼 남은 사람은⋯⋯."

"돈다 아버지랑 가즈란 루티무, 지자 오빠랑 단 루티무라고! 이제 지자 오빠가 싸울 차례이니 보고 올게!"

돈다 루 대 가즈란 루티무, 지자 루 대 단 루티무── 신기하게도 루가와 루티무가의 가장 대 후계자의 구도가 되었다. 보고 싶은 마음 반, 보고 싶지 않은 마음 반인 어마어마한 대전표다.

"지자 오빠랑 가즈란 루티무도 강하긴 한데 돈다 아버지랑 단 루티무에게는 상대가 안 돼. 지난 10년간 마지막에 남은 사람은 무조건 그 두 사람 중 한 명이었거든."

라라 루의 설명에 나는 흠칫 놀랐다.

"시, 십 년간? 굉장한 기록인데. ⋯⋯수확 연회라는 게 해마다 세 번쯤 개최된다고 했나?"

"응, 큰 게 한 번, 작은 게 두 번. 참고로 오늘은 작은 축제야. 큰 축제는 친족이 죄다 모이거든."

1년에 세 번, 10년이면 30번, 그때마다 우승을 돈다 루와 단 루티무 중 한 명이 장식했다니. 어렴풋이 알아차리긴 했지만 역시 그 두 사람의 힘은 숲가의 백성 중에서도 상상을 초월하는 모양이다.

그리고── 아이 파는 곧 둘 중 한 명과 대전해야 하는 상황에 놓였다. 안전성을 아무리 보장한들 역시 위가 쓰릴 만큼 걱정되는 상황이다.

'설마 아이 파가 우승하진 않겠지?'

그것은 또 그것대로 위가 쓰리는 이야기다. 만약 아이 파와 돈다 루가 결승전에서 맞붙는 사태가 되면 나는 살아 있는 기분이 들지 않을 것이다.

이러저러해서 시간이 흘러 밑 준비 작업도 끝 무렵에 이르렀다. 체감적으로 날이 저물 때까지는 앞으로 한 시간 정도 남았다. 우승자를 위한 요리에 착수할 시간이다.

"그럼 시작할게요. 우선 통삼겹조림과 마찬가지로 고기의 겉면을 센 불로 구워줍니다."

간이 잘 밴 고깃덩어리를 철판 위에 올려 노릇노릇해질 때까지 구워준다. 스테이크나 햄버그와 마찬가지로 육즙이 빠져나가지 않도록 하기 위해서다.

"그런 다음 약한 불로 데워놓은 그쪽 쇠 냄비에 아까 썰어둔 채소를 깔아줍니다."

썰어둔 것은 아리아와 네논과 찻치였다.

아리아와 네논은 쐐기 모양으로 잘라 4등분하고, 찻치는 대담하게 2등분했다. 그걸 쇠 냄비 바닥이 꽉 차도록 깔아주고, 그 위에 구워진 고기를 올려놓는다.

"이제 과실주를 호리병의 4분의 1 정도 붓고 나서 뚜껑을 덮고 기다려요. 뚜껑 위에 돌을 많이 얹어서 무겁게 해주고요."

"이걸로 끝인가요? 역시 그 통삼겹조림이라는 요리와 약간 비슷하군요."

"그렇죠. 그런데 통삼겹조림은 물이나 양념 국물에 바짝 끓이지만, 이 요리에는 향기가 배게 하려고 과실주만 넣어주죠. 이건 끓이는 게 아니라, 과실주나 채소에서 나온 수분이 증발하는 걸 이용해서 식재료를 찌는 원리예요."

나는 불이 너무 세지지 않도록 조심하면서 장작을 더 넣었다.

"햄버그나 스테이크도 도중에 뚜껑을 덮어서 찜구이로 재빨리 열을 가해주잖아요. 이건 햄버그나 스테이크보다 더 두툼한 고기라서 그 찜구이 공정이 길어졌다고 이해하면 돼요."

"과연. ……이 요리는 이름이 뭔가요?"

"나는 일단 로스트라고 부르고 있어요. 『로스트 기바』요."

『로스트 기바』는 집이나 가게 요리가 아니라, 아버지와 레이나와 함께 캠프에 갔을 때 만든 로스트 포크, 로스트 비프를 응용한 것이다.

냄비를 밀폐할 수 있는 쇠뚜껑이 있으면 더 좋았겠지만, 공교롭게도 제노스의 역참 마을에서는 판매하지 않았다. 그래도 뭐, 두께 10센티미터쯤 되는 통고기라면 이 방식으로 찜구이도 가능하다는 것은 여러 번의 시도를 통해 입증되었다.

어쨌든 두꺼운 고기여야 한다는 것이 이번 요리의 메인 테마였다. 힘겨루기 우승자에게 올리려면 그런 호쾌한 요리야말로 어울릴 것 같았는데, 과연 어떨까.

"중요한 건 불 조절이에요. 평소의 약한 불보다 더 약한 이 불 조절을 유지해주세요. 너무 세면 냄비에 닿아 있는 채소가 타버리거든요."

이제 4, 50분쯤 찌면 완성이다.

내일 장사를 위한 준비도 다 끝났으니 슬슬 여자들을 풀어줄까 생각하던 차에 또 리미 루가 나타났다.

"아스타! 요리 아직 안 끝났어? 이제 아이 파랑 단 루티무가 싸울 차례라고!"

"뭐?! 아이 파가 단 루티무하고 싸우게 된 거야?!"

"응! 역시 지자 오빠랑 가즈란 루티무도 져버렸거든! 그다음은 돈다 아버지랑 미다야!"

아이 파 대 단 루티무, 미다 대 돈다 루.

왠지 심장박동이 무턱대고 빨라지는 조합이다.

"아스타, 보러 가는 게 어때요? 불 조절이라면 내가 하고 있을게요."

실라 루가 온화하게 미소 지었다.

"비나 루와 라라 루도 돈다 루가 걱정되죠? 여긴 나한테 맡겨주세요."

"진짜 그래도 돼?"

라라 루가 머뭇거리며 나를 돌아봤다.

나는 깊은 고민과 번뇌에 휩싸이면서도 욕심을 억누를 수 있었다.

"일은 대강 끝났으니까. 라라 루 일행은 가서 보고 와. 실라 루도 다녀오도록 해요."

"아뇨, 내 가족이 출전하는 것도 아니라서. ……아스타는 정말 안 가도 되겠어요?"

"네. 단 루티무라면 분명히 아이 파를 다치게 하지 않을 거예요. 난 내 일을 다하겠어요."

"그럼 갔다 올게! 승부가 나면 결과를 알려주러 올게!"

그리하여 루 본가의 자매들이 부엌을 나가고 나와 실라 루만 남았다.

그러나 몇 분에 한 번 장작을 넣어주는 것 말고는 할 일이 없다. 홀홀 타오르는 오렌지색 불꽃을 바라보며 나는 오직 아이 파가 무사하기를 기도할 수밖에 없었다.

"──아이 파는 정말 사냥꾼으로서 탁월한 힘을 갖고 있군요. 다루무 루와 라우 레이도 최근에는 지자 루나 가즈란 루티무에 필적할 만큼 힘을 키우고 있었거든요."

이윽고 나를 따라 부엌에 웅크려 앉은 실라 루가 조용히 말을 건넸다.

"그런가요? 뭐, 확실히 아이 파는 주변 사람들이 놀랄 만큼 기바를 자주 잡았으니까요. ……그나저나 빨리 다루무 루가 건강한 모습을 보였으면 좋겠는데. 그렇죠?"

이 말에는 애달픈 한숨밖에 돌아오지 않았다.

그런데도 마음이 차분해지지 않는 나는 그만 말을 덧붙이고 말았다.

"저기, 다루무 루가 지난달에 신 루를 보호하다 부상을 입었잖아요. 난 루 본가 중에서 다루무 루와 제일 안 친하거든요. 그는 어떤 사람이에요?"

"다루무 루는── 성품이 매우 거칠어요. 형제 중에서 돈다 루와 가장 많이 닮았다고, 아버지 랴다가 말했죠."

"아아, 눈초리가 돈다 루와 쏙 빼닮았죠."

"네. ……돈다 루도 다루무 루도 족장 집안의 본가에 걸맞은 훌륭한 사냥꾼이라고 생각해요."

나는 그 두 사람과 원만한 관계를 맺지 못했다.

하지만 돈다 루가 그냥 난폭하기만 한 사람이 아니라는 것은 비교적 빨리 알아차렸기 때문에 어렵긴 해도 싫지는 않았고, 다루무 루와는── 역시 처음에 아이 파를 둘러싸고 말썽이 있었던 탓에 골이 깊어진 것이다. 짐짓 추잡한 말로 아이 파를 우롱하는 다루무 루는 내게 디가 못지않게 열 받는 존재였다.

"……아이 파는 정말 숲에서 죽을 때까지 사냥꾼으로 살아갈 속셈일까요."

이윽고 실라 루가 혼잣말하듯 중얼거렸다.

"여자로 태어났으면서 아이도 낳지 않고 사냥꾼으로── 아뇨, 그 삶의 방식을 부정하는 건 아니지만, 어떻게 그런 생각을 할 수 있는지 나는 도무지 모르겠어요."

"그건 나도 모르지만, 아이 파답다고는 생각해요."

그저 남자가 돌아오기만을 기다리는 삶은 싫다──고 한때 아이 파는 말했다. 아이 파는 분명히 보호받기보다 보호하는 사람으로 있기를 원한 것이리라.

아직 나도 진정한 의미에서 그 말을 이해한 것은 아닐 테지만, 아이 파의 마음을 존중하고 싶은 생각은 여전하다. 다만 나 자신도 그저 보호받기만 하는 것이 아니라 완력 외의 부분에서 아이 파를 지킬 수 있는 존재가 되고 싶다고 바랄 따름이다.

"……아이 파는 누구의 색시가 될 마음도 없는 거죠?"

"네. 그럴 거예요──" 하고 말하다 나는 깜짝 놀랐다. 무릎을 끌어안고 웅크려 앉아 하염없이 아궁이 불을 바라보는 실라 루의 옆얼굴이 전에 없이 새빨갛게 물들었기 때문이다.

"무, 무슨 일이에요, 실라 루?"

"네? 뭐가요?"

"아니, 좀── 심상치 않아 보여서요."

"그런가요? 그럴지도 몰라요."

실라 루는 무릎을 안은 팔 사이로 붉은 얼굴을 푹 숙이고 말았다. 그러고는 금방이라도 무너질 듯한 시선으로 나를 흘끗거렸다.

"아스타는 벌써 내 심정을 알고 있다고 생각하니 괜히 부끄러워졌어요. 정말 미안해요."

"시, 실라 루의 심정이요? 혹시 다루무 루에 대한──."

"마, 말하지 말아주세요!"

실라 루가 이렇게 당황한 목소리를 낸 것은 아마 처음일 거라 생각한다. 평소 침착하고 평온하던 실라 루가 이렇게 봄 처녀

같은 감정을 드러내는 것도 처음이었다.

'그러고 보니 실라 루는 꽤 어른스러운 분위기인데, 나이는 나보다 겨우 한 살 많구나.'

가슴 속이 간질간질했다. 별로 익숙하지 않은 이 감각이 혹시 보호 욕구라는 걸까.

"……아스타."

"네."

"……아무한테도 말하지 말아요. 알겠죠?"

"네! 물론이죠!"

"그리고 걱정이나 동정을 할 필요도 없어요. 물독도 제대로 옮기지 못하는 나 같은 여자에게 남편감을 고를 자격은 없으니까요."

"절대 그렇지 않아요!"

나는 잠시 생각한 뒤 결연하게 일어섰다.

"실라 루, 남은 가죽이 붙은 고기 말인데요, 1인분만 실라 루가 조리해볼래요?"

"네?"

"그 고기는 간단히 스테이크로 만들어서 모두에게 대접하려고 했거든요. 그중 1인분을 실라 루한테 맡기고 싶어요. 소스도 스스로 만들어보세요."

"어, 어떻게 하라는 건지……?"

"어떻게 할지는 실라 루에게 달렸어요."

실라 루는 여전히 붉은 얼굴로 고개를 숙였다.

그러고 나서 문득 의아하다는 듯이 고개를 갸웃거렸다.

"그런데 라라 루 일행이 돌아오지 않네요. 아이 파와 단 루티무의 힘겨루기 결과가 나오면 알려주러 온다고 하지 않았나요?"

"아, 듣고 보니 그러네요."

시간적으로는 어느덧 약 15분이나 지났을 터였다.

가슴 속에 밀어 넣은 불안감이 다시 뭉게뭉게 부풀어 올랐다.

"음, 시합 하나가 이렇게 오래 걸린 적도 있었나요?"

"보통은 없어요. 그래서 이상하게 생각했고요."

광장 쪽에서는 여전히 사람들의 환성이 들려오고 있었다.

"그럼 분명히 돈다 루와 미다의 대결이 곧바로 시작돼서 라라 루 일행도 자리를 떠나지 못하고 있는 거 아닐까요?"

"아뇨, 여덟 명까지 용자가 갖추어진 후에는 시합마다 휴식을 끼워 넣거든요. ……아스타, 역시 상황을 보고 오는 편이 낫지 않을까요?"

"아니, 그래도——."

"내게 마음 써준 은혜를 갚고 싶어요. 어서 다녀오세요. ……그리고 나도 잠시 혼자 내 마음과 마주할 시간을 갖고 싶어요."

어쩌면 내 심정을 헤아리고 떠올린 방편일지도 모른다. 그렇지 않더라도 내 속의 불안감은 더 이상 억제할 수 없을 만큼 커지고 말았다.

"미안해요, 그럼 잠깐 상황만 보고 올게요."

말하자마자 나는 부엌을 뛰쳐나갔다.

상대는 단 루티무다. 파가를 벗이라 불러준 그 사람이라면 좋지 않은 사태로 발전할 가능성은 없을 것이다. 머리로는 그렇게 생각하는데 심장의 쿵쾅거림이 도무지 가라앉을 줄을 몰랐다.

혹시 어느 한쪽이 돌이킬 수 없는 부상을 입은 것은 아닐까?

혹은 악의를 가진 제삼자가 난입한 것은 아닐까?

그런 불안감을 품은 채 광장 쪽으로 걸어가자 내 기우를 일축하기라도 하듯 단 루티무의 호쾌한 웃음소리가 들렸다.

"아이 파여! 자네는 참으로 뛰어난 사냥꾼이구나! 나를 이렇게 애먹게 한 사람은 돈다 루를 빼면 자네가 처음이다!"

단 루티무가 광장 중앙에 서 있었다. 그러나 칠복신 같은 그 얼굴도, 반질반질한 대머리도, 빵빵하게 부풀어 오른 복통배도 폭포수처럼 쏟아지는 땀으로 흠뻑 젖어 있었다.

몇 미터를 끼고 대치한 아이 파도 마찬가지였다. 지 마무가 상대였을 때는 태연한 얼굴을 하고 있었는데 땀을 줄줄 흘리며 어깨를 격하게 오르내리고 있었다.

그럼 아이 파 일행은 15분간 힘겨루기를 계속하고 있었을 뿐인가.

"하지만 슬슬 끝내야겠다! 나도 이제 배가 많이 고프니까!"

단 루티무가 말이 끝나기가 무섭게 두 팔을 벌리고 아이 파에게 달려들었다.

그 날렵함에 나는 흠칫 놀랐다. 백 킬로그램이 넘어 보이는 거체인데도 아이 파와 다루무 루 못지않게 순발력이 대단했기 때문이다.

아이 파는 간신히 옆으로 뛰어 피했지만 단 루티무의 움직임은 멈추지 않았다.

벌린 팔 한쪽이 바람을 가르며 아이 파를 덮쳤다.

아이 파는 단 루티무의 옆구리를 차고 더 뒤쪽으로 점프했다.

그러나 그와 똑같은 속도로 방향을 전환한 단 루티무가 추격했다.

아이 파는 몸을 굽히고 지 마무를 쓰러뜨린 수면차기로 응수했다. 그러나 단 루티무는 훌쩍 점프하여 그 공격도 가뿐히 피하고 말았다.

아이 파는 냉큼 땅바닥을 두 손바닥으로 짚어 살쾡이처럼 날쌔게 물러섰다. 방금 전까지 아이 파의 머리가 있던 공간을 단 루티무가 손가락으로 쥐어 으스러뜨렸다.

환호성이 터져 나왔다. 지금까지 듣던 중 가장 큰 소리였다. 도저히 사람이라고는 믿기지 않는 싸움을 15분간이나 계속했다니, 나는 할 말을 잃고 말았다.

단 루티무는 역시 상상을 초월한 존재인 듯하다. 어떻게 저런 복통배로 아이 파와 똑같이 기민하게 움직일 수 있을까. 몸무게가 아이 파의 두 배는 나갈 텐데 너무 불합리하지 않은가.

게다가 단 루티무는 틈틈이 "크하하" 하고 우렁차게 웃었다. 재미있어 죽겠다는 듯 호탕하게 웃는 얼굴이었다.

한편 아이 파는 그야말로 죽을힘을 다하고 있었다. 거대한 큰 곰이나 롤런드고릴라에게 습격당하는 살쾡이 같은 모양새였다.

"아──" 하고 무의식적으로 내 입에서 목소리가 새어 나왔다.

"아이 파! 포기하지 마! 힘내!"

과연 목소리가 들릴지── 결심한 듯 아이 파가 단 루티무의 품을 향해 돌진했다.

하지만 단 루티무는 다루무 루처럼 피하려 하지도 않고 그 자리에 단단히 버티고 서서 돌진해오는 아이 파를 팔로 내리쳤다.

아이 파는 몸을 틀어 단 루티무의 오른쪽으로 돌아 들어가려 했다.

아이 파의 팔이 급기야 단 루티무의 손끝에 붙잡혔다.

그와 동시에 아이 파가 몸을 굽혀 단 루티무의 다리를 후려치려 했다.

단 루티무가 그대로 아이 파의 팔을 붙잡고 있었다면 뭔가 호쾌한 메치기 기술이 먹혔을지도 모른다. 하지만 단 루티무는 아무런 미련도 없이 아이 파의 팔을 놔주고 한쪽 다리를 훌쩍 띄워서 후려치기 공격도 피해버렸다.

헛다리를 짚은 아이 파는 균형을 잃고 비틀거렸다. 그 등을 향해 단 루티무가 다시 덤벼들었다.

"아이 파!"

아이 파는 한쪽 다리를 축으로 해서 재빨리 단 루티무 쪽으로 방향을 틀었다.

아이 파의 두 어깨에 단 루티무의 투박한 손가락이 날아들었다.

이제 틀렸다.

단 루티무의 돌진을 감당하지 못하고 아이 파의 몸이 뒤로 넘어간다.

그런데—— 뒤로 넘어가면서 아이 파가 오른손으로 단 루티무의 멱살을 움켜잡더니 바닥을 밟으려 한 오른발 끝을 왼발로 찼다.

단 루티무의 자세가 처음으로 크게 무너졌다.

하지만 이대로라면 아이 파도 같이 쓰러지는 데다 아이 파가 그 거체에 마주 본 채 짓눌릴 뿐이다. 그래서 아이 파는 단 루티무의 복통배에 오른쪽 무릎을 깊이 박으면서 그의 무게중심을 직접 땅바닥으로 향하게 했다.

멱살을 움켜쥐고 발을 차고 무게중심을 아래로 떨어뜨렸다. 그 동작들이 상호작용을 일으켰는지—— 단 루티무의 거체가 앞으로 고꾸라지며 붕 떴다.

이 기술은 유도에서 말하는 배대뒤치기(상대가 덤벼드는 힘을 역이용해 누우면서 상대의 배에 발을 대고 어깨 너머로 메치는 기술)다.

아이 파는 그 과정에서 왼손을 뒤로 해 바닥을 짚으려 했다.

아니, 내가 잘못 본 것일까. 결론부터 말하자면 아이 파는 왼손을 짚지 않고 그대로 왼쪽 무릎으로 단 루티무의 배를 찍어 올려서 멋지게 내던져 보였다.

단 루티무의 거체가 공중에 반원을 그리다 지축을 흔들며 떨어졌다.

사람들이 감격에 겨워 환호성을 폭발했다.

그러나 그 환호성은 라 루티무의 위엄 있는 목소리로 인해 딱 끊겼다.

"루티무가의 단 루티무의 승리다! 파가의 아이 파는 물러나라!"

이어서 사람들의 불평과 비난의 폭풍이 휘몰아쳤다.

머리는 대머리에, 흰 턱수염을 늘어뜨린 루티무의 장로가 독수리 같은 눈빛으로 사람들을 흘겨봤다.

"단 루티무의 몸이 땅에 닿기 전에 아이 파의 허리가 먼저 땅에 닿았다. 따라서 승리한 쪽은 단 루티무다!"

그래서 아이 파가 도중에 왼손을 짚으려 한 걸까.

그 아이 파는 바닥에 대자로 뻗은 채 숨을 헐떡이고 있었다. 내던져진 단 루티무도 겨우 2미터쯤 떨어진 곳에서 마찬가지로 숨을 헐떡였다.

구경꾼을 비집고 뛰어든 가즈란 루티무가 아버지를 향해 가는 모습을 확인한 뒤 나도 광장으로 들어갔다. 아직 불평스러운 울림이 섞인 환호성이 아닌 거친 소리에 응원을 받으며 나는 아이 파 곁으로 달려갔다.

"아이 파! 괜찮아?!"

"괜……찮……."

아이 파는 눈을 감고 입을 크게 벌린 채 쉰 목소리로 대답했다. 이렇게 기진맥진한 아이 파를 보는 것은 처음이었다.

"어깨를⋯⋯어깨를 빌려줘⋯⋯. 혼자서는 제대로 걷지 못할 것 같다⋯⋯."

"알겠어."

나는 아이 파의 오른팔을 들어 등을 받치면서 몸을 일으켰다. 불덩이처럼 뜨거운 아이 파의 몸이 힘없이 내게 기대었다.

"땀으로⋯⋯ 네 옷이 더러워질 텐데⋯⋯."

"신경 쓰지 마. 아이 파, 넌 지금 그럴 때가 아니잖아."

그때 아들의 우람한 팔에 몸을 일으킨 단 루티무가 기운 빠진 얼굴로 웃기 시작했다.

"영락없이 내 패배인 줄 알았다! 아이 파, 어째서 왼손으로 몸을 지탱하지 않은 거냐? 그렇게 했으면 승리는 자네 것이었을 텐데!"

"⋯⋯왼팔은 상처가 아문 지 얼마 되지 않아서 단 루티무의 거체를 지탱할 자신이 없었다. 그랬다가 다시 탈골되기라도 하면 사냥꾼의 일을 다하지 못하게 된다."

"그런 거였군! 납득이 되었다!"

단 루티무가 가즈란 루티무를 잡아끌다시피 하여 우리 쪽으로 걸어왔다. 만면에 웃음을 띤 땀투성이 얼굴을 아이 파에게 쑥 들이밀었다.

"자네는 정말 훌륭한 사냥꾼이다! 단순히 우수한 능력을 갖고 있을 뿐 아니라, 사냥꾼에게 무엇이 가장 중요한지 제대로 알고 있다! 자네처럼 훌륭한 사냥꾼을 벗 삼을 수 있어서 나는 진심으로 기쁘게 생각한다, 아이 파여!"

"과분한 말, 황송하다. ……그럼."

그 말과 동시에 나는 다리를 걸어차였다.

어서 물러나자는 뜻이다. 더없이 즐겁게 웃는 단 루티무와 수줍은 듯 미소 짓는 가즈란 루티무에게 머리를 숙이고 나서 나는 싸움을 마친 가장과 함께 자리에서 물러났다.

아낌없는 박수와 갈채가 아이 파를 축복해주고 있었다. 우리 가장님은 정말 엄청나구나 싶어 나는 그만 쓴웃음을 지었다.

"……뭐지? 꼴사납게 패배한 나를 비웃는 건가, 아스타?"

"어?"

놀라서 쳐다보자 아이 파가 내 어깨에 축 늘어진 채 입술을 뾰족 내밀고 있었다.

"어디가 꼴사납다는 거야? 저 단 루티무와 그렇게까지 대결할 수 있는 사냥꾼은 루의 친족에도 거의 없지 않아?"

"……그렇지만 패배는 패배다."

"으음, 이기면 자랑스럽지만 져도 창피한 게 아니라고, 라라 루가 말하지 않았나? 네가 속상해할 만한 싸움이 전혀 아니었다고."

"그럴 리가 있겠어? 거의 다 되었는데 졌으니 속상한 게 당연하다."

가장은 귀엽게 입술을 내민 채 달콤한 향기가 감도는 금갈색 머리로 내 뺨을 꾹꾹 누르며 나를 탓했다.

"오래 기다리셨습니다. 이쪽이 제가 준비한 오늘의 요리예요."

해가 서쪽 숲에 걸렸을 무렵 광장을 빙 둘러싼 횃불 빛을 받으며 투기회 우승자는 축복의 만찬을 받게 되었다.

당연하다고 해야 할지 결국 우승자는 돈다 루였다.

나는 돈다 루가 시합하는 모습을 한 번도 보지 못했다. 돈다 루는 미다와 싸운 준결승전에서 체격이 더 뛰어난 상대의 돌진을 정면에서 받아 내던지는 관록의 차이를 보여주었다. 단 루티무와의 결승전에서도 여력이 없는 상대와 장기전을 벌이지 않고, 무시무시한 완력으로 단 루티무의 팔을 비틀어 엎어눌렀다고 한다.

그 우승자는 나무를 짜서 만든 작은 누각 위에 평소대로 한쪽 무릎을 세우고 앉아 있었다. 텁수룩하게 흐트러진 흑갈색 머리에는 풀로 엮어 만든 초관(草冠)을 쓰고 있다. 최고 장로인 지바 할머니가 씌워준 축복의 초관이다.

무뚝뚝한 얼굴이며 위압감은 여느 때와 다름없었다. 그러나 가즈란 루티무, 미다, 단 루티무 같은 호걸들을 상대로 삼연승을 장식한 직후인 까닭에 우락부락한 얼굴에 땀방울을 흘리고 어깨와 가슴을 살짝 벌렁거리면서 돈다 루는 내가 올린 나무 접시로 시선을 떨구었다.

루의 촌락에 있던 것 중 가장 커다란 나무 접시를 골라 오늘의 요리를 그득히 담아냈다. 따끈따끈하게 데워진 아리아와 찻치가 접시 한가득 깔려 있고, 한가운데에 당당히 자리 잡은 것은 무게 1킬로그램의 고깃덩어리 『로스트 기바』다.

"……얼마나 진기함을 자랑하나 했더니 의외로 제대로 된 식사로군. 적어도 겉보기에는."

"네, 돈다 루의 입맛에 맞았으면 좋겠어요."

『로스트 기바』는 슬라이스보다는 뭉텅뭉텅 썰었다는 말이 어울릴 만큼 두툼하게 썰어서 그 위에 특제 소스를 뿌려놓았다. 소스는 타우유와 과실주를 베이스로 해서 다진 아리아와 먀무, 돌소금과 피코잎, 거기에 구운 기바 고기에서 떨어진 투명한 황색 육즙을 배합한, 현시점에서 내가 최고로 잘 만든 것이다.

"괜찮으시면 따뜻할 때 드세요. 식어도 맛있는 것이 이 요리의 특징이긴 한데, 숲가의 백성은 따뜻한 요리를 좋아하잖아요."

돈다 루가 "흥" 하고 콧방귀를 뀐 다음 자리에서 일어났다.

누각 주위에서 70명의 친족이 연회가 시작되기를 기다리고 있었다.

"그럼 수확의 연회를 개시한다! 루의 친족이여, 숲에 감사의 뜻을 올리고 그 은혜를 내 피와 살로 하라!"

사람들이 "오오!" 하는 용맹스러운 환호성으로 응답하며 쇠꼬챙이와 과실주 호리병을 손에 들었다.

그것을 확인한 돈다 루가 자리에 털썩 앉더니 나무 접시로 아무렇게나 손을 뻗었다. 그가 『로스트 기바』한 덩이를 쇠꼬챙이로 푹 찔러 돌이라도 씹어 먹을 듯이 튼튼하고 하얀 이로 뜯어 먹었다.

스테이크보다는 질기지 않다. 그렇다고 너무 연하지도 않다. 그렇게 하기 위해 등심이 아닌 뒷다리 살을 선택했다.

기바 고기는 로스트비프와는 달리 속까지 확실히 익혀야 하는데, 고기가 퍼석퍼석해지기 직전에 건져 올린 덕분에 분홍빛으로 익은 고기에 육즙이 좔좔 흐르고 감칠맛이 응축되었다. 그리고 기름기가 알맞게 빠져 부드럽고 탱탱한 비계와, 나중에 다시 노릇노릇하게 구운 껍질이 식감과 맛을 더 풍부하게 해주었다.

제법 잘 만들어진 소스도 일부러 듬뿍 뿌리지 않고, 기본적으로는 소재 고유의 맛을 살리려 노력했다. 곱게 간 돌소금, 피코 잎, 군데군데 끼워 넣은 마무, 그런 간단한 밑간만으로 충분하기 때문이다. 일단 식히면 맛이 제대로 스며들어서 기가 막히게 맛있지만, 갓 구웠을 때 먹는 것도 그에 못지않게 훌륭하다.

내가 숲가에 온 지 거의 60일이 지났다. 극히 빠른 단계에 익힌 기술과 최근 익힌 기술을 총동원하여 만들어낸 요리다. 과연 맛이 어떨까. 뭐, 돈다 루의 입에서 '맛있다'라는 말을 기대하지는 않지만──.

"……맛있다."

"네?"

나는 소스라치게 놀라 고개를 들었다.

그러나 돈다 루는 여전히 무뚝뚝한 표정으로 『로스트 기바』를 두 덩이째 거칠게 씹어 먹기만 할 뿐 내게는 눈길조차 주지 않았다.

그러고는 의심스러운 눈초리로 발밑을 쳐다봤다. 그곳에는 루가의 여자들이 만든 채소가 듬뿍 들어간 기바 수프와 구운 포이탄, 그리고 내장 요리가 담긴 나무 접시가 차려져 있었다.

"어이, 이 고기는 뭐지? 처음 보는 모양의 고기가 섞여 있는데, 설마 기바가 아닌 다른 고기를 사용한 건 아니겠지?"

"아, 그건 기바의 내장 요리예요. 어제 처음 해본 요리인데요, 제법 재미있는 맛이 나더라고요."

기바의 염통, 간, 신장을 구운 요리와 뭉텅뭉텅 썬 곱창이다.

"아이 파는 이 심장을 마음에 들어 하던데요. 이건 냄새도 제일 안 나고 식감도 일반 고기와 비슷해요."

"……기바의 심장이라."

돈다 루가 다시 쇠꼬챙이로 염통구이를 찔러 입에 넣었다. 퍼렇게 타오르는 눈빛이 눈꺼풀에 가려지고 그 이가 고기를 천천히 음미한다.

이윽고 기바 염통을 삼키자 돈다 루가 가슴에 늘어뜨린 목걸이 중 하나를 빼서 내게 내밀었다.

"수고했다. 이건 대가다."

"네? 대가요?"

그러고 보니 대가 이야기를 전혀 하지 않았다.

가장 회의나 그 후에 일어난 사건으로 루가에 신세만 졌기 때문에 나로서는 은혜를 갚는 셈 치고 이번 요리에 임한 것이었다.

"고맙습니다. 그런데 대가가 좀 비싸지 않나요?"

목걸이에는 약 스무 개의 엄니와 뿔이 걸려 있었다. 기바 다섯 마리분, 적동화 60닢 정도의 가치가 있는 엄니와 뿔이다.

"……네놈의 솜씨가 그리 값싼가?"

돈다 루가 내 가슴에 목걸이를 내던지더니 본격적으로 『로스트 기바』를 먹기 시작했다.

그러고는 짜증이 난다는 듯이 나를 노려봤다.

"네놈은 언제까지 거기 서서 내가 먹는 모습을 쳐다보고 있을 셈인가? 일이 끝났으면 냉큼 네 배나 채워라."

"아, 네. 그럼 실례하겠습니다."

나는 걷잡을 수 없는 고양감과 만족감을 가슴에 품고 누각에서 내려왔다.

그 순간 사냥개처럼 뛰쳐나온 사람이 내 멱살을 붙잡았다.

"이봐, 아스타! 이게 대체 어떻게 된 일이지?!"

"까, 깜짝 놀랐잖아. 안색까지 바꾸고, 무슨 일이야?"

금갈색 머리 때문에 순간 아이 파인 줄 알았지만, 그는 레이가의 젊은 가장 라우 레이였다. 형형히 타오르는 물빛 눈동자로 바로 코앞에서 나를 쏘아보고 있었다.

"무슨 일이긴! 네가 만든 요리를 먹었다고!"

"아, 그래? 그런데 왜 그렇게 화난 얼굴을 하고 있어? 입에 안 맞았어?"

"그럴 리가 있나! 너무 맛있어서 놀랐다고! 너, 가장 회의 때는 음식을 대충대충 한 거였어?"

당최 무슨 말인지 알아들을 수가 없었다.

하지만 뭐, 너무 맛있어서 이성을 잃은 사람이 그동안 한두 명이 아니었으니 납득하기로 했다.

"그 점은 나도 신경이 쓰였다. 아스타여, 자네는 가장 회의 저녁 식사에서는 실력을 감추었던 것인가? 아니면 겨우 반달 만에 실력을 향상시킨 건가?"

이제 횃불에만 의지해야 할 만큼 어스레해지는 가운데 저쪽에서 몸집이 큰 사람 형체가 다가왔다. 윤곽이 뚜렷한 사각형 얼굴에 온화한 생김새. 젊은이답지 않은 풍채와 풍격, 이상적이라고 할 만큼 잘 단련된 거구── 오랜만에 보는 그는 세 족장 중한 명, 다리 사우티였다.

"아, 다리 사우티. 부상은 다 나았나 보군요."

"음." 다리 사우티가 억양 없이 고개를 끄덕였다.

아이 파는 지난번 토토스 일로 그를 만났지만, 내가 그와 마주하는 것은 자츠 슨 일행이 소동을 일으킨 전날 이후 처음이었다. 아이 파에게 듣던 대로 몸은 완전히 회복한 듯했다.

게다가 마지막에 역참 마을에서 만났을 때는 카무아 요슈와회담을 한 직후였기 때문에 화가 난 모습이었지만, 오늘 밤 그는 느긋하고 대범한 원래 성격을 되찾아 여유롭게 웃고 있었다.

"그때는 폐를 끼치고 말았지. 자네도 무사해 보여 다행이군.

……그런데 나와 레이 가장의 의문에 대답해줄 용의가 있는가? 자네가 실력을 감추었다고 해서 우리가 분개할 이유는 없지만, 궁금해서 견딜 수가 있어야 말이지."

"네에. 제가 실력을 감추었다, 이 말인가요……?"

요리 실력이 향상되었다는 말은 불과 며칠 전에 루 본가 사람들에게 들었다. 하지만 라우 레이가 흐트러진 모습을 보고 있자니 아무래도 그것과는 다른 뉘앙스로 느껴졌다.

"뭘 그렇게 투덜대는 거야? 아스타의 요리가 많은 것도 아니고, 멍하니 있다가는 전부 없어진다고."

큰 나무 접시를 들고 있는 루도 루가 그 위에 담긴 뒷다리 살 스테이크를 집어 먹으며 다가왔다. 3킬로그램의 가죽이 붙은 고기로 요리해서 두껍게 썬 스테이크였다. 찜구이 한 아리아와 찻치도 이제 4분의 1 정도 남아 있었다.

"내 몫은 남겨둬! 아직 간에 기별도 안 갔다고! ……아스타, 말해봐. 넌 그 요리 실력을 가장들에게 선보이기 위해 가장 회의의 아궁이 당번을 받아들인 거 아니었나? 그런데 왜 힘을 아꼈지?"

"생각지도 못한 말인데. 내가 요리를 대충하다니, 절대 있을 수 없는 일이야."

"그럼 불과 반달 만에 실력을 향상했다는 말이야? 그런데 난 가즈란 루티무의 혼례식 연회 때도 네 요리를 먹었다고! 그 연회부터 가장 회의까지는 20일이나 시간이 있었는데, 그리 큰 차이는 느끼지 못했거든?"

　라우 레이도 분개하고 있다기보다는 그저 영문을 몰라서 혼란스러워하고 있다는 인상이었다. 하지만 그 이상 영문을 모르겠는 사람은 나였다.

　그런 우리의 혼란과 의문은 루도 루로 인해 깨끗이 해명되었다.

　"뭐야, 아스타의 요리가 너무 맛있어서 놀란 거야? 딱히 놀랄 일도 아니잖아, 레우 레이."

　"어째서? 루도 루, 넌 그 이유를 안다는 건가?"

　"당연하지. 가장 회의 때 나온 요리는 아스타가 만든 게 아니잖아. 나는 신 루하고 육포만 씹어 먹었지 그 요리에는 입도 대지 못했다고."

　무슨 말인지 바로 알아들을 수가 없었다.

　하지만 그 말을 이내 납득하게 되었다.

　"아아── 그런 거였구나."

　"그래. 그날은 슨가의 여자들한테 요리하는 법을 가르치는 게 목적이었잖아. 그래서 아스타 일행은 가급적 손을 대지 않겠다고 말했다고. 만드는 법이 똑같아도 아스타가 한 것처럼 맛있는 요리를 만들 수 있을 리 없잖아."

　그런데도 피 빼기를 하지 않은 기바 고기를 굽거나 삶기만 해서 먹어온 사람들에게는 충격적인 맛이었던 것이다. 구운 포이탄 역시 마찬가지다.

　그때 선택한 메뉴인 『먀무구이』는 누가 만들었느냐에 따라 그리 큰 차이가 나지 않는 요리다. 하지만 굽기의 정도나 양념을 묻히는 방식에 따라 고기의 질김 정도나 완성도에는 차이가 난다. 지도 역할을 한 나와 여자들도 '고기가 타지 않도록', '설익지 않도록'과 같이 손쉬운 선에서 슨가 여자들을 가르친 것이다.

하지만 맛에 대해서만큼은 무지렁이에 가까운 라우 레이와 다리 사우티가 그 정도 차이를 알아보고 이상하게 여기거나 놀라워했다는 것은 영광으로 생각해야 할 것 같았다.

"그런데 나는 역참 마을에서도 아스타가 만든 포장마차 요리를 먹은 적이 있어. 그때도 이렇게 맛있다고는 느끼지 못했는데?"

계속 물고 늘어지는 라우 레이에게 이번에는 내가 설명해줬다.

"그때는 많은 인원의 패티를 준비하지 못해서 사람들한테 『먀무구이』를 먹였는데, 양념을 역참 마을 사람 입맛에 맞게 조금 진하게 한 거였거든. 슾가의 백성에게는 이상적인 양념이 아니었을 거야."

"그래, 맞아. 루티무의 축하연 때도 루의 여자들이 도와줬잖아. 아스타가 누구의 도움도 받지 않고 숲가의 백성을 위해서만 만든 요리를 먹은 건 라우 레이는 오늘이 처음이라는 거지."

루도 루는 말하면서 찻치를 입 속에 집어넣었다.

"아, 맛있다! 고기도 맛있는데 이 찻치도 최고라니까! 내가 찻치를 좋아하거든!"

방심해서 여자아이처럼 귀엽게 웃고 있는 루도 루였다.

한 건 해결되었나 싶어 안도하고 있는데 옆에서 라우 레이의 팔을 잡아당기는 사람이 나타났다.

"어이, 왜 아스타에게 무례하게 구는 거지? 합당한 이유가 없으면 내가 상대하겠다, 라우가의 가장이여."

이번에야말로 진짜 아이 파였다.

라우 레이는 더 못마땅한 표정을 지으면서도 그제야 내 멱살을 놔주었다.

"딱히 말다툼을 한 건 아니다. 그렇게 쌍심지 켜고 보지 마. ……아니면 나와 한 번 더 힘겨루기를 해볼 텐가, 아이 파?"

"몇 번을 해도 결과는 변하지 않는다."

아이 파는 화난 목소리로 차갑게 대꾸하고 라우 레이의 팔을 확 팽개쳤다.

라우 레이가 어린아이처럼 코 밑을 쓱 훔쳤다.

"아스타와 아이 파, 너희 좀 비겁한데! 가족이 단둘인데, 한 명은 최고의 아궁이 당번이고 다른 한 명은 단 루티무를 궁지에 몰아넣은 사냥꾼이라니, 납득이 안 된다고!"

"네 심정 따위 내 알 바 아니다."

아이 파가 거만하게 팔짱을 끼더니 라우 레이를 곁눈질로 노려봤다. 그러자 입을 꾹 다물고 있던 다리 사우티가 나직하게 웃기 시작했다.

"이 불온한 시기에 수확의 연회라니, 돈다 루는 의외로 태평한 남자로군. 한데 적어도 내게는 뜻 있는 하루였다. ……모처럼 토토스라는 편리한 수단도 생겼으니 그라프 자자도 오도록 했어야 했나."

"네? 그라프 자자가 왜요?"

"루가의 힘은 역시 대단하더군. 사냥꾼들의 힘도 놀라웠지만 그 이상으로 루의 친족 모두에게서 힘이 넘치는 것처럼 느껴졌다."

다리 사우티는 주위를 훑어봤다.

횃불과 간이식 아궁이 불빛을 받은 사람들이 밝게 웃고 있었다. 루티무의 축하연 때도 엿보였던 참으로 즐거운 연회의 모습이다.

사람들은 사랑하는 가족들, 친족들과 함께 맛있는 음식을 먹으며 과실주를 들이켰다. 확실히 다른 세계에서 태어난 내게는 정신이 아득해질 만큼 힘과 열기로 가득한 정경이기도 했지만——이것이 숲가의 일반적인 모습이 아니란 말일까?

"루에 버금가는 힘을 지닌 것은 북쪽 일족인 자자일 터. 그다음은 분명히 우리 남쪽 일족이다. 한데 고작 이런 소규모 수확의 연회에서 우리가 이렇게까지 행복한 얼굴을 보일 것은 없다고 생각한다. 기바 고기와 마을에서 얻은 채소는 우리가 살기 위한 양식이지만, 그것은 어디까지나 공기나 물 같은 것일 뿐, 행복감이나 기쁨을 얻을 수 있는 존재가 아니었지."

"네에⋯⋯."

"식사란 살아가기 위한 기쁨이다. 그 기쁨이 크면 살아가려 하는 힘도 자연히 커진다. 그렇게 말한 사람이 자네라지, 아스타여? 돈다 루가 그렇게 말하더군."

"도, 돈다 루가 그렇게 말했다고요?"

"그래. 오늘 하루 나는 루가가 얼마나 강한지 깨달았지. 그와 동시에 파가의 강력함도 깨닫게 되었다."

다리 사우티는 그 각진 얼굴에 넉살 좋은 미소를 띠었다.

"성 녀석들과 회담이 사흘 후다. 그 녀석들을 상대하기 위해 숲가의 백성은 지금껏 얻은 힘 중 가장 큰 힘을 얻고 또 그 힘을 합쳐야 할 터. 아스타와 아이 파, 앞으로도 파가가 숲가의 백성으로서 동포를 위해 온 힘을 다해주길 진심으로 바란다."

"아, 네."

"숲가의 백성으로서 그건 당연한 일이다."

다리 사우티는 나와 아이 파의 대답에 고개를 끄덕이고 발길을 돌렸다.

"이제 루의 여자들이 정성껏 만든 음식으로 배를 채워야겠군. 그럼 무탈하길 바라네."

다리 사우티가 떠나자 그와 교대하듯 새로운 사람 그림자가 다가왔다. 이번에는 여러 명이다. 라라 루와 신 루, 그리고 미다였다.

"겨우 찾았네! 루도, 아스타의 요리를 마음대로 가져가면 어떻게 해! 찾으러 돌아다녔잖아!"

제일 앞에서 걷고 있던 라라 루가 오빠에게 달려들어 왼쪽 귀를 아프도록 꼬집었다. 용자의 칭호를 얻은 루도 루라 할지라도 큰 나무 접시를 든 상태로는 공격을 피할 수가 없었다.

"아프단 말이야, 이 바보야! 그대로 놔두었으면 거기 그 엄청나게 큰 물체가 몽땅 먹어치웠을 거 아냐!"

"너도 미다 못지않게 식탐 부리고 있잖아! 됐고, 빨리 넘겨!"

귀청이 떨어지도록 싸우는 남매를 미다가 새끼 돼지처럼 작은 눈으로 가만히 쳐다보고 있었다.

"……몽땅 먹어치우지 않을 테니 미다도 아스타의 요리를 먹게 해줄래……?"

미다는 예전처럼 난리를 부리기는커녕 약간 풀이 죽은 모습으로 볼살을 떨며 중얼거렸다.

"알겠어. 남은 건 이게 전부니까 아껴 먹어야 한다?"

"응…… 아껴 먹을게……."

"쳇. ……야, 미다. 다음에 붙으면 절대로 안 질 거다. 너도 나 말고 다른 사람한테 지면 안 된다?"

"……응……?"

참으로 훈훈한 분위기였다.

루티무의 혼례식 연회 때는 내내 부엌에만 있느라 이렇게 사람들과 기쁨을 나눌 수가 없었다. 내가 만든 요리는 이 나무 접시에 담긴 것뿐이지만, 사람들은 모두 미아 레이 아주머니와 레이나 루 일행이 만든 요리를 먹으며 행복하게 웃고 있다. 평소에는 검소하게 살아가는 숲가의 백성에게 몇 달에 한 번 찾아오는 잔치의 한때인 것이다.

조금 떨어진 곳에서는 지바 할머니가 털가죽 깔개 위에 앉아 수많은 친족에 둘러싸여 있다. 양손에 갈비를 쥐고 바보처럼 웃는 커다란 그림자는 단 루티무가 틀림없다. 그 발밑에서 똑같은 자세를 취하고 있는 사람은 어쩌면 리미 루일지도 모른다. 더 멀리 떨어진 곳에서는 두 개의 키 큰 그림자가 과실주 호리병을 손에 들고 대화를 하고 있다. 아마 지자 루와 가즈란 루티무일 것이다.

각자 나름대로 연회를 즐기고 있다. 남자와 여자도, 인원은 적지만 노인과 아이들도── 70명에 달하는 루의 친족들이 얼굴이 달아오르도록 고기를 뜯어 먹고 과실주에 취하며 숲가의 삶을 마음껏 즐기고 있다.

다리 사우티의 말대로 성 사람들과의 회담이 사흘 앞으로 다가왔다. 분명히 그런 시기이기 때문에 돈다 루는 일부러 수확의 연회를 감행했을 것이다. 이 생활을, 이 행복을 지키고 싶다는 마음을 다시금 확인하기 위해.

"아스타, 뭐 좀 먹었나?"

아이 파가 눈을 반쯤 뜨고 나를 노려봤다.

"아니, 조리 중에 집어 먹기는 했는데."

"역시! 그런 점은 전혀 성장하지 않았군. 도대체 너는──."

아이 파의 목소리가 루도 루의 즐거운 목소리에 잘렸다.

"아, 이제야 일어났구나, 다루무 형. 자, 이거 아스타가 만든 요리야."

나와 아이 파는 순간 눈빛을 교환한 뒤 루도 루 쪽을 돌아봤다. 다루무 루가 동생의 작은 몸을 손등으로 가볍게 밀어젖히며 우리 앞에 섰다.

"파가의 아궁이 당번, 네놈에게 할 이야기가 있다."

아버지를 쏙 빼닮은 강한 눈빛이 나를 찌를 듯이 노려봤다.

곧바로 아이 파가 입을 열었지만 다루무 루가 선수 치듯 이어서 말했다.

"파가의 가장과는 이야기가 끝났다. 이제 네놈과 이야기할 차례다, 아궁이 당번── 아니, 파가의 아스타여. 누구에게도 방해받지 않고 너와 대화를 나누고 싶은데."

"루의 차남이여, 아스타에게 해를 끼치지 않겠다고 맹세할 수 있나?"

그런데도 아이 파가 날카로운 목소리로 끼어들자, 다루무 루는 낮은 목소리로 "맹세하지" 하고 대답했다.

"약정을 어기면 팔이든 다리든 내주지. 루 본가의 차남으로서, 숲가의 사냥꾼으로서 다루무 루는 파가의 아스타에게 해를 끼치지 않겠다고 여기서 맹세한다. 증인은 지금 이 말을 듣고 있는 사람 전부다."

"잠깐만! 다루무 오빠, 갑자기 무슨 말을 하는 거야!"

라라 루가 화를 내며 말했다. 루도 루는 수상쩍은 듯이 눈살을 찌푸리고, 신 루는 무표정이다. 미다는 여전하고, 그리고 라우 레이는──라우 레이는 사냥개 같은 눈빛으로 다루무 루의 옆얼굴을 쏘아보고 있었다.

"너희 사이에 불화라도 있었나? 뭐, 됐다. 어쨌든 맹세의 말을 이 귀로 똑똑히 들었으니. 네가 약정을 어기면 내가 네 두 팔을 부러뜨려주지, 다루무 루여."

"멋대로 해." 다루무 루가 나직하게 내뱉었다.

아이 파가 입술을 꽉 깨물고 나를 봤다. 나는 고개를 끄덕이고 나서 다루무 루의 장신을 올려다봤다.

"알겠습니다. 어디서 이야기할까요?"

"어디든 좋다. 방해받지만 않으면."

철저히 무표정한 다루무 루와 함께 광장 밖으로 걸음을 옮겼다. 이윽고 도착한 곳은 집과 집 사이의 어둑한 곳이었다.

사람들의 떠들썩한 소리도, 횃불의 불빛도 멀었다. 다루무 루는 그 어둠에 누군가 숨어 있지는 않은지 살피듯이 보고 나서 다시 나를 향해 돌아섰다.

"파가의 아스타여. 나와 아이 파가 힘겨루기를 하기 전에 맺은 약정의 말을 네놈도 들었겠지?"

"네, 들었어요."

"나는 아이 파에게 졌다. 나는 이미 그 녀석을 말릴 자격이 없다. ……이제 그 녀석을 말릴 수 있는 사람은 분명히 네놈뿐이겠지."

"아이 파를 말린다고요?"

무표정인 채 다루무 루의 두 눈이 퍼렇게 타올랐다.

라우 레이가 사냥개라면 이쪽은 야생 늑대를 연상케 하는 눈

251

빛이었다.

"나는 말재주가 없다. 따라서 생각하는 바를 그대로 이야기하지. ……네놈에게는 아이 파를 말려야겠다는 마음이 없나? 그 녀석이 숲에서 죽더라도 태평하게 살아갈 수 있느냔 말이다, 아스타."

"그건── 아이 파가 사냥꾼의 일을 그만두도록 해야 한다는 뜻인가요?"

"당연하다. 그것 말고 또 무슨 뜻이 있지?"

그것은 너무나── 뜻밖이라고 하면 지나치게 뜻밖인 말이었다.

"자, 잠깐만요. 다루무 루도 사냥꾼으로서 위험한 일을 맡고 있는 몸이잖아요. 그런 당신이 사냥꾼의 일을 부정하는 거예요?"

"그 녀석은 여자다. 사냥꾼이 되도록 태어난 남자와는 사정이 다르지. 당연한 것을 일일이 말하게 하지 마라."

"그런데 아이 파는 사냥꾼으로 사는 삶에 긍지를 갖고 있어요. 우연히 여자로 태어났을 뿐 아이 파에게는 다루무 루를 포함해 남자들과 똑같이 사냥꾼의 영혼이──."

"그건 아무래도 상관없다. 나는 네놈의 심정을 묻고 있는 거다, 아스타여."

자그락, 땅을 밟는 소리를 내며 다루무 루가 한 걸음 다가왔다.

뒷걸음질할 의미는 없을 것이다. 다루무 루에게 나를 해칠 마음이 있었다면 처음부터 도망칠 수 없는 거리였다.

"네놈은 그런 운명을 견딜 수 있나? 그 녀석이 당장 내일 숲에서 죽을지도 모르는데? 그런데도 녀석은 사냥꾼이니 어쩔 수 없다고 납득하는 건가?"

"그건── 하지만…… 모든 사냥꾼이 젊은 나이에 숲에서 죽는 건 아니잖아요. 아이 파가 여자인 건 맞지만 뛰어난 힘을 가진 사냥꾼이니──."

"위하는 척 그만해. 아무리 훌륭한 사냥꾼이라도 그저 훌륭하기만 해서는 오래 살지 못한다. 실제로 녀석은 얼마 전에도 중상을 입지 않았나. 돌아오는 길에 기바를 맞닥뜨렸으면 녀석은 죽었다."

이글이글 격렬히 타오르는 눈빛이 점점 다가왔다.

내게는 그 눈빛이 분노와 원통함의 불꽃으로 느껴졌다.

"게다가 녀석은 위험한 『제물 사냥』에 손을 댔지. 그런 짓을 해서 언제까지 무사할 수 있을지. 아스타여, 대답해라. 네놈은 아이 파가 내일 숲에서 죽어도 상관없나? 네놈에게 아이 파란 어차피 그 정도 존재에 불과한가?"

"내게 아이 파는 누구보다 소중한 존재예요! 하지만 나는──아이 파가 살아가는 방식을 부정하고 싶지 않다고요."

"그 때문에 아이 파를 잃게 돼도 상관없다는 건가? 나는──나는 싫다!"

급기야 다루무 루의 목소리도 자제심을 잃었다.

오른쪽 뺨에 새겨진 흉터가 새빨갛게 도드라져 보였다.

"나는 아이 파를 잃고 싶지 않다! 그런 운명을 나는 견딜 수가 없어! 그래서 나는 아이 파가 여자로 살길 바란 거다! 하지만 나는──나는 이제 아이 파를 막을 수 없다는 것을 깨달았지."

"그건⋯⋯."

"가장 회의 날 밤에도 나는 아이 파를 지키지 못했어. 그리고 오늘도 나는 아이 파에게 지고 말았지. 나는 이제 참견할 자격도 없고── 아이 파를 지켜낼 힘도 없다. 나는 이제 틀렸단 말이다!"

그러고는 다루무 루가 내 멱살을 움켜쥐었다.

라우 레이보다 강한 힘으로── 원통함에 떨리는 손끝으로.

"네놈은 아이 파를 말릴 생각이 없나? 단 한 명뿐인 가족이면서── 그 아이 파에게 가족으로 인정받은 사람이면서, 네놈은 아이 파를 지켜야겠다는 마음이 없는 건가?"

"나도 지키고 싶다고요! 하지만──."

이 마음을 어떻게 설명해야 좋을까.

아이 파가 죽지 않았으면 좋겠다. 그건 너무나 당연한 대전제다.

하지만 그런데도 내가 아이 파의 삶의 태도를 부정하고 싶지 않은 까닭은──.

"──나는 아이 파의 마음과 생각과 존엄도 지키고 싶어요. 사냥꾼으로 살아가길 바라는 아이 파의 그 마음 자체를 지켜주고 싶은 거예요."

틀렸다.

말로 하면 뭔가 소중한 부분이 달아나고 만다.

이런 말로는 나 자신이 납득하지 못한다.

따라서 다루무 루 역시 전혀 납득하지 못한 듯 내 멱살을 더 세게 틀어쥐었다.

"아이 파를 잃더라도 네놈은 견딜 수 있나?"

"견디지 못할지도 몰라요. 그때는 평생 후회할지도 모르죠. 하지만 아이 파의 마음을 우선한다면 그걸 각오한 상태에서 함께할 수밖에 없다고 생각했어요."

그것이 잘못된 생각일까.

루가의 여자들은 나와는 비교도 되지 않을 만큼 엄청난 각오를 하고 남자들을 숲으로 보내는 것처럼 보였다. 누구보다 깊이 가족을 걱정하면서, 그런데도 언제 가족을 잃어도 이상하지 않은 가혹한 운명을 받아들이고 그저 가족을 믿고 무사하기를 비는 것처럼 보였다.

내가 부족한 것은 그 각오의 양이라고 생각했다. 그래서 나도 그녀들처럼 가족을── 아이 파를 믿어야 한다고 생각했다. 그것이 애초에 잘못되었다는 걸까?

"……네놈에게는 힘이 있다. 얼마 되지 않은 기간 동안 네놈은 그걸 증명했지. 네놈이 마을에서 동전을 벌면 아이 파에게 사냥꾼의 일을 시키지 않아도 되는 것 아닌가?"

으드득거리는 이 사이로 다루무 루가 목소리를 쥐어짜냈다.

동굴처럼 낮게 울리는 목소리였다.

다루무 루가 아이 파의 몸을 걱정하는 마음이 이렇게 간절하다니, 나는 뒤통수를 한 대 맞은 것 같았다.

그래서 내가 흔들리는 걸까. 아이 파에게 걸맞은 사람은——아이 파를 가혹한 운명에서 구해낼 수 있는 사람은 내가 아니라 이런 사람이 아닐까, 하고——.

'나는…….'

나는 말없이 다루무 루의 일그러진 얼굴을 쳐다보고만 있었다.

얼마나 시간이 흘렀을까. 이윽고 다루무 루가 내 멱살을 놔주더니 지칠 대로 지친 모습으로 고개를 돌렸다.

"……아이 파가 숲에서 죽는 날에는 내가 네놈의 목숨을 끊어주지. 이 몸이 죽더라도, 반드시 말이다."

다루무 루는 마지막으로 그 말을 내뱉고 가버렸다.

그런데도 나는 그 자리에서 한 발자국도 움직일 수가 없었다.

다루무 루가 어둠에서 나간 순간 나무 접시를 든 홀쭉한 사람 그림자가 그쪽으로 달려가는 것처럼 보였지만—— 잘못 봤을지도 모른다. 어쩐지 모든 감각이 텅 빈 것 같은 느낌이 들었다.

겨우 몇 미터 걸어가면 빛이 넘치는 따뜻한 세계가 있다. 그곳에는 오렌지색 불꽃과 사람들의 떠들썩함, 축하연의 열기와 흥분이 힘차게 소용돌이치고 있다.

하지만 그 자리로 돌아갈 자격이 과연 내게 있을까. 이제 나도 잘 모르겠다.

'나는…… 아이 파의 강인함에 기대었던 것뿐일까?'

아이 파는 사냥꾼으로서 탁월한 힘을 갖고 있다. 더구나 헛되이 생명을 잃거나 하지는 않겠다고 아이 파는 늘 주장했다. 오래 살아서 한 마리라도 더 많은 기바를 사냥하는 것이 사냥꾼의 올바른 길이라면서. 그런 아이 파의 말을 굳게 믿은 나머지 내가 그녀에게 기대었던 걸까.

아이 파가 죽을 리가 없다고.

그런 불합리한 운명이 아이 파에게 찾아올 리 없다고.

알지 못했다.

알지 못했지만, 하지만 나는——.

"……아스타, 언제까지 거기 있을 셈이지?"

나는 소스라치게 놀라 뒤로 돌았다.

그 목소리를 내가 잘못 들릴 리 없다. 오렌지색으로 뿌옇게 보이는 연회의 풍경을 등지고, 아이 파가 의연히 서 있었다.

"무……무슨 일이야, 아이 파?"

"일은 무슨 얼어 죽을. 루의 차남은 나왔는데 한참이 지나도록 네가 안 오길래 마중 나온 거다!"

부루퉁한 얼굴의 아이 파가 씩씩거리며 다가왔다.

내가 반사적으로 뒷걸음질 치자 아이 파가 내 팔을 붙잡았다.

"왜 도망가지? 그리고 어째서 비통한 눈빛을 하고 있는 거지? 그 차남이 무슨 말을 지껄였든 너라면 끄떡없을 텐데?"

아이 파가 화난 눈초리로 나를 위아래로 살펴봤다. 폭력의 흔

257

적이 없는지 확인하는 것이다.

"……너, 우리 대화를 엿듣고 있었던 건 아니지?"

"카뮤아 요슈도 아니고 내가 그런 몰염치한 짓을 할 것 같아? 계속 무례하게 굴면 뜨거운 맛을 보여주겠다."

"……그렇지. 미안."

"정말 무슨 일이지? 차남이 아니라 내게 앙심이라도 있나?"

아이 파가 살짝 고개를 숙이고 평소처럼 입술을 뾰족 내밀었다.

보는 사람이 없으니 감정을 실컷 드러내는 것이다. 그런 몸짓이 더없이 사랑스러워서 무참히 가슴을 찔렀다.

"그럼 나도 순순히 사과하지. 그러니 아스타여, 그런 슬픈 얼굴은 하지 마."

"어? 딱히 너한테 사과받을 이유는 없는데……."

"그런가? 단 루티무에게 패배했을 때 내가 너한테 화풀이를 하지 않았던가?"

그 일은 벌써 잊은 지 오래였다.

여느 때와 다름없는 평범한 일이지 않은가.

"그때는 나도 분한 마음을 억누르지 못했어. 머리를 식히고 나니 단 루티무와── 돈다 루에게 필적할 만큼 힘이 센 단 루티무와, 여러 제약에 묶인 힘겨루기이긴 하나 막상막하의 승부를 해낸 것을 자랑스럽게 여겨야 한다고 다시 생각하게 되었지."

아이 파가 쑥스러운 듯이 미소 지었다.

"아버지 기루는 나를 바르게 이끌어주었어. 그 어느 때보다 내가 이래 봬도 남 못지않은 사냥꾼이라고 확신하게 되었지. 네게는 쓸데없이 걱정을 끼치고 말았지만 나는 그 힘겨루기에 참가한 것을 보람 있게 생각한다."

"……그렇구나."

"아스타, 넌 기뻐해주지 않는 건가?"

아이 파가 다시 걱정스러운 표정을 짓고 얼굴을 가까이 들이밀었다.

"역시 네 모습이 심상치 않군. 너는 웬만해서는 괴로운 눈빛을 하지 않는데 말이야. 내게 아무것도 숨기지 말라고 말했을 텐데, 아스타."

"……그렇긴 한데, 좀처럼 털어놓기 어려운 이야기도 있는 법이니까."

내 대답에 아이 파가 몹시 불만스러운 표정을 지었다.

그러고는 짧게 "싫어" 하고 내뱉었다.

'싫다'가 아니라 '싫어'라고 했다.

사소한 말투의 변화가 아이 파가 아주 가끔 내비치는 어린아이 같은 모습을 드러냈다.

"나는 사냥꾼의 긍지를 얻었어. 넌 다리 사우티와 라우 레이, 그리고 아마 돈다 루에게도 요리 실력을 다시 인정받았지. 이렇게 경사스러운 날에 네가 슬픈 눈을 하고 있는 것이, 싫어."

"아니, 그렇긴 한데……."

"싫은 건 싫은 거야."

아이 파의 손끝이 내 손끝을 꽉 잡았다.

"왠지 아스타의 존재가 멀게 느껴지는군. 아니, 멀다기보다 는—— 마치 어디론가 사라질 것 같은 분위기야."

아이 파의 얼굴에 절박한 표정이 떠오르더니 내가 더 가까이 다가왔다.

"전에도 말했을 터. 네가 사라져 없어지는 일을 나는 절대로 허락하지 않는다, 아스타."

"…………."

"넌 단 하나뿐인 가족이야. 네가 없으면—— 나는 안 돼."

아이 파의 날숨이 내 뺨에 느껴졌다.

달콤한 향기가 콧구멍을 간질였다.

손끝에서 열이 전해져온다.

"——불쾌하게 했다면, 미안하군."

작은 목소리로 그렇게 내뱉더니 아이 파가 내 손을 놔주고 정면에서 내 몸을 끌어안았다.

"평생 내 곁에 있어줘. 나도 평생, 네 곁에 있겠다고 맹세할게."

등에 둘러진 아이 파의 두 팔이 내 몸을 으스러지도록 꽉 껴안았다.

똑같은 힘으로 껴안지는 못했지만—— 나는 아이 파의 등에 가만히 팔을 둘렀다.

"나도 네 곁에 있고 싶어. 네가 허락해준다면."

"무슨 소리를 하는 거냐! 함께 있기를 바라는 건 나란 말이다."

한 가지 깨달은 것이 있다.

나는 역시 지금 이대로의 아이 파가 좋다.

사냥꾼의 긍지와 의지, 그리고 어린아이처럼 어설프기도 하고 괴팍한 성격의 이면에 있는 순수함과── 뭐 하나 빼놓지 않고 전부 다 지금 그대로의 아이 파가 좋다.

아이 파를 잃고 싶지 않다.

가능하면 위험한 일을 하지 않기를 바란다.

하지만 그 이상으로── 나는 아이 파가 변하지 않기를 바랐다.

아이 파가 사냥꾼이 아닌 다른 일에 긍지와 신념을 바칠 수 있다면 당연히 진심으로 축복할 것이다. 하지만 그렇지 않다면── 아이 파에게 사냥꾼으로 살아가는 것이 최고의 기쁨이자 최고의 행복이라면 그것을 부정하는 것이 아니라 지지하고 지켜주는 사람이고 싶다.

현시점의 내가 분명히 말할 수 있는 것은 단지 그것뿐이다. 단지 그것뿐인 마음을 가슴에 품은 나는 그제야 아이 파의 몸을 있는 힘껏 껴안을 수 있었다.

아이 파가 "갑갑해" 하고 불평하기 시작한 것은 그로부터 약 15초 후의 일이었다

그리하여 파란 달 27일── 내가 이 세계에 온 지 64일째 되는 날 밤은 다양한 사람의 마음을 그 손끝에 묶으면서 조용히 지나갔다.

입가심 // ~ 루가의 장녀의 우울 ~

연회를 만끽하는 동포의 모습을 바라보며 비나 루는 홀로 우울한 기분에 젖어 있었다.

오늘은 릴린의 가장이 레이의 여자를 아내로 맞아들이는 혼례식 연회다. 장소는 루의 촌락 광장이며 백 명에 달하는 친족이 모두 모였다. 광장 여기저기서 화톳불이 타오르고, 돌을 얹어 만든 아궁이 위에서는 고기가 푸짐하게 구워지고 쇠 냄비에 국이 데워지고 있었다. 그야말로 광란의 연회라고 할 만큼 떠들썩한 분위기였다.

원래 어지간히 힘 있는 사람의 혼례식이 아니면 루가의 광장을 사용하거나 친족 전원을 초대하는 일은 없다. 그러나 오늘은 특별한 연회였다. 지금까지 피의 인연을 맺지 않았던 릴린가를 루의 친족으로 받아들이는 경사스러운 의식이기 때문이다.

'설마 릴린처럼 작은 씨족을 루의 친족으로 받아들이다니⋯⋯.'

화려한 연회복을 차려입은 비나 루는 어스레함 속에서 작게 숨을 내쉬었다.

비나 루는 며칠 전 열다섯 살이 되었다. 숲가의 백성은 열다섯 살이 되면 반려자를 맞을 수 있는데, 축하연은 그런 젊은이들이 반려자로 삼을 만한 상대를 만나는 자리이기도 하다. 그런 까닭에 비나 루는 사람들 눈에 띄지 않도록 광장 구석에 틀어박혀

동포들이 즐기는 모습을 멀리서 구경하고 있었다.

'나는 이제 막 열다섯 살이 되었는데, 왜 남자들이 너나없이 몰려와서 혼담을 꺼내는 걸까……'

그런 생각을 하며 비나 루는 누각 위에 바싹 붙어 앉은 신랑과 신부에게 시선을 돌렸다.

릴린의 가장은 곧 마흔에 접어드는 중년 남자인 반면 아내가 될 레이의 여자는 겨우 열여섯 살의 젊은 아가씨였다.

하긴, 나이 차이는 전혀 문제될 것이 없다. 릴린의 가장은 대단한 힘을 지닌 사냥꾼이라고 들었다. 당연히 그 강인한 핏줄을 남겨야 할 것이다. 젊어서 아내를 떠나보내면 다시 새 아내를 얻어야 한다. 핏줄을 남기는 것은 강인한 사냥꾼이 완수해야 할 숭고한 일 중 하나다.

그런데 놀랍게도 릴린가는 가장을 포함해 식구가 어른 넷과 아이 둘이 전부인 몹시 작은 씨족이라고 한다. 보통 그렇게 작은 씨족은 루의 친족으로 받아들여지지 않는다. 성씨를 버리고 가족이 된다면 또 모를까, 약한 씨족의 이름은 멸망해야 한다는 것이 숲가의 풍습이기 때문이다.

그럼에도 불구하고 릴린가가 루의 친족으로 받아들여졌다. 돈다 루를 필두로 여섯 가장들의 허락 아래, 루와 루티무 다음으로 힘이 센 레이의 여자를 아내로 맞아 피의 인연을 맺고 루의 일곱 번째 친족이 된 것이다.

물론 당시에는 꽤 옥신각신했다고 한다. 릴린의 가장이 돈다 루에게 열의를 다해 호소하고 사냥꾼의 힘을 보여준 끝에 뜻을 이룬 것이다.

여자 쪽도 같은 열의로 레이의 가장과 돈다 루에게 호소했다고 한다. 우연히 길가에서 만났을 뿐인 두 사람이 서로를 간절히 원하고 쟁취하였다. 도대체 얼마나 대단한 마음이어야 그런 무모한 짓을 할 수 있을지, 아직 젊은 비나 루는 상상하기도 어려웠다.

'한 사람에게 그렇게까지 빠질 수 있다니…… 어떤 의미에서는 부럽고 어떤 의미에서는 무섭구나…….'

비나 루는 이미 셀 수 없을 만큼 많은 남자들에게 청혼을 받았다. 비나 루는 루 본가의 장녀이기 때문에 어설픈 상대는 반려자로 허락받지 못한다. 루 분가나 레이, 루티무처럼 힘이 있는 씨족의 남자들끼리 소란이 일고 말았다. 그 청혼을 하나하나 거절하느라 비나 루는 완전히 지쳐버렸다.

'어째서 제대로 대화해본 적도 없는 상대를 평생 반려자로 삼을 생각을 하는 걸까…….'

비나 루는 그것을 이해할 수 없었다.

그리하여 생각했다. 그런 녀석들은 모두 비나 루의 외모나 혹은 루 본가의 장녀라는 신분밖에 안중에 없는 것이 아닐까 하고.

'내가 정말 어떤 사람인지는 다들 관심도 없는 거야…… 그런 사람을 어떻게 내 반려자로 삼겠어…….'

그러나 비나 루는 그 생각을 남에게 털어놓지 않았다.

숲가에서는 이렇게 고민하는 사람이 드물기 때문이다. 아직 열다섯 살인 비나 루도 그쯤은 분명히 자각하고 있었다.

사람을 사랑하는 것은 이론이 아니다. 상대와 평생 함께하며 행복과 불행을 나누고 아이를 낳아 키워가는 것. 그런 삶을 원하는 마음은 자연히 생겨나는 것이며 말이나 이론 따위는 필요 없다. 비나 루는 어려서부터 그렇게 듣고 자랐다.

실제로 비나 루의 부모님도 오늘 같은 연회 자리가 아니면 얼굴을 마주할 기회도 가지지 못한 채 혼례를 올리기로 결심했다고 한다. 그런데도 아버지와 어머니는 서로를 아끼고 사랑하여 자식을 일곱 명이나 낳았다. 혼례를 올린 지 약 20년이 지난 지금도 변함없이 서로를 사랑한다. 그것이 숲가의 백성이 본받아야 할 바람직한 모습이었다.

'……어떻게 그럴 수가 있을까…….'

비나 루는 가족을 사랑한다. 부모님, 할머니, 증조할머니는 물론 오빠와 동생들 또한 둘도 없이 소중한 존재다. 이들 중 누군가 없어져야 한다면 기꺼이 제 목숨을 바치겠노라 생각한다. 가족 중 자신처럼 별난 사람이 살아남고 올바른 영혼을 지닌 누군가가 숲의 부름을 받는 것은 잘못되었다고 생각한다. 그만큼 온 마음을 다해 열 명의 가족들을 똑같이 사랑한다.

그리하여 생각한다. 그만큼 온 마음을 다해 사랑하지 못한다면 타인을 반려자로 맞이하는 의미가 없지 않을까 하고.

'……다들 올곧은 마음을 갖고 있는데, 왜 나만 혼자 비뚤어졌

을까…….'

그렇게 생각하며 비나 루는 몇 번째인지 모를 한숨을 내쉬었다.

그때 수풀에서 부스럭거리는 소리가 났다.

새끼 기즈라도 나타났나 싶어 비나 루는 황급히 일어섰다.

하지만 그것은 들짐승이 아니었다. 사냥꾼의 의복을 걸치고 허리에 칼을 찬 숲가의 남자였다.

비나 루가 안도한 반면 남자 쪽은 당황한 표정이었다. 비나 루보다 더 허둥지둥하며 좌우를 살피더니 간청하듯 한쪽 무릎을 땅에 꿇었다.

"놀라게 해서 죄송합니다. 결코 부정한 마음으로 발걸음한 것이 아닙니다."

처음에는 무슨 소리를 하는지 알아듣지 못했다.

그러나 서서히 그 말뜻을 이해하게 되어 비나 루는 순간 뒷걸음질을 쳤다.

"당신…… 루의 친족은 아니지……?"

"네, 저는 다이가의 사람입니다. 이름은 딜 다이. 다이 본가의 차남입니다."

비나 루는 처음 듣는 씨족이었다.

어쨌든 루의 친족이 아니라는 것은 틀림없다.

"그 다이가 사람이 왜 루의 촌락에 들어왔을까……? 보시다시피 오늘은 혼례식 연회인데……?"

"네, 죄송합니다. 소문으로 듣던 루가의 축하연이 어떤 것인지 호기심을 못 이겨 엿보러 왔습니다."

그렇게 설명하는 딜 다이는 그리 흉악하게도 용맹스럽게도 보이지 않았다. 오히려 숲가의 남자치고는 유약하게 생긴 듯했다.

키는 나름 크지만 그리 늠름한 체격은 아니었다. 얼굴도 왠지 상냥해 보인다. 갈색 머리를 어깨까지 길게 늘어뜨리고 밝은 갈색 눈동자를 희미하게 반짝이고 있다. 루 친족의 씩씩한 모습에 익숙한 비나 루에게는 살짝 미덥지 못하게 보일 정도였다.

"호기심이라…… 그런데 피의 인연을 맺지 않은 씨족의 축하연을 훔쳐보다니, 관례에 어긋나는 행위 아닐까……?"

"뭐라 할 말이 없습니다. 최근 마음이 우울해서 그만 참지 못하고 와버렸습니다."

입에 담는 말까지 연약해 보였다. 비나 루는 혹시 마을 사람이 숲가의 사냥꾼으로 분장한 것이 아닌가 하는 말도 안 되는 상념까지 품고 말았다.

"……마음이 우울하다니, 대체 무슨 일이 있었길래……?"

그래서 질문한 것도 일시적인 변덕에 지나지 않았다.

다만 이 젊은 남자는 비나 루를 해칠 마음과 힘이 없어 보인데다— 동포들이 즐거워하는 모습을 실컷 본 비나 루에게는 이 젊은이의 음울한 분위기가 묘하게 마음에 들었다. 오늘의 자신에게는 이런 사람이 더 어울린다. 그런 될 대로 되라는 마음이 생긴 것도 부정할 수 없었다.

땅에 한쪽 무릎을 꿇은 채 딜 다이라는 남자가 눈을 끔뻑거렸다.

"네…… 저, 남에게 이야기할 만한 일은 아닙니다만…….."

"말하고 싶지 않으면 억지로 물을 생각은 없지만…… 날 놀라게 한 대가로 들려줘도 되지 않을까……?"

"네…… 저는 그저…… 신분이 다른 상대를 연모하는 바람에 괴로워하고 있을 뿐입니다."

"뭐야……." 비나 루는 실망했다.

"연애 이야기라니…… 더 재미있는 이야기를 기대했는데……."

"마, 말씀이 지나치군요. 제게는 앞날을 좌우하는 중대사란 말입니다."

"당사자 입장에서야 그럴지도 모르지만…… 다 큰 남자도 그런 일로 고민하는구나……."

"당연합니다. 남자든 여자든 누구를 반려자로 맞이할지가 무엇보다 중요한 사안 아닙니까?"

"흐응……?" 비나 루는 무심하게 소리 내면서 원래 앉았던 나무 밑동에 다시 앉았다.

"그런데 난 그런 이야기를 여자한테 털어놓는 남자를 처음 봤거든…… 당신, 별난 사람이구나……."

"말하라고 한 사람은 그쪽이 아닙니까."

그렇게 말하더니 딜 다이라는 젊은이가 문득 입가에 미소를 머금었다.

"당신이야말로 제법 별난 성품을 지니고 있군요. 루가의 여자들은 모두 당신처럼 아무지고 종잡을 수 없는 사람입니까?"

"……루가가 무슨 상관이람…… 나는 나인데……."

비나 루는 살짝 기분이 상해서 대꾸했다. 그러자 딜 다이가 여전히 미소 띤 얼굴로 슬픈 눈빛을 지어 보였다.

"그렇죠. 숲가의 백성이 가문을 중요시하는 일족이 아니었다면 저도 이토록 괴로워하지 않았을 겁니다. 저는 숲가의 백성으로 삶을 얻은 것을 무엇보다 자랑스럽게 여겼습니다만── 이번만큼은 숲가의 관례가 정말 싫습니다."

"꽤 거창하게 말하네……."

비나 루가 어깨를 으쓱했다.

"대체 어디 사는 누구에게 연심을 품었을까……? 혹시 루의 친족일까……?"

"아뇨, 그건──."

딜 다이가 대답을 하려던 그때 "뭐 하는 거냐!" 하는 거센 목소리가 광장 쪽에서 울렸다.

다가온 사람은 비나 루의 오빠와 남동생인 지자 루와 다루무 루였다.

"네놈은 누구냐? 루의 친족은 아닌 모양인데. 설마 슨가 사람이냐?"

다루무 루가 허리에 찬 칼에 손을 뻗으면서 물었다. 다루무 루는 아직 열네 살이지만 키도 크고 이미 사냥꾼으로서 힘을 충분히 기른 상태였다. 아버지를 쏙 빼닮은 파란 눈동자를 이글이글 태우는 다루무 루에게 딜 다이가 황급히 머리를 숙였다.

"아뇨, 저는 다이가 사람입니다. 결코 루가의 축하연을 망치려던 것이——."

"다이가라면 여기서 더 북쪽에 촌락을 마련한 작은 씨족이군."

이번에는 지자 루가 온화한 목소리로 말했다.

목소리도 얼굴도 온화하지만 체격은 동생보다 훨씬 훌륭했다. 올해 열여덟 살이 되는 지자 루는 이미 사냥꾼의 힘겨루기를 통해 여덟 명의 용자로 뽑힐 만큼 역량이 뛰어났다.

"어쨌든 피의 인연을 맺지 않은 씨족은 루가의 축하연에 들어올 자격이 없다. 당장 여기서 나가줘야겠다."

"아니, 저……."

"떠나지 않겠다면 다른 집에 허락 없이 들어온 죄로 발가락을 내놔야 할 것이다."

딜 다이가 몸을 일으키고 비통에 일그러진 얼굴로 다시 머리를 숙였다.

"떠나겠습니다. 제가 결례를 범하고 말았군요. 죄송합니다. ……그럼."

"아, 잠깐……" 하고 입을 연 비나 루에게 안타까운 시선을 보낸 후 젊은이는 어둠 너머로 달려갔다.

"수상한 남자로군. 가장 돈다에게 보고해야겠어."

지자 루는 그렇게 내뱉고 나서 실처럼 가는 눈으로 비나 루를 내려다봤다.

"너도 수상한 사람을 발견했으면 바로 우리를 불렀어야지, 왜 한가롭게 말을 섞고 있었지?"

"그냥…… 심심해서 잠깐 이야기했을 뿐이야……."

"이런 자리에서 심심하다는 말을 꺼내는 사람은 너 하나밖에 없을 거다, 비나."

지자 루가 의아하다는 듯이 두꺼운 목을 갸웃거렸다.

"슬슬 여자들이 춤을 출 차례다. 너도 준비해야지."

"싫어…… 난 절대로 춤 안 춰……."

"넌 열다섯 살이 되었다. 좋은 반려자를 얻으려면 그 춤을 선보여야 할 거다."

지자 루가 그렇게 주장했지만 옆에 있는 다루무 루는 "괜찮지 않아?" 하고 말해주었다.

"가만히 내버려둬도 많은 남자들이 비나에게 구애하고 있는데, 굳이 미색을 풍길 필요는 없겠지. 이런 자리에서는 다른 여자들에게 기회를 양보하는 것도 나쁘지 않다고 생각해."

"고마워, 다무루…… 역시 넌 상냥한 아이구나……."

"어린애 취급하지 마. 나는 이미 사냥꾼이라고."

다루무 루는 금세 험악하게 얼굴을 찡그렸지만 그런 모습도 비나 루는 사랑스러워서 못 견딜 지경이었다. 비나 루보다 키가 크더니 어느새 누나 대신 이름으로 부르고 있지만, 그래도 다루무 루는 여전히 귀여운 동생이었다.

"지자 오빠야말로 광장으로 돌아가는 게 어떨까……? 이럴 때가 아니면 사티 레이와 언제 또 이야기하겠어……?"

지자 루는 비나 루의 얼굴을 지그시 쳐다보더니 두꺼운 어깨를 으쓱하고 나서 광장 쪽으로 돌아갔다.

그 뒷모습을 배웅하면서 다루무 루는 비나 루가 앉아 있는 나무에 기대었다.

"다루무, 넌 안 돌아가……?"

"난 아직 열네 살이잖아. 반려자를 고를 수도 없는데 여자들 춤은 봐서 뭐하게."

퉁명스러운 목소리였다.

그러나 딜 다이가 되돌아오지 않을까 걱정되어 비나 루의 곁을 지켜주는 것이리라. 다루무 루는 그런 성품이다.

'그나저나…… 딜 다이는 도대체 뭐였을까…….'

소중한 동생의 존재를 바로 곁에서 느끼며 비나 루는 그런 생각을 했다.

비나 루가 그 의문에 대답을 얻은 것은 그리 먼 훗날은 아니었다.

이튿날 아침은 축하연의 뒷정리를 하느라 몹시 분주했다.

무려 백 명이 먹고 마신 연회의 뒷정리를 하는 것이다. 돌 아궁이와 누각을 해체해서 정리하는 것만 해도 상당한 품이 들고, 화톳불 잔해도 그대로 놔둬서는 안 된다. 사용한 쇠 냄비와 나무 접시를 깨끗이 설거지하고, 기바의 뼈 같은 것을 숲에 버리는 등 정리가 끝났을 무렵에는 해가 높게 떠 있었다.

"그럼 늘 하던 일로 돌아가야겠구나. 우리는 서둘러 장작과 향초를 모으고 올 테니, 너희는 털가죽 무두질과 집안일을 해놓으렴."

어머니 미아 레이 루 일행이 그렇게 말한 뒤 숲으로 들어갔다. 해가 중천에 떠올라 기바가 잠에서 깨기 전에 장작과 피코 잎, 리로잎 등을 채취해야 한다. 비나 루는 집에 남아서 동생들과 함께 지시받은 일에 착수하기로 했다.

"있지, 어제 레이가의 신부, 정말 근사하더라."

햇볕이 잘 드는 곳에서 기바의 털가죽을 펼치면서 레이나 루가 말했다.

레이나 루는 열두 살로, 비나 루의 제밑동생이다. 루가에서는 드물게 흑발인 머리를 둘로 묶은 레이나 루가 천진난만하게 웃고 있었다.

"다음 혼례식은 역시 지자 오빠랑 사티 레이일까? 그럼 또 루가에서 연회를 열겠네?"

"응, 그러게······."

"기대된다. 있지, 비나 언니는 언제 혼인할 거야?"

기대에 찬 동생의 눈빛에 비나 루는 흐리멍덩한 눈빛으로 답했다.

"나는 이제 막 열다섯 살이 되었는걸······? 그렇게 빨리 반려자를 맞이하고 싶지는 않아……."

"어? 다들 비나 언니와 혼인하고 싶다고 난리잖아! 전부 거절하려고?"

"……루 본가의 장녀로서 그리 쉽게 반려자를 선택할 수는 없어……."

비나 루가 적당히 얼버무리자 레이나 루는 "그렇구나" 하고 고개를 끄덕였다.

"그래도 비나 언니의 혼례식도 기대된다! 비나 언니는 원래 예뻐서 그 어떤 여자보다 근사한 신부가 될 거야!"

"……그러면 좋겠구나……."

아직 열두 살인 레이나 루에게 비나 루의 심정을 이해하라는 것은 가혹한 일이다. 비나 루는 한숨을 꾹 참으면서 나무 사이에 걸어놓은 새끼줄에 기바의 털가죽을 널었다.

그때 뒤에 있는 식량 창고에서 왕왕 떠드는 소리가 들려왔다.

남동생인 루도 루와 여동생인 라라 루였다.

"웬 소란이니……? 제대로 일해야지, 그럼 못써……."

"그야! 루도가 피코잎을 던졌단 말이야! 콧속에 들어갔다고!"

"흥! 꼬맹이는 주제에 날 꼬맹이라고 부르는 네가 잘못이지!"

루도 루는 열 살 이고, 라라 루는 여덟 살이다. 둘 다 한창 장난칠 나이이긴 하지만 다섯 살이 넘은 어린이는 일을 해야 한다.

"피코잎 가지고 장난하면 미아 레이 어머니에게 혼날 거야……."

"비나 누나, 시끄러워. ……리미 녀석은 어디 갔지?"

"리미는 아까 지바 할머니와 산책하러 갔는걸…… 라라, 괜찮니……?"

"응."

라라 루는 눈물이 그렁그렁한 눈으로 코를 문질렀다. 이 모습을 보면 라라 루가 딱하지만 루도 루도 무턱대고 동생을 괴롭힐 만한 성격은 아니다. 분명히 라라 루가 먼저 덤벼서 루도 루가 반격했을 것이다.

"아아, 나도 빨리 사냥꾼이 되고 싶다―. 3년을 더 어떻게 기다려!"

"그러고 싶으면 제대로 일해서 힘을 길러야지……. 그 조그만 몸으로는 사냥꾼의 일을 할 수가 없는걸……."

"비나 누나까지 날 꼬맹이 취급하다니! 엉덩이 좀 커졌다고 말이야!"

루도 루가 앙증맞은 손바닥으로 비나 루의 엉덩이를 쳤다.

비나 루가 얼굴을 붉히고 "이 녀석" 하고 소리치자 뽕 하고 날쌔게 도망갔다.

"루도는 정말 못 말린다니까…… 또 돈다 아버지에게 혼나야 정신을 차리지……."

"그러게." 레이나 루는 왠지 웃는 얼굴이었다.

"그런데 역시 비나 언니는 근사한 신부가 될 것 같아."

"어어……? 대체 무슨 이야기일까……?"

"조그만 동생들이 많아서인가. 아직 열다섯 살인데 엄마처럼 똑 부러지잖아!"

"……고기를 굽거나 국을 끓이는 건 레이나, 네가 훨씬 잘하지만……."

아무래도 레이나 루는 어젯밤 축하연 때문에 혼인이나 신부 이야기가 머릿속에서 떠나지 않는 듯했다. 비나 루도 비슷한 상황이지만 심경이 정반대를 향하고 있기에 가슴이 점점 답답해졌다.

"그럼 털가죽은 다 되었고…… 나는 장작을 패고 올 테니 레이나와 라라는 피코잎을 말리고 있을래……? 비가 올 것 같으면 털가죽과 피코잎을 지붕 밑으로 옮겨야 한다……?"

"응, 알겠어!"

그리하여 비나 루는 사랑스러운 동생들과 떨어질 수 있었다. 오두막에서 손도끼와 장작 한 단을 꺼내 혼자 집 옆으로 이동했다.

'지자 오빠는 열여덟 살이고, 사우티 레이는 열여섯 살이야…… 나도 나이를 먹을수록 빨리 혼인하라고 닦달을 받게 될까…….'

다행스럽게도 어머니이자 여자들을 통솔하는 역할을 맡은 미아 레이 루는 혼인을 서두르지 않았다. 그럴 듯한 반려자가 나타날 때까지 느긋하게 기다리면 된다는 것이 미아 레이 루의 생각이다.

'하지만 언젠가는 미아 레이 어머니도 구경만 하고 있지는 않게 될 텐데…… 나는 앞으로 반려자로 맞이하고 싶은 상대를 만나게 될까…….'

그런 생각을 품으며 비나 루는 손도끼를 내리쳤다.

두 개로 갈라진 장작이 받침대 밑으로 뚝 떨어졌다.

묵묵히 일을 하고 장작의 절반을 팼을 무렵 뒤에서 사람이 다가오는 기척이 느껴졌다.

무심코 뒤돌아본 비나 루는 그만 숨을 멈추고 말았다. 그곳에 서 있는 사람은 또다시 딜 다이였기 때문이다.

"한창 일하는 중에 죄송합니다. 잠깐 이야기 좀 할 수 있겠습니까?"

"당신…… 여기서 뭐 하고 있는 거야……?"

"오늘은 무단으로 들어온 것이 아닙니다. 당신을 찾고 있다는 사정을 밝혀서 허락을 받고 촌락에 들어온 겁니다."

딜 다이가 부드럽게 웃었다.

밝은 태양 아래서 보는 그는 역시 숲가의 남자치고는 상냥하고 다소 미덥지 못해 보였다.

"날 찾았다니…… 당신, 내 이름도 모르는 줄 알았는데……?"

"네. 눈동자와 머리 색이 엷은 색조인 열다섯 살쯤 된 미인이라고 설명했더니 본가의 비나 루인 것 같다고 가르쳐주더군요. ……당신의 이름은 비나 루였군요."

딜 다이는 적절한 거리에 멈춰 서서 더 이상 다가오려 하지 않았다.

설마 루의 촌락 한가운데에서 불미스러운 짓을 하려는 속셈은 아닐 것이다. 집 안에는 힘 센 사냥꾼들이 일에 대비해 잠을 자고 있다. 딜 다이의 체격으로 보아 루에서 가장 젊은 사냥꾼조차 상대하지 못할 것 같았다.

"⋯⋯나한테 무슨 용건이 있을까⋯⋯?"

"어제의 결례를 사과하고 싶었습니다. 그렇게 설명했더니 분가 여자가 흔쾌히 촌락으로 들어오게 해주었습니다."

"⋯⋯지자 오빠와 돈다 아버지가 일어나기 전에 나가는 것이 좋을 텐데⋯⋯?"

"네. 오래 머물 생각은 없습니다. 제게도 사냥꾼의 일이 있으니까요."

말은 그렇게 하면서도 딜 다이는 여전히 자리에 머물러 있었다.

비나 루는 한숨을 쉬면서 오른손에 든 손도끼를 흔들었다.

"사과의 말은 이미 들은 것 같은데⋯⋯? 아직 용건이 남았을까⋯⋯?"

"아뇨⋯⋯ 용건이라고 할 만한 것은 아니지만⋯⋯."

딜 다이가 눈을 가늘게 뜨고 매우 안타깝다는 듯 희미하게 웃었다.

"⋯⋯당신은 아름답군요, 비나 루."

"⋯⋯뭐어⋯⋯?"

"어젯밤부터 줄곧 그렇게 생각했습니다. 당신만큼 아름다운 여인을 본 것은 처음이었습니다."

"⋯⋯당신, 루의 친족이 아닌 다른 여인을 연모한다고 말하지 않았었나⋯⋯?"

"네. 그런 저를 사로잡을 만큼 당신은 아름다운 여인입니다. ……하지만 당신이 루 본가의 장녀라니 참으로 얄궂군요."

딜 다이가 고개를 천천히 가로저었다.

"저는 이루어지지 않는 연심을 버리고 당신 곁으로 가야 한다고 생각했습니다. 그런데 당신이 루 본가의 장녀였다니…… 이것이야말로 얄궂은 상황이지요. 저는 이루어지지 않는 상대만 연모하는 운명일까요."

"몰라, 그런 거……."

비나 루는 긴 앞머리를 쓸어 올리며 상대를 흘겨봤다.

"어제까지는 다른 여인에게 푹 빠졌으면서 만난 지 얼마 되지 않은 내게 그런 말을 하다니…… 당신의 사모의 정이란 꽤 값싼 것이구나……."

"그렇지 않습니다. ……다만 이루어지지 않는 사랑에 애태우는 것이 너무 괴로운 나머지 당신의 존재에 매달렸다고나 할까요. 그렇다면 제가 다시 괴로운 마음을 품게 된 것도 숲의 인도(引導)일지도 모릅니다."

"자신의 천박함을 숲이 인도한 것으로 탓하다니 불손하구나……."

그렇게 말하고 나서 비나 루는 기묘한 기분에 사로잡혔다.

"딜 다이…… 당신은 역시 별난 사람이야…… 뭐랄까, 마을 사람이 숲가의 백성을 연기하는 듯한 느낌이 들어……."

"아아, 그 말은 가족에게도 자주 듣습니다. 저는 마을에 내려가는 것을 좋아해서 이런 사람으로 컸을지도 모릅니다."

"……당신, 제노스의 마을을 좋아한다고……?"

놀랄 만한 발언이었다.

딜 다이는 희미하게 웃으면서 "네" 하고 대답했다.

"왜냐고 물으면 난감합니다만, 마을 사람은 자유롭지 않습니까. 특히 시무와 자갈의 여행자들은 자신들이 원할 때 제노스를 찾아와서 언제든지 다시 고향으로 돌아가더군요. 그런 삶을 산다는 것은 어떤 기분일까 하고 어렸을 때부터 그것만 생각했습니다."

"…………."

"숲가의 백성은 누구나 이 모르가 숲가에서 일생을 마칩니다. 가끔 아리아나 포이탄을 사러 마을에 내려갈 뿐 바깥사람과는 전혀 교류하지 않지요. 다른 사람에게는 털어놓지 못하는 이야기지만…… 그건 너무 답답한 삶이 아니겠습니까?"

"그러게…… 나도 그렇게 생각해……."

비나 루는 가슴이 조금씩 빨리 뛰는 것을 느꼈다.

그것은 비나 루 역시 가족에게 털어놓지 못한 채 가슴에 담아둔 생각이었기 때문이다.

"숲가의 마을에서는 모두가 나를 루가의 장녀로밖에 보지 않아…… 제노스의 역참 마을에서는 야만적인 숲가의 백성으로밖에 보지 않고…… 만약 제노스에서 멀리 떨어진 땅에 사는 사람이라면 날 그냥 한 소녀로 봐줄까……?"

"네, 분명히 그럴 겁니다."

딜 다이가 멍하니 눈을 가늘게 떴다.

비나 루의 가슴은 더 세차게 뛰었다.

"그럼 당신도…… 숲가의 마을을 떠나면 되잖아……. 그럼 자신의 마음을 버리지 않아도 되잖아……?"

"네?" 하고 딜 다이가 눈을 크게 떴다.

거의 무의식적으로 비나 루는 그쪽으로 몸을 기대었다.

"당신이 어디 사는 누구를 연모하는지는 몰라도…… 숲가를 떠나면 씨족의 규모 같은 건 상관없게 되는걸…… 설령 고향을 버리게 된다 해도 그렇게 해서 자신의 사랑을 이룰 수 있다면 행복한 삶이 아닐까……?"

딜 다이는 핏기가 싹 가신 얼굴로 몇 걸음 뒤로 물러났다.

그리고 오른쪽 주먹을 이마에 대면서 고개를 푹 숙였다.

"숲이여, 길 잃은 백성을 부디 용서해주십시오. 비나 루, 숲을 버린다는 말은 농담이라도 입에 담아서는 안 된다고 생각합니다."

"…………"

"우리 영혼은 숲에서 내려주셨습니다. 따라서 숲으로 영혼을 돌려줘야 합니다. 그 어떤 의심을 품어도 그것만은 결단코 거역할 수 없는 절대적인 규율입니다."

"어머, 그래……."

비나 루는 순식간에 마음이 식는 것을 느꼈다.

"나는 당신을 위해 그렇게 말했을 뿐인데…… 그럼 당신은 숲을 버리느니 상대에 대한 마음을 접는 것도 마다하지 않겠다, 라는 거네……?"

"그런 생각을 하는 것만으로 모독입니다. 그 여인도 승낙할 리 없습니다."

"그럼 얌전히 신분에 맞는 반려자를 찾아야겠네……."

비나 루는 이제 이 젊은이에 대한 모든 관심을 잃고 말았다.

아직 파랗게 질린 얼굴을 하고 있는 딜 다이에게 등을 돌리고 받침대 위에 새 장작을 세웠다.

"그럼 난 일이 있어서, 그만 돌아가줄래……? 당신도 사냥꾼의 일이 있을 거 아냐……?"

"네…… 그럼 마지막으로 하나만 더 말씀드려도 되겠습니까?"

딜 다이가 비나 루의 옆쪽으로 돌아 들어와 다시 미소를 지었다.

"어제 혼례식에서 릴린가가 루가의 친족으로 받아들여졌다고 들었습니다. 다이가는 그리 규모 있는 씨족은 아니지만, 그래도 릴린보다는 가족도 많고 힘도 셉니다. 그렇다면 다이가가 루가의 친족으로 받아들여지는 것도——."

"릴린의 가장이 사냥꾼의 힘겨루기에서 레이의 가장을 쓰러뜨렸다고 하던데……? 물론 돈다 아버지나 루티무의 가장에는 적수가 못 되었지만 그때 사냥꾼의 힘을 인정받아…… 당신도 그렇게 할 수 있을까……?"

비나 루는 말하면서 딜 다이의 모습을 곁눈질로 노려봤다.

"하긴, 당신이 뭘 바라든 그건 당신 자유지만…… 적어도 난 당신처럼 유약한 사람을 반려자로 맞을 생각은 없으니, 그것만은 잊지 않았으면 좋겠어……."

딜 다이는 다시 안타깝게 미소 지었다.

이런 상황에서 웃을 수 있는 것은 사람으로서 강인한 걸까, 연약한 걸까. 비나 루는 알지 못했고 이제 알고 싶지도 않았다.

"……일을 방해해서 죄송했습니다. 그럼 이만 실례하겠습니다."

비나 루는 대답 없이 손도끼로 장작을 팼다.

딜 다이는 가버리고 그 자리에는 비나 루만 홀로 남았다.

'평범한 숲가의 백성이 다 그렇지, 뭐…….'

전혀 이상할 것은 없었다.

역시 이런 상념에 사로잡힌 사람은 비나 루 하나였다.

숲가의 마을에서 일생을 마치는 것이 정말 올바른 길일까──그런 생각으로 고민하는 사람은 숲가의 마을에 존재하지 않는 것이다.

'바보처럼 굴기는…….'

가족에게조차 털어놓지 못한 사정을 어째서 어젯밤 처음 만난 사람에게 밝혔을까. 그런 자신의 경솔함이 비나 루를 더 답답하게 했다.

물론 비나 루도 진심으로 고향을 버리고 싶은 것은 아니다. 사랑하는 가족과 떨어지다니 상상만 해도 가슴이 짓눌릴 듯 괴롭다.

하지만 도저히 마음속 망상을 버릴 수가 없었다.

여기가 아닌 어딘가라면 자신도 헤매지 않고 살아갈 수 있지 않을까, 자기 혼자만 별나게 태어났다고 괴로워하는 일도 없이 자유분방하게 뜻대로 살아갈 수 있지 않을까 하는 망상을 버릴 수가 없었다.

'……그런 삶이 허락될 리 없지…….'

비나 루는 온 힘을 다해 손도끼를 내리쳤다.

그 장작은 속이 썩었는지 산산조각이 나서 사방에 흩어졌다.

◇

다시 며칠이 지났다.

그자들이 나타난 것은 비나 루가 드디어 딜 다이의 존재를 머릿속에서 지웠을 무렵이었다.

해가 중천을 향해 뜨고 남자들은 숲에 들어가 있었다. 여자들은 다음 일에 착수하기 전에 잠시 휴식을 취하기로 하고 비나 루는 혼자 촌락 밖을 산책하고 있었다. 그런 비나 루 앞을 그자들이 거만하게 막아선 것이다.

"어머…… 혹시 당신, 루가의 장녀 아냐?"

그중 한 명은 묘하게 불길한 분위기를 풍기는 여자였다.

나이는 비나 루 또래일 것이다. 갈래갈래 땋은 흑갈색 머리를 어깨까지 늘어뜨리고 거무스름한 눈동자를 차갑게 번뜩이고 있었다. 아름답지만 독사처럼 불길한 여자였다.

다른 한 명은 회색 머리의 나이 지긋한 남자였다. 사냥꾼답게 체격이 늠름하지만 눈빛은 죽은 사람처럼 흐리멍덩했다. 그 역시 여자와는 다른 의미에서 불길한 기운이 느껴졌다.

"당신들은 누구일까……? 이 근처에서는 못 보던 얼굴인데……?"

"나는 슨 본가의 장녀 야밀 슨, 이쪽은 분가의 테이 슨이야."

그 대답에 비나 루는 소스라치게 놀라 그 자리에 못 박혔다.

슨가는 숲가의 족장 집안이다. 그리고 루가와는 예부터 악연을 이어온 씨족이기도 하다. 루가와 슨가는 언젠가 존망을 걸고 싸우게 될 것으로 알려진 지 오래였다.

"슨가 사람이 왜 이곳을 어슬렁거리고 있을까……? 당신들 촌락은 북쪽 끝에 있을 텐데……?"

"그러게. 여기까지 나오게 되다니, 정말 성가시다니까."

그렇게 말하면서 야밀 슨이라고 밝힌 여자가 입꼬리를 올렸다.

"그래도 당신을 만나다니 행운이야. 이것도 숲의 인도일까?"

"……나한테 무슨 용건일까?"

평정을 가장하면서 비나 루는 내심 격하게 동요하고 있었다.

루의 남자들은 모두 숲속에 있다. 촌락으로 도망가도 그곳에는 여자들밖에 남아 있지 않다. 여자들은 생기라고는 느껴지지 않는 이 남자조차 상대하기 어려울 것이다.

이유도 없이 남을 해치는 일은 숲가에서는 결코 용납되지 않는다. 그러나 슨가는 비나 루가 태어났을 무렵 루가로 시집가기로 결정된 무파가의 여자를 납치해 해친 적이 있다. 확실한 증거가 없는 이야기이긴 하나 그 일을 계기로 루가와 슨가는 같은 하늘 아래 있을 수 없는 관계로 전락했다. 여기서 비나 루가 이들 손에 해를 입는다면 그야말로 피로 피를 씻는 싸움을 숲가에 초래하게 된다.

"별로 어려운 이야기는 아니야. 딜 다이라는 이름을 기억하지?"

"……딜 다이……?"

"그래, 딜 다이. 그 남자 때문에 어찌나 난처한지. 작은 씨족에서 태어난 주제에 하필이면 내게 연심을 품었으니 말이야."

딜 다이가 연모한 사람이 이 독사 같은 여자였다니. 비나 루는 다시 속으로 숨을 삼켰다.

"그 남자는 가장의 동행으로 가장 회의에 참석했거든. 그때 슨의 촌락에서 내게 첫눈에 반했다나 봐. 족장 집안인 슨 본가의 장녀에게 연심을 품다니, 대체 어쩌려고 그러는 걸까?"

"……그렇게 이상한 일일까……? 남자가 슨가에 데릴사위로 들어가면 되는 거 아닐까……?"

"다이가처럼 보잘것없는 씨족을 슨가의 친족으로 맞이하라고? 가족은 적지, 집은 멀지, 그게 용납될 리 없잖아. ……게다가 다이가는 루가에서 이렇게 가까운 곳에 촌락을 지었으니, 언제 슨가를 배신할지도 모르고."

야밀 슨이 독살스럽게 웃었다.

"그건 절대로 허락될 수 없는 일이야. 누가 허락하든, 슨의 선대 가장이 우선 허락할 리 없거든."

"……슨의 선대 가장……?"

"아무튼 민폐라서 더 이상 그 딜 다이라는 남자가 슨가에 접근하지 않도록 충고하러 나온 거야. ……그런데 당신 이름을 들었거든, 루 본가의 장녀 비나 루."

그 남자가 이런 여자에게 비나 루의 이름을 밝히다니.

비나 루는 진심으로 넌더리가 났다.

"뭐, 그 남자의 마음이 다른 여자에게 갔다면야 다행이지만…… 당신이 그 딜 다이를 데릴사위로 받아들이겠어? 설마 루 본가의 장녀가 다이처럼 작은 씨족에 시집갈 리는 없겠지?"

"데릴사위든 시집이든 나와는 상관없는 이야기야…… 나도 그런 남자를 반려자로 맞아들일 생각은 없으니까……."

"정말일까?" 야밀 슨이 눈을 가늘게 떴다.

그야말로 사냥감을 노리는 독사 같은 눈초리였다.

"딱히 내 눈치를 볼 필요는 없거든? 나도 그 남자와 인연을 끊기 위해 이런 곳까지 나왔고 말이야."

"누가 눈치를 봤다고 그럴까……?"

혹시 그래서 야밀 슨이 비나 루에게 악심을 품은 것일까.

남자에게 시달리다 못해 민폐가 되니 이제 접근하지 말라고 충고하러 나왔더니 그 남자가 벌써 다른 여자를 마음에 품고 있었던 것이다. 비나 루는 잘 상상이 가지 않지만 자존심이 강한 사람이라면 몹시 괘씸한 일일지도 모른다.

"……그래? 그게 거짓말이 아니라면 현명한 판단이네. 그렇게 입만 살아 있는 남자를 반려자로 맞이해도 불행해질 것이 뻔하니까."

"…………."

"그리고 앞으로 그 남자에게 시달릴 염려도 없어. 딜 다이는 다이의 분가 여자와 혼인하기로 했거든."

"뭐어……? 갑자기 어떻게 된 일이람……?"

"그렇지. 조금 전에 결정되었다니까."

야밀 슨이 키득키득 웃었다.

"내가 그러라고 명령했거든. 그런 바람기 다분한 남자는 또 무슨 일이 생기면 나나 당신 곁에 나타날 수도 있잖아. 그런 짓을 못하도록 분가의 여자와 장래를 약속하게 했지."

놀라움에 꼼짝 않고 서 있는 비나 루 곁으로 야밀 슨이 다가왔다.

반질반질하게 빛나는 붉은 입술이 뜨거운 날숨과 함께 독살스러운 말을 속삭이기 시작했다.

"생각해봐. 그 남자는 슨과 루 양쪽에 혼담을 넣는 짓을 저질렀잖아. 당사자 마음에 상관없이 그런 경박한 짓을 허락하면 슨과 루가 서로 칼을 겨누게 될지도 몰라. 그래서 근심의 싹을 아예 잘라버렸지."

"······그런 일 때문에 억지로 혼인을 시키겠다는 거야······?"

"어머, 슨과 루가 칼을 겨누다니 그보다 더 큰일이 어디 있다고? 그렇게 되면 분명히 숲가의 마을 자체가 멸망해버릴 거야."

서로의 뺨이 닿을 만큼 가까이서 야밀 슨이 독사처럼 미소 지었다.

"나는 이래 봬도 숲가를 지키려던 거였어. 바람기 많은 남자 때문에 숲가가 멸망하다니, 어처구니가 없잖아."

"······당신은 무서운 여자야······."

야밀 슨은 여전히 미소를 머금은 채 물러섰다.

"아무튼 이제 해결되었어. 그 남자에게 미련이 있다면 미안하게 됐어. 당신이 근사한 반려자를 맞이하도록 빌어줄게."

그러더니 야밀 슨은 테이 슨이라는 음침한 하인을 데리고 가버렸다.

비나 루는 루의 촌락으로 향하면서 무겁게 숨을 내쉬었다.

'혹시······ 저 야밀 슨이라는 여자도 숲가의 마을에서 벗어나길 바라는 건 아닐까······.'

그리하여 딜 다이에게 비나 루와 똑같은 기대를 걸었다가 똑같은 배신을 당한 것은 아닐까. 비나 루는 틀림없이 그렇다는 생각이 들었다. 그렇지 않고서는 딜 다이에 대한 처사가 너무 가혹했기 때문이다.

'하지만 상대가 어떤 여인이든 나와 야밀 슨 같은 사람을 반려자로 맞이하기보다 훨씬 행복하게 살 수 있겠지······.'

비나 루는 딱히 자신을 비하할 의도 없이 그렇게 생각했다.

적어도 자신은 숲가의 규율에 반하는 마음을 품어버렸다. 그 뜻을 실천할 만한 무모한 용기를 아마도 내지는 못할 것이다. 그런 마음을 품고 있다는 것만으로 충분히 이단자이며 배신자다.

딜 다이는 결코 그런 마음을 품지 않는 여인을 아내로 맞이하여 평화롭고 행복한 삶을 살면 된다. 비나 루가 봤을 때도 그런 유약한 남자가 비나 루와 야밀 슨 같은 반려자를 감당해낼 수 있으리라는 생각은 들지 않았다. 신분의 차이가 어떻고 하는 이야기가 아니라, 사람으로서의 기량이 부족한 것이다. 그렇기 때문에 야밀 슨도 그 남자의 청혼을 처음부터 거절했으리라.

'그래…… 그러니 이상한 건 나와 야밀 슨이야…… 그런 여자한테만 마음이 끌리는 것이 딜 다이의 운명이자 업이라는 거네…….'

분명히 딜 다이도 앞으로는 숲가의 백성으로 건강하게 살아갈 수 있을 것이다. 생각지도 못한 상대와 부부가 되다니, 조금 안타까울지 몰라도 그로써 그는 악연의 고리에서 해방되는 셈이다. 틀림없이 잃는 것보다 얻는 것이 더 크다.

'그럼 나는 어떤 운명을 걷게 될까…… 숲가의 백성으로서 마지막까지 소중한 가족들과 함께 건강하게 살아갈 수 있을까…….'

아직 젊은 비나 루는 상상조차 할 수 없었다.

그런 비나 루가 아스타와 슈미랄을 만나는 것은 그로부터 5년쯤 지난 후였다. 그리고 자기 자신의 마음에 매듭을 짓기 위해서는 그보다 더 오랜 시간이 필요했다.

그런 미래가 기다리는 것도 모른 채 비나 루는 사랑하는 가족들 품으로 돌아가기 위해 발걸음을 서둘렀다.

후기

《이세계 요리의 길》8권을 읽어주셔서 정말 감사합니다.

7권 후기에서 미리 말씀드린 바와 같이 이번에는 연작 단편처럼 이어지는 구성입니다.

내용은 귀족들과 직접 대결을 앞둔 날의 이야기라고나 할까요?

그렇다고 번외편은 아니니 지금까지 읽어주신 대로 재미있게 읽어주셨으면 좋겠습니다.

집필 당시의 심경을 돌이켜보면, 슨가나 귀족과의 대립이라는 스토리를 진행하는 과정에서 가장 중요한 요리 이야기가 약해졌다는 생각이 들어 이런 내용으로 써내려갔다고 기억합니다.

내용상 7권에서 일단락되었다는 의식이 강했기 때문에 새로운 장을 시작하기 전에 이것저것 깊이 파고들어야겠다는 마음도 있었습니다.

괜히 객관적인 분석을 하게 되어 죄송합니다만, 8권 내용은 2014년 연말부터 2015년 연초에 걸쳐 썼습니다. 벌써 1년 넘게 지났지요.

세월이 참 빠르다는 것에 새삼 놀랐습니다.

평소에는 단행본 간행을 앞두고도 언제 쓴 내용인지 별로 의식하지 않습니다만, 이번 8권은 특히 인상에 남아 있습니다.

왜냐고 물으신다면 2015년 새해 첫날 웹에 연재를 올리면서 내용의 흐름상 아스타에게 "축하해! 앞으로도 잘 부탁한다!" 하고 독백으로 인사를 시켰기 때문입니다.

실시간으로 공개되는 웹상에서 장난기가 발동했다고나 할까요. 단행본 8권에는 그 독백 인사를 삭제했습니다만, 아스타가 어떤 장면에서 그 대사를 읊었는지 상상하며 즐겁게 읽어주셨으면 좋겠습니다.

그리고 번외편은 비나 루의 시점으로 에피소드를 새로 써봤습니다.

이 또한 제게는 특별한 느낌을 주는 에피소드였습니다.

꽤 오래전부터 '언젠가 써야지' 하고 구상해온 이야기랍니다.

스포일러가 되지 않는 선에서 설명을 드리자면, 비나 루와 어떤 인물이 5년 전에 만나는 이야기인데요, 본편에서 '비나 루와 그 인물은 집이 먼데도 어떻게 안면이 있는 사이일까' 하는 의문에 대한 대답입니다.

숲가의 여자는 몇 시간씩 들어서 다른 집으로 향하는 풍습이 없기 때문에 집이 멀면 평생 얼굴을 마주할 기회도 없습니다.

있다 해도 물건을 사러 역참 마을에 내려갈 때 우연히 맞닥뜨리는 정도일 테죠.

따라서 본편에서 그 인물을 등장시켰을 때 비나 루와 어떻게 안면이 있는 사이인지에 대한 사연을 설정해놓았습니다만, 그 내용을 상세히 쓸 기회를 갖지 못한 채 지금에 이른 것입니다.

확인한 결과, 그 인물이 본편에서 등장한 것은 2014년 10월이었습니다. 단행본으로는 5권 내용입니다.

거의 2년 넘어서 선보이게 되었습니다만, 드디어 비나 루와 그 인물의 인연 이야기를 풀 수 있게 되어 참으로 감개무량합니다.

그리하여 이번에는 페이지가 빨리 차버렸습니다.

뒷이야기에 대한 이야깃거리밖에 없습니다만, 이것이야말로 후기의 묘미라고 생각해주시면 고맙겠습니다.

그럼, 그럼. 매번 똑같은 마무리를 하자면, 하비재팬 편집부 담당자님, 일러스트레이터 코치모 님, 이 작품의 출판에 힘써주신 모든 분들과 그리고 이 책을 읽어주신 분들께 다시 한 번 감사의 말씀을 드립니다.

그럼 다음 권에서 또 만나요!

2016년 8월 EDA

ISEKAI RYOURIDOU 8
©2016 EDA
Originally published in Japan in 2016 by HOBBY JAPAN CO., Ltd.

이세계 요리의 길 8

2019년 3월 24일 1판 1쇄 인쇄
2019년 4월 1일 1판 1쇄 발행

저   자 EDA
일러스트 코치모
옮 긴 이 이정민
발 행 인 유재옥
본 부 장 조병권
편집 1팀 정영길 김민지 이성호 조찬희
편집 2팀 김다솜
편집 3팀 박상섭 김효연
미   술 강혜린, 박은정
라이츠담당 박선희, 오유진
디 지 털 최민성, 박지혜
발 행 처 ㈜소미미디어
인쇄제작처 코리아피앤피
등   록 제2015-000008호
주   소 서울 마포구 토정로 222, 403호(신수동, 한국출판콘텐츠센터)
판   매 ㈜소미미디어
마 케 팅 한민지, 한주원
물   류 허석용 최태욱
전   화 편집부 (070)4164-3962, 3963 기획실 (02)567-3388
              판매 및 마케팅 (070)4165-6688, Fax (02)322-7665

ISBN 979-11-6389-315-8 04830
ISBN 979-11-5710-233-4 (세트)